王乃彦传

杨关　著

中国原子能出版社
China Atomic Energy Press
航空工业出版社

图书在版编目（CIP）数据

王乃彦传 / 杨关著 . -- 北京 : 中国原子能出版社 , 2022.4
ISBN 978-7-5221-1927-4

Ⅰ . ①王… Ⅱ . ①杨… Ⅲ . ①纪实文学—中国—当代 Ⅳ . ① I25

中国版本图书馆 CIP 数据核字 (2022) 第 062725 号

王乃彦传

出版发行	中国原子能出版社（北京市海淀区阜成路 43 号 100048） 航空工业出版社（北京市朝阳区京顺路 5 号曙光大厦 C 座四层 100028）
责任编辑	王　丹　申文聪
责任校对	冯莲凤
责任印制	赵　明
印　　刷	河北文盛印刷有限公司
开　　本	787 mm × 1092 mm　1/16
印　　张	17.5
字　　数	355 千字　　彩插　12
版　　次	2022 年 4 月第 1 版　　2022 年 4 月第 1 次印刷
书　　号	ISBN 978-7-5221-1927-4
定　　价	98.00 元

发行电话：010-68452845　

邦之彦兮

——共和国的脊梁！

数学花园

创新服务构建和谐——2006年图书馆服务月活动

"整体X光透镜的研制及其应用"成果鉴定会

科技进步

北大物理52级校友入学六十周年合影留念
2012.4.

北京师范大学核科学与技术学院2010届本科生合影留念
2010.6.28

2003年度国家基金委数理科学部项目评审会留念 2003.9.青岛大学

《强激光与粒子束》创办十周年纪念 (1988－1998)

CNS
中国核学会2009年学术年会

国家自然科学基金委员会
数理科学部
2000年度科学基金项目评审会
二〇〇〇年七月于烟台

二十一世纪的物理学和中国的发展 CUSPEA 学者研讨会
THE CUSPEA CONFERENCE ON PHYSICS IN TWENTY FIRST CENTURY

中国核学会　俄罗斯核学会
合作协议签字仪式
1 11 2003

传播人
荣誉证书

李玉德
唐传祥

北京师范大学材料科学与工程系(低能核物理研究所)2004届毕业生合影留念

目 录

引　子

茫茫苍穹呈现的是一个充满物质和射线的、致密的、膨胀中的天体，在物理定律的作用下，138 亿年后形成了我们看到的神奇宇宙，这里有非常多的恒星、星系、星系团、大尺度纤维，这里有数万亿存在岩石行星、液态水和生命的机会。但目前我们的可见宇宙到底有多大，我们能够探索到什么程度呢？

宇宙，一个起源于自身结构组织，由其运动左右，具有多区域、广袤范围、渐变性、多重表现的可被思维认知的集聚体，并具有不同区域、不同阶段，不同成分、不同能量、不同运动、不同机理的特点，其体系与构成物即是由大爆炸等各种现实能量所形成的集团单元。

《文子·自然》《淮南子》：“往古来今谓之宙，四方上下谓之宇。”《庄子·庚桑楚》：“出无本，入无窍。有实而无乎处，有长而无乎本剽。有所出而无窍者有实。有实而无乎处者，宇也；有长而无本剽者，宙也。”汉代学者张衡也曾提出“宇之表无极，宙之端无穷”的无限宇宙概念。这是中国人的宇宙观。

物质为构成宇宙间一切物体的实物和场。例如，空气和水、食物和布匹、煤炭和石油、钢铁和铜铝，以及人工合成的各种纤维、塑料等等，都是物质。世界上，我们周围所有的客观存在都是物质，人体本身也是物质。除这些实物之外，光、电磁场等也是物质，它们是以场的形式出现的物质。物质的种类形态万千，物质的性质多种多样。例如，有气体状态的物质、液体状态的物质和固体状态的物质；有单质、化合物和混合物；有金属和非金属；有矿物与合金；有无机物和有机物；有天然存在的物质和人工合成的物质；有无生命的物质与生命物质以及实体物质和场物质等等。物质的种类虽多，但它们有着共同的特性，那就是客观存在，并能够被观测，以及都具有质量和能量。

世界是由物质构成的，物质是有结构的。物质结构是以层次划分的，复杂性与简单性交替，根源于相互作用的种类和层次内外的既显著区别又密切关联。微观体系的结构和相互作用，又与宇宙大爆炸之后的宇观过程密切相关，制约着宇宙的演变历史。原子核中包含了丰富的内秉自由度与多种基本粒子相互作用，储存着宇宙间绝大部分已知的可释放能量。

原子核物理学又称核物理学，是20世纪新建立的一个物理学分支。它研究原子核的结构和变化规律；射线束的产生、探测和分析技术；以及同核能、核技术应用有关的物理问题。它是一门既有深刻理论意义，又有重大实践意义的学科。

1896年，法国物理学家亨利·贝可勒尔发现天然放射性，并因此获得1903年诺贝尔物理学奖。这是人们第一次观察到核变化，并通常把这一重大发现看成是核物理学的开端。此后的40多年，人们主要进行了放射性衰变规律和射线性质的研究，并且利用放射性射线对原子核做了初步的探讨，这是核物理发展的初期阶段。

在这一时期，人们为了探测各种射线，鉴别其种类并测定其能量，初步创建了一系列探测方法和测量仪器。大多数的探测原理和方法在以后得到了发展和应用，有些基本设备如计数器、电离室等沿用至今。探测、记录射线并测定其性质，一直是核物理研究和核技术应用的一个中心环节。放射性衰变研究证明了一种元素可以通过衰变而变成另一种元素，推翻了元素不可改变的观点，确立了衰变规律的统计性。统计性是微观世界物质运动的一个重要特点，同经典力学和电磁学规律有原则上的区别。放射性元素能发射出能量很大的射线，这为探索原子和原子核提供了一种前所未有的武器。

1911 年，原子核物理学之父、英国著名物理学家欧内斯特·卢瑟福利用 α 射线轰击各种原子，观测 α 射线所发生的偏折，从而确立了原子的核结构，提出了原子结构的行星模型，这一成就为原子结构的研究奠定了基础。此后不久，人们便初步弄清了原子的壳层结构和电子的运动规律，建立和发展了描述微观世界物质运动规律的量子力学。1919 年，卢瑟福等又发现用 α 粒子轰击氮核会放出质子，这是首次用人工实现的核蜕变反应。此后，用射线轰击原子核来引起核反应的方法逐渐成为研究原子核的主要手段，学术界公认卢瑟福为继法拉第之后最伟大的实验物理学家。

20 世纪 40 年代前后，核物理进入大发展时期。1939 年，德国放射化学家和物理学家哈恩与助手斯特拉斯曼一起发现了核裂变现象，揭示了利用核能的可能性。1942 年，美国物理学家费密建立了世界上第一座可控原子核裂变链式反应堆，为原子能的利用做出了开创性的工作，这是人类掌握核能源的开端。

20 世纪 40 年代以来，粒子探测技术也有了很大的发展。半导体探测器的应用大大提高了测定射线能量的分辨率，核电子学和计算技术的飞速发展从根本上改善了获取和处理实验数据的能力，同时也大大扩展了理论计算的范围。所有这一切，开拓了可观测的核现象的范围，提高了观测的精度和理论分析的能力，从而大大促进了核物理研究和核技术的应用。

核物理发展的一个重要特点是依靠大科学装置，这是由于探索微观体系需要极短波长（对应高能量）的探测所决定的。反过来，大科学装置的发展又极大地拓展了人类探索微观世界的范围和深度，许多重大突破来自利用新手段的偶然发现。除了宇宙射线提供的某些天然特殊可能性之外，粒子加速器是研究核物理前沿科学问题的主要大科学装置，与粒子加速器配套的大型实验探测设备，是探索物理过程、开展核物理研究必不可少的工具。核物理的发展，不断地为核能装置的设计提供日益精确的数据，从而提高了核能利用的效率和经济指标，并为更大规模的核能利用准备了条件。

一百多年来，核物理处于物质科学的前沿，对人类的生存与发展和国家的地位与安全产生了重大影响，成为衡量综合国力的一项重要标志。核物理在自身发展的同时，还为其他学科提供了重要的理论基础和研究手段。进入 21 世纪，核能和核安全在国家核心利益中的地位愈加显著。在基础研究方面，以兴建若干大科学工程为标志，国际上核物理研究正在继续蓬勃发展并面临重大的突破，并对各国的国防、能源、交叉领域等的发展起到了重要的推动作用。

核物理研究涉及国家安全、清洁能源、医疗健康、多学科交叉等一系列重大应用，因此一直以来受到各科技强国的高度重视，是必争的战略高地。各国在基础前沿研究开放合作的同时，对核物理研究中涉及战略高技术的部分又有十分严格的相互限制。

新中国成立后，中国所处的环境十分险恶，美国人自从在德国人那里获得核技术，并在 1945 年在日本扔下两颗原子弹之后，不时地利用手中的原子弹推行其战争政策。当时的中国作为一个有着 6 亿人口的大国，为了国家主权和民族独立，没有别的选择，只有靠自己的力量研制核武器，打破美国的核垄断。基于国家发展和安全，1955

年党和国家确定了“自力更生为主，争取外援为辅”的方针，作出了建立和发展中国原子能事业的战略决策。此后，在核物理研究和应用领域崛起了一大批核科学家，王乃彦就是其中的一位。王乃彦是新中国自己培养的核物理专业首届毕业生，从选择核物理研究开始，他的科学研究之路就与我国的核武器研制、核科学事业的发展交织在一起，伴随着他的人生一路走来。

王乃彦，核物理学家。1956 年毕业于北京大学物理研究室（技术物理系）。曾任中国原子能科学研究院激光与粒子束研究室主任、研究员，中国原子能科学研究院核物理所所长，中国原子能科学研究院副院长、科技委主任，核工业总公司科技委副主任，核工业部研究生部主任；中国核学会理事长，中国物理学会副理事长；《物理学报》和《Chinese Physics》主编；世界核聚变理事会理事，太平洋地区核理事会理事长和理事会选举委员会主席。1997 ~ 2004 年期间任国家自然科学基金委员会副主任，分工联系数理学部的工作。现任中国原子能科学研究院研究员、中国核工业集团公司科学技术委员会高级顾问、核工业研究生部名誉主任，北京师范大学核科学与技术学院院长，国防科工局科技委核专业分委副主任，中国人民解放军总装备部科技委兼职委员。1993 年当选为中国科学院院士（学部委员），并担任中科院数理学部委员。

王乃彦参与研制并建立了我国第一台在原子反应堆上的中子飞行时间谱仪，测得第一批中子核数据，对 Yb 和 Tb 同位素的中子共振结构的研究做出了贡献。他领导和参加了核武器试验中极其重要的 11 种近区物理测试项目，为核武器的设计、试验、改进提供了重要的实验数据。他对探测器系统的响应函数、测试数据的解卷积的复原处理等重要问题进行了创造性研究，促进了我国核武器设计和测试技术的不断改进。他对惯性约束核聚变领域的物理和技术问题进行了系统研究，在高功率脉冲技术、束流物理和束靶相互作用等诸方面，取得了在国内具有开创性的研究成果。他在电子束泵浦氟化氪准分子激光的研究中，使激光输出能量达 106 焦耳，能量抽取效率达国际水平。同时，他在大面积非箍缩型电子束泵浦技术、大孔径氟化氪激光振荡器、强流束流物理和高功率脉冲技术等方面建立了坚实的基础。

自 2010 年以来，王乃彦组织编制了《未来十年中国学科发展战略 - 物理学》及《中国核物理与等离子体物理中长期发展战略》，是国家 863 高技术 8 领域专家委员会顾问、863 领域 804-6 专项的课题负责人。他曾积极参与和组织 2002 年在我国深圳举行的第十三届太平洋地区核能大会，任大会组委会主任。他曾和现任德国物理学会理事长、著名激光等离子体物理学家 Sauerhrey 教授共同主持了 2002 年中德激光与等离子体相互作用上海研讨会。

王乃彦曾获全国科学大会奖 4 项，国家科技进步奖三等奖 1 项，部级科技进步奖一等奖 1 项、二等奖 2 项，国防科工委科技进步奖一等奖 1 项、二等奖 2 项；曾获“核工业部劳动模范”“国家高科技研究发展计划‘八五’先进工作者”等称号；获 2003 年获何梁何利基金科学与技术进步奖；获 2004 年度世界核科学理事会全球奖，在全世界获此殊荣的 4 人中，他是第一位获得此项荣誉的中国人。

日常中的王乃彦，衣着朴素，平凡无奇，保持着低调和质朴的本性，是一位典型的“中国式”科学家。他给人一种特别强烈的印象：这是一位信仰坚定、严于律己的老人，在他的人生中，谦虚和善已成为标志，聪慧睿智已成为了一种精髓，融入内心而溢于言表。

第一章 从榕城书香门第走出

仙霞路，即仙霞古道，因翻越仙霞岭而得名。南起浦城南浦溪码头，北至江山清湖码头，连通闽江、钱塘江两大水系。在两宋时期，尤其是在南宋时期，这条路是出入福建的要道，也是福建士子进京赶考的“学霸”之路。

美国汉学家贾志扬统计，两宋进士共有 28933 名，其中福建路（今福建）的进士为 7144 名，约占全国总数的 24.7%。这一数字，远超排名第二的浙东路（今浙江大部）4858 名，以及排名第三的江南西路（今江西）3861 名。

当这个“学霸”的难度有多大呢？一般情况下，殿试三年举行一次，每次录取进士（全国范围）300 人，平均到每一年，全国只有 100 人。如果和今日考清华北大相比较的话，那就等于是清华、北大每年一共招收 100 人。

朱松诗曰：“人生各有役，不暇捧一尊。风蒲挂南浦，念欲东南奔。对床定何夕，青灯照晤言。悬知吟诗处，千尺银河翻。”公元

1118年（政和八年），朱松得授政和尉，后又调任尤溪尉，自此携家带口定居福建。他在历史上并不知名，不过，其子的长成，却带来了一个历史性文化现象的出现。他的儿子，名叫朱熹，是“闽学”的创始人，也是理学的集大成者。在朱熹之前，“福建多秀才”已是宋人共识，在朱熹之后，福建“学霸”更是一举进入到一个高光时代。两宋时的福建，还孕育了一个罕见的天才人物，即词人柳永。柳永，其实也是一个“学霸”，他一边写着“今宵酒醒何处？杨柳岸，晓风残月”，以“奉旨填词”之名游戏人间，一边也登上了进士榜。很有趣，宋代文化的两个高峰——儒学的高峰，以及词学的高峰，均由闽人缔造。而且，两人还是同一个镇的。

公元1251年（淳祐十一年），《端隐吟稿》一书序言指出：福建举子“负笈来试于京者，常半天下，家有庠序之教，人被诗书之泽，而仕于朝为天子侍从亲近之臣，出牧大藩持节居方面者亦常半。而今世之言衣冠文物之盛，必称七闽。”换成今天的话来说，当时的福建特别重视教育，处处有名校，处处有学霸。不仅是在考场里看去，啊，那么多福建人！那些出任朝廷重臣、封疆大吏者，也是有很多的福建人。仅在两宋出任宰相的福建人，就多达51人。那时，当人们说起各地文化高低，一致认为，福建是华夏第一。

福建省的福州，也称榕城，建城于公元前202年，历史上曾长期作为福建的政治文化中心。福州是中国东南沿海重要城市，是近代中国最早开放的五个通商口岸之一，也是中国近代海军的摇篮，中国船政文化的发祥地。1935年11月21日，王乃彦便出生于此。

克勤克俭求知不辍

当代福建出院士。据了解，如今闽籍和在闽工作的院士多达 110 多位。“家乐教子，五步一塾，十步一庠，朝诵暮弦，洋洋盈耳”，是福建教育的生动写照。先秦·佚名《诗经·郑风·羔裘》曰：“彼其之子，邦之彦兮。”意思是，这样的一个人，称得上是国家的贤良。“彦”，本义是有才学、德行的人。父母为王乃彦取名“彦”，是希望他长大后能够成为一个有才学的人。像福建许多 20 世纪二三十年代的家庭一样，读书的种子在家庭的熏陶下早就种在了幼年王乃彦的心中。他说，“我爸爸给我的、家里给我的影响，就是要读书，唯有读书高。”虽然家境并不富裕，但“唯有读书高”的信念是家庭生活的根。

出生于知识分子家庭的王乃彦，从儿时起便深受父亲的影响。父亲早年学的是大地测量专业，就读于北京测量学堂，这是我国最早的测绘学堂。父亲毕业以后主要从事大地测量、勘探测绘等工作，受聘筑公路、建桥梁，是中国测绘协会的会员。

因为学大地测量必须要学会三角几何等数学知识，所以解放后经同学介绍，父亲到了福建农林大学去教数学，当数学教授。父亲是一个“好好先生”，他教的同学没有数学不及格的，全部都给了及格，所以学生对他反映很好。王乃彦那时候已经在读高中了，有时父亲会让他帮着批改试卷，但是有一条，一定要打得宽一点，不能打得太严。打得严的他都给改过来了。

父亲对科学的热爱潜移默化地熏陶着儿时的王乃彦。在父亲的书架上，除了大地测量方面的专业书籍外，还有航空测量的书，所以关于航测方面的知识王乃彦很早就开始接触了。在父亲的讲述中，王乃彦知道了牛顿的伟大，从此对科学研究无比地向往。一天，他在父亲的一本书上看到了牛顿的画像，如获至宝地用剪刀剪下来，恭恭敬敬地贴到自己的本子上，并一直伴随着他到大学毕业。从小崇拜牛顿，立志当科学家的远大志向，就这样激励着王乃彦一步步走向今天。

王乃彦的大舅和二舅都是学化学的，并在各自的专业领域都有所建树。大舅当时还是著名化学家侯德榜的助手，从事制碱工艺。侯德榜先生出生于福建省闽侯，是侯氏制碱法的创始人、中国重化学工业的开拓者、近代化学工业的奠基人之一，是世界制碱业的权威，1955年起受聘为中国科学院技术科学部委员。受舅舅们的影响，王乃彦的哥哥、姐姐大学选择的专业也同样是化学专业，并分别毕业于著名的北洋大学（天津大学前身）和上海交通大学。王乃彦的父母起初想让他与哥哥、姐姐一样，去报考厦门大学学化学，因为除了哥哥姐姐，他的表姐、表妹、堂弟，也都是学的化学。但受中学物理老师的影响，王乃彦最后还是报考了北京大学的物理学专业。

王乃彦上小学时，正值日本侵华战争染指福州，战火还在燃烧，社会依然动荡，他随父母撤到沙县，县里只有一所小学，两位老师，一位是校长，另一位则是校长的夫人。可学校的教育却是多元化的，老师不仅教课本知识，也教育学生爱国和如何做人。学校就设在一个菩萨庙里，庙堂光线暗淡，屋宇破旧，木板涂上锅底灰就制成了黑板。校长就是老师，什么课程都教。校长夫人教音乐课，《马赛曲》是她教唱的曲目之一。

学校还组织学生排演话剧《抗日参军》，在潜移默化中让学生接受着爱国主义的教育，王乃彦至今还记得话剧里的台词："你看那参军的男儿说话有劲又有力，你看那娘儿模样不卑也不亢。我今投军杀敌去你家中把田耕，这才是中华民族的好榜样！"

王乃彦说，那时条件很艰苦，但有书读就很满足了。虽然小学时代的校舍寒酸，教具粗糙，但是王乃彦与国外学者交流时却常说自己的小学是"一流"的。在他的眼中，那里有"一流"的老师，好老师是一所学校的核心和灵魂。

1985 年，王乃彦重返阔别多年的故乡，负责接待的领导问他有没有什么心愿，他说自己唯一的心愿就是想去找一下曾经就读过的小学。可惜的是，尽管在当地民政局工作人员的帮助下，几番查找，还是没有找到，终成未了愿。

男孩子童年时期都很淘气，王乃彦也不例外。当时，学校条件很差，各年级的学生都集中在同一间教室里。王乃彦因个头小，老师又很喜欢他，被安排坐在第一排，正好在老师的讲桌对面。

一次，校长来上课，拿来一个马蹄钟，告诉王乃彦，"你来负责看管钟表，到了时间，就去敲下课的钟。"

那时正好是冬天，沙县山区的天气很冷，教室里更是阴冷潮湿，于是有同学撺掇王乃彦偷偷将时间拨快，"早点下课，好去外面晒太阳。"王乃彦禁不住同学的央求，就答应了。他正在课堂上拨表针的时候，不巧被校长看见了。他说，"我吓坏了，但校长当时没有说什么，下课了，就喊我去办公室。"校长听完他磕磕巴巴的讲述，抚摸着他的头，温和地对吓得六神无主的王乃彦说："承认错误就好，要记住做人要讲诚信。"

王乃彦说，校长说完，拍了拍他的背，就让他走了。追忆起小学生活，王乃彦的脸上露出孩童般天真的笑容，"我的小学校长，说起这件事的时候甚至没有提高声调，但是从此我就记住了，也再没有这样干了，我认识到诚信是做人很重要的品质。校长给我上了一堂道德课。”王乃彦说，这个校长对学生的态度，让他认识到比起学业，人格和诚信更值得追求。

至今他依然怀念感激当年的小学校长和老师，仍为小学老师传授给他的人生道理和知识感到骄傲。一次去法国访问，他跟法国朋友讲：“我是先知道马赛，后知道巴黎的。我上小学时，老师教我唱过《马赛曲》。”法国朋友听了都感到很惊讶。

“爸爸特别喜欢读书”，听王乃彦讲述自己的父亲和家族，你会感觉到中国传统家庭那种父慈母爱、望子成龙的巨大力量。王乃彦的祖父去世很早，祖父在世的时候他的家境还是比较富裕的，但是时间不长就破产了。父亲能由中国当时最好的测量学堂毕业，全靠姑姑做衣服纳鞋底的收入支撑。

解放前夕，福建正准备修建福州到厦门的公路，父亲负责公路的测绘工作。可是国民党政府腐败贪污，公路还没建成就要裁员，父亲因此失业了，家里只能靠以前的积蓄度日。王乃彦记得，一天三顿饭，早饭和晚饭都是稀饭，没什么菜。当时沿街有叫卖虾饼的，被他们视为美食，这种虾饼就是一点面粉跟小虾搁在一起炸，炸熟以后再加上一些葱放在上面。因为没有钱，一个小小的虾饼，家里都要两个人分着吃。那时候王乃彦还小，不知道，每次和妈妈分吃一个时，妈妈都让着他，让他多吃。平日里，只有中午有点干饭，生活的艰难可想而知。王乃彦兄妹四个，他排行老三。哥哥上大学后，姐姐也考取了大学，这样一来使本就不富裕的家境更加捉襟见肘，因为难以负担学费，王乃彦差点辍学。

父亲在生活上克勤克俭，在子女的读书上却绝不吝啬。一天深夜，父母亲的谈话让还没睡着的王乃彦听到了。父亲说，家里还有一点儿首饰，就把这个首饰卖了吧，送他姐姐上大学。其实，头一年，他的姐姐就考上了上海交通大学，但却没去成，因为家里没钱供不起。这对王乃彦的姐姐是个很大的刺激。一年后，她又考上了上海交通大学，这一次王乃彦的父亲下定决心，把家里值钱的东西都卖了，给孩子当学费，这差不多是这个六口之家的全部家底了。为了能让孩子继续读书，父亲和母亲变卖了家里所有值钱的东西，把姐姐和他送进了大学和高中。父亲说："不管遇到怎样的情况，家里再穷也要让孩子们上学。"这句话一直印在少年王乃彦的脑海里，他暗下决心，一定以努力学习来报答双亲，绝不辜负父母的期望。

中学是一个少年开始确立自己的人生观和世界观的时候。经历了艰难的求学过程，王乃彦不负众望，学习成绩在学校始终名列前茅。因为市立中学只有初中部，没有高中部。初中三年级的时候，福州解放了，王乃彦从福州三中考到了福州一中，这两所学校都是当时福州最好的学校。

福州三中坐落于榕城风景秀丽的西湖之滨，创办于 1942 年，前身是"福州市立初级中学"。"励志、笃学、力行"是这所学校的校训，学校要求学生要树立远大理想，集中心思致力于学业，专心好学，努力实践。

2008 年初，王乃彦一行到天津大学参加有关科学教育的研讨，回京路上与天津大学校长龚克同行。这一次同行让龚克校长有了意外收获：原来王乃彦的哥哥王乃扬就是从北洋大学（天津大学前身）毕业的。哥哥参加学生运动，尚在福州三中读初中的王乃彦看了很多哥哥寄来的参加"反内战、反饥饿"的学生运动的照片、书刊，学校教育和哥哥的影响，对他这个初中学生世界观的形成影响深远。说起这些往事，龚校长连忙向王乃彦打听这些照片是否还在，他认为这是珍贵的校史资料。哥哥是一名真正的共产党员，毕业后在化工系统工作，后来还担任过副局长，当年他从福建省化工厅退休的时候，连组织上给他安的电话都不要，“公家的东西统统不要，什么都自己来”，是他的做人信条。

福州第一中学的前身可追溯至清嘉庆二十二年（1817 年）创建的凤池书院和同治九年（1870 年）创建的正谊书院，曾先后易名为全闽大学堂、福建高等学校、福建省立第一中学、福建省立福州中学，1951 年 4 月正式定名为“福州第一中学”。这所学校先后培养出了王乃彦等 16 位院士，以及邓拓、梁遇春等文化名人。王乃彦至今还记得福州一中在抗战时期创作的那首激昂的校歌：“闽山苍翠水萦回，美哉伟哉我福中。正谊凤池托迹古，此班人物甲南东。李忠定、俞家军，缅怀壮烈挹高风。鸡鸣风雨同舟切，百千健儿齐起勤勇复公忠。振起中华民族，万祀永无穷。”这首校歌一直激励着他，尤其是其中抒发的爱国主义情怀始终感染着他。

担任福州福一中校长的是王乃彦父亲曾经的同学，叫朱一明，是一名中共地下党员。那时福州一中的地下党员很多，积极要求进步的同学也很多，福州的学生运动很多都是从这里发起的，对王乃彦的影响非常大。所以受地下党员和进步同学的影响，很快王乃彦就在 1950 年 5 月 1 日正式加入了新民主主义青年团。福州解放是 1949 年 8 月 17 日，也就是解放仅半年多时间他就入了团。

7 月高一放暑假，王乃彦被团组织选送到团员干部训练班进行培训。在培训班，王乃彦是年龄最小的学员，因为这个训练班主要是针对南下工作团的。解放军南下的时候，北平、上海一些青年学生随军南下，组织了南下工作团和随军工作团。南下工作团和随军工作团的许多青年学生后来都成为了省市委、团市委的干部。但是他们毕竟都是参加革命时间不长的大学生，真正接受党的教育还是不够，所以专门为这些人员组织了训练班。来讲课的都是省委市委的领导干部，王乃彦回忆说，那时作报告的领导从来没有拿着稿子念的，首先就是讲立场、观点、方法，要有正确的立场，要用正确的观点、正确的方法来观察处理一切事物。

那时候南下工作团的成员全部穿着灰色的制服，解放军是草绿色、带帽子的制服。王乃彦特别羡慕他们穿的军装，也想申请一套，但因为个子太小没有合适的。后来不知道通过什么渠道，培训班给他找到了一套，但穿起来还是大，不过能穿。王乃彦天天穿着制服听报告，一直穿着回到福州一中。别人一看这是团员干部训练班出来的，样子很神气，因为别的同学都没穿过这样的制服。

后来福建成为国防最前线，王乃彦被发展为中国共产党福州市委宣传网的第一批委员，并且还配发了证件。凭着这个证件他可以每个星期六下午去听报告，报告人不是省委宣传部的领导，就是市委宣传部的领导，都是高级领导做报告。王乃彦所在学校的校长要想听报告，甚至还要托他给带进去。

在福州一中读高一时，外语课本是商务印书馆出版的，价格很贵。王乃彦和几个家境贫寒的学生买不起。于是，王乃彦便向同学借来课本，利用课余时间手工抄写。父亲看到他这么体谅父母，不向困难低头，刻苦学习的劲头，既内疚又感动。对他说，没有课本没有关系，只要用心，再艰难的日子也得把书念好。父亲让他专心学习，并亲自动手为他抄录课本，而王乃彦就拿着这手抄本去上课。父亲的帮助对王乃彦是无声的鞭策，激励他更加刻苦地学习。他不仅很快掌握了各科的知识，还和几个志趣相投的同学自学了大学的部分课程。王乃彦就是用布满父亲笔迹的手抄课本读完了高中，考上了大学。1952 年王乃彦上大学时，又将这本手抄本从家里带到了北大。

土改工作的一等功臣

如果说少年时贫穷和艰难的家境，培养了王乃彦坚韧的意志和坚定的志向，那在土改工作队艰苦的磨炼，则给了他一副铁打的筋骨和一套解决问题的思想方法、工作方法。

福州刚解放的时候，王乃彦在高年级学生的带领下去迎接解放军进城，协助解放军开展入城后的宣传工作。高一的时候，他加入了新民主主义青年团，暑假被组织上送进了团训班接受马克思主义理论培训。在这里，随军南下工作团的同志对他的帮助和影响都很大，他决心要努力学习，做到思想好、学习好。恰恰在这时，轰轰烈烈的抗美援朝运动开始了。

少年时代，血气方刚的王乃彦理想是当一名军人。1950 年 6 月 25 日，朝鲜爆发内战。9 月 15 日侵朝美军在仁川登陆，陆海空大军疯狂北犯。在台湾的蒋介石叫嚷第三次世界大战要爆发，反攻大陆时机已到。国民党在大陆的残余势力，与美蒋相呼应，活动猖獗，谣言四起，刚刚成立一年的新中国面临着严峻的形势。1950 年 7 月 10 日，“中国人民反对美国侵略台湾朝鲜运动委员会”成立，抗美援朝运动自此开始。10 月，中国人民志愿军赴朝作战，拉开了抗美援朝战争的序幕。学校里悬挂的横幅上写着：“同学们，响应祖国的号召去参军。”当时，王乃彦是班里的团支部组织委员，为了响应党的号召，他带头签字，并号召全班同学积极报名去参军，投身抗美援朝，保家卫国。

而对王乃彦的家庭而言，1950 年，一切似乎都将进入正轨。这年父亲经好友、福州一中校长朱一明的介绍到了福建省农林大学，成为数学教授，哥哥也大学毕业参加了工作，家庭经济状况好转。

1950 年 6 月 30 日，中央人民政府颁布了《中华人民共和国土地改革法》，11 月 22 日，政务院又发布了《城市郊区土地改革条例》。解放初期的土地改革运动凝聚着亿万中国农民的热切期望，这场轰轰烈烈的社会变革不仅仅是物质生产资料的再分配，也是乡村社会机制的重构。解决好农民的土地问题，关系到建国后全国政局的稳定，关系到新中国的社会经济发展。但是，城市郊区作为土地改革时期的特殊区域，又有着与一般农村地区不同的土改政策、工作方针、方式方法及实现目标。

12 月初，福州市委召开县以上党员干部大会，全面部署了开展抗美援朝、土地改革和镇压反革命三大任务。要想镇压反革命，首先要把阶级战线弄清楚，所以先要在农村开始土改，划分阶级成分，然后第二步就是镇压反革命。因为福州解放后政权建设的需要，再加上来自组织的信任，学校通知已报名参军的团员干部一律不去参军，马上到土地改革训练班集训，参加土改工作。

土改训练班是由部队干部或地方干部及学生干部组成的。集训班条件艰苦，别说吃喝，就连睡觉的地方都没有，只是在市民那儿租了房间，拿稻草铺着睡。在王乃彦的心目中，共产党不仅是真理的代表者，而且是道德权威的化身。“组织信任”在共产主义文化中具有中心的地位，它是一个人在精神上有安全感的最主要保证。1950-1952 年福州市郊的土地改革，是新中国成立初期全国城市郊区土地改革运动的典型。当时，政治上积极要求进步、思想上追求共产主义理想的王乃彦，没有丝毫犹豫，他服从组织上的安排，用了一年左右的时间参加了福州市郊区的土改工作。

回忆起那段令他终生难忘的“土改岁月”，王乃彦感慨万分。当年他只有16岁，就经过了两期土改的磨炼。他回忆说：“那时我们吃住在当地最苦的雇农和贫农家里，感受到了贫苦百姓生活的艰苦。我和土改小组组长孙作青两个人睡在用两个门板拼接的床上，木板缝里都是臭虫，身上到处都是被臭虫咬的包。刚开始跟老乡谈话，老乡痒得在身上抓臭虫，后来自己身上也都是臭虫，因为桌子缝、椅子缝里面都是臭虫。身上的毛衣缝里也钻满了臭虫，土改结束回家后，妈妈把毛衣放在一个大锅里反复蒸煮，才把臭虫煮死。”那件毛衣直到他上大学时才换掉。

土地改革的时候每人一个月发给18.6元，除6角钱留在自己身边，买一点日常生活用品外，其余的18元全部交给老乡充当伙食费。老乡把白薯切成条晒在屋顶上，等到干了拿下来储藏。早饭虽说是白薯大米稀饭，但稀饭里有几粒米都数得出来。年轻人饭量大，每天早上只能吃番薯稀饭，饭后半小时肚子就开始饿得咕咕叫，后来甚至倒胃酸，吐酸水。中午吃的是稍微干点的番薯饭，王乃彦那时瘦得皮包骨头，土改结束后体重只剩47公斤。

生活上的艰苦还不算什么，刚解放时由于郊区农民对工作队及党的政策还不理解，开展工作的艰难程度可想而知。那时候群众看见工作队害怕，担心现在共产党来了，明天如果走了，国民党又来了怎么办，不敢接触工作队。于是，他们想方设法跟群众做朋友，使群众相信，你是真正能够帮助他们的，国民党来不了了。

参加土改工作的王乃彦是那么地投入和专注，为了缩小与贫苦农民在情感上的距离，他脱去学生装，换上旧衣裳，每天到贫雇农家里访贫问苦，与贫苦群众打成一片，与老百姓促膝谈心，宣传党的主张，介绍土改政策，与他们交朋友，以唤醒农民兄弟的阶级觉悟，发动他们积极行动起来参与土改。一段时间以后，他不仅深受当地群众的拥戴，取得了工作对象的信赖，而且顺利地完成了上级交给的土改工作任务。

解放初期，福州市郊区农村具有不同于一般农业区的特点，即非农业人口多、地少人多、阶级关系和租佃关系复杂、商品率较高、政治情况复杂、小土地出租者和经营者数量相当大。因为这种特殊情况，必须按照党的方针，从实际出发，既要讲原则、讲政策，还要讲方法、讲实效。谈及这段经历，王乃彦言语之间满是感慨。

那时候因为没有经验，学生的头脑比较简单，有一次孙组长到外村组织开会去了，只剩王乃彦自己在村里值守，有个中农跑过来对他说，“小王同志我向你坦白交代，我有个地，这个地原来是我自己种的”，提出要改动出租土地的情况，王乃彦相信了。组长回来后，他将这个情况做了汇报。孙组长说，小王你好好看看，他把这些地加上去以后，成分就变了，这些地到底有没有，实际情况怎样，你得亲自去看看，工作中头脑不能简单，要做深入细致的工作，要学会调查落实，我们要讲政策，要深入联系群众。

第二期土改王乃彦又跟孙组长一起下去了，下去第二天就把地主叫来谈话，交待党的政策，交待要好好地遵守纪律，说也给你一份地，自己去劳动，以后不许剥削人家，把你改造成自食其力的劳动者。可这个地主第二天就上吊自杀了。事情汇报上去后，土改工作队的队长、政委都来了，找他们两个谈话。先跟孙组长说，你那天讲话有没有威胁人家，有没有恐吓人家？孙组长说没有。王乃彦也证明说，没有，确实没有。调查人员又对王乃彦说，孙组长如果没有威胁人家，没有恫吓人家的话，你发言的时候有没有恐吓人家？你如果有，是你的责任，如果他讲的是他的责任。那时候政策性非常强。王乃彦那时候在土改队里还兼着当翻译，因为部队的工作队员大都是山东人，山东话老乡根本听不懂，都是他们讲一句，王乃彦翻译一句。

王乃彦告诉队长和政委，那天晚上观察到一个现象，孙组长讲话的时候，这个地主一直在发抖。后来一查明白了，这个地主是因为害怕，因为他的子女都在东北，儿子在东北上大学，东北的土改跟华北的土改、南方的土改政策均不一样，政策有时候是随着斗争的需要制定的。因为解放战争的需要，东北当时是打击镇压一批地主，然后发动青年参军。对于东北比较严厉的土改政策，地主了解以后非常害怕，担心自己的处境，于是便上吊自杀了。结果一查是这个原因，王乃彦感慨，那时候是多讲政策啊！

土改分田地，首先要测量土地面积，王乃彦跟着一位老农学测量。农田多是不规则的，有的时候是弯曲的，那个老农很有经验，他可以沿着田地走一圈就能够知道面积，与仔细测量的结果基本吻合。王乃彦就向他虚心求教，很快便掌握了诀窍和原理。

土改工作对每一个队员来说都是个锻炼，这些给王乃彦的印象太深了。他说："经历了整个土改过程，非常幸运的是，土改除了教会我什么叫严谨、专注、细致、唯实和正确的思维方式、工作方法外，对我的教育还有两个方面，一是养成了自己能吃苦的习惯，与老百姓打成一片，使我具有了更强的生命力。二是要按照党的方针政策办事，任何时候对人都要平和，要学会保护他人，要为老百姓谋福利。"土改岁月的磨炼，养成了王乃彦布衣素食、克勤克俭的朴素作风，也让他亲身体验了老百姓的苦日子，树立了要为百姓做事、为群众谋利的理念。

参加土改工作时，王乃彦得到了上级领导的关心和喜爱。他因为长得又瘦又小，每次到队部开会，队长、政委都会专门说，我们有事要找小王谈话。刚开始还以为去了解什么事，其实不是，而是留下他在队部吃饭，队部里边有罐头，还有厨师。“小王多吃一点”，其实他又能吃多少东西呢。

八闽子弟多俊秀，弦歌不辍慰古今。王乃彦没有辜负党组织的信任，因为出色的工作业绩，他小小的年纪，在近千名工作队员中，被评为了福州市郊土改工作一等功臣，这在当时全福州也仅有五个工作队员获此殊荣。

土改工作评功评奖后，部队的同志回部队，地方的同志回地方，学校的同学回学校，这时候市委决定从土改工作队的学生里面挑选一部分优秀学生干部到市委去工作。年仅16岁的王乃彦以最小的年纪和最出色的工作，赢得了土改工作队领导的赏识，也博得了当时非常缺乏年轻知识人才的福州市委的青睐。工作队的队长和政委先后找他谈话，他们希望王乃彦能够投笔从政，留在市委工作，跟着首长当秘书。那时候高中生也算是个知识分子，事实上，王乃彦很多同学都做了这样的选择。如果作出这样的选择，他的仕途也许会一片光明，但同时也意味着他要放弃在学业上的追求，那也许也就不会有今天的科学家王乃彦。

王乃彦犹豫了。拿不定主意时，他去请教了一个人，这个人就是组长孙作青。孙作青曾是解放军连队指导员，这位担任土改工作组组长的领导成为了王乃彦的第一位恩师。他给王乃彦讲了很多革命道理，讲了他自己是怎么参加革命的。他是山东临沂人，参加了渡江战役。王乃彦说，“他是我真正的政治启蒙老师，我以前启蒙只是听那些报告，听首长的报告知道些道理，但是我跟他是真正住在一起，我们日夜相处了一年的时间。”他们的工作就是用算盘统计这一家有多少田，自己种的有多少，租给人家的有多少，哪一些是富裕中农，哪一些是中农。晚上点着一盏煤油灯，孙组长工作，王乃彦就盯着他。王乃彦那时候年纪小，一到晚上就困，经常算盘打到后面计算就出错，孙作青看着他说，小王怎么又困了，又要睡觉了？他告诉王乃彦，工作不能粗枝大叶。

孙作青组长告诉他："这件事需要认真考虑，国家建设需要方方面面的人才，怎样选择都可以，但首先要有自己的人生信念，要有自己的职业理想，职业的选择不仅仅是从政一条路。政工干部解放军里面多的是，像我就是个政工干部。毛主席提出向科学进军，我们国家最缺乏的就是科技人员。小王，你爸爸也是个知识分子，家里有这个条件，你回到学校去学习也并不是不可以。"王乃彦思前想后，最后还是决定回到学校，继续学业。临别时，孙作青组长在他土改工作手册上题词："王乃彦同学回到学校后，认真地努力学习，带领同学们攻克科学堡垒"。王乃彦常说，如果没有他的这句话，我就走了。孙作青的言行影响了他此后的人生。

土改的经历虽没有影响王乃彦投身科学研究的职业道路，但却决定了他的人生观，因为在那期间，他第一次懂得了什么是革命，什么是为人民服务，了解了中国共产党的理想和信念。

以勤奋和努力成就优异

回到学校的时候，高三学年已经开始了。从轰轰烈烈的土改一线到生涩枯燥的知识获取，很难想象一年多没摸书本的王乃彦怎样才能跟得上学习进度。学校说一定要补考，补考以后才可以继续学下去。但是怎么补考，功课都落下了，除了要温习过去学过的知识，要专心课堂上老师的讲授，课余还要预习未学的课程。除了课堂学习，还要抓紧一切时间自习，这对王乃彦的智商和精力是个考验，他必须要付出比其他同学更多的努力来补回缺失了一年的课程。

王乃彦的数学老师徐景贤是位既有教育水准、又深爱自己学生的好老师，被他形容为“真是好极了”的老师。徐老师因为深厚的数学功底和高超的教学能力，后来被调到福州大学教数学，成为了一名大学教授。福州一中在解放前虽然因为有地下党开展工作，是一所追求进步的学校，但解放后，面临着新旧思想交替，学生们的思想观念仍然需要转变。同学们常常白天上课，晚上还要开会，老师留了作业，学生自然喊多，徐老师也能体谅学生的难处，于是让学生自己掌握，允许他们挑着做几道题就行了。但王乃彦却没有接受老师的“照顾”，他每天都会将老师布置的作业，从头到尾都做一遍，徐老师心里非常高兴，每次都在作业本上批写：“好，非常好！”

王乃彦因此得到徐老师的格外照顾。回到学校最初的日子，每天吃过午饭之后，徐老师放弃午休时间，把王乃彦叫到家里去补课。福州的天气很闷热，老师拿着扇子，一边扇着一边讲，然后由王乃彦自己做习题，这样的时光持续了五六个月，王乃彦基本上把落下的数学课程都补完了。就这样，经过徐老师耐心的辅导，王乃彦的数学成绩很快达到了班级的优秀水平。一段时间后学校组织补考，成绩出来后，班主任徐景贤老师兴奋地告诉他，你补考以后成绩加在一起还是班上第一。

王乃彦的物理老师叫林童雀，教授物理知识深入浅出，讲得非常深刻。这位老师讲物理，从来不按照书本讲，他会根据物理现象来讲物理知识。他讲牛顿三大定律，学生听了非常有兴趣。当时王乃彦家的经济条件不好，物理老师带着学生用矿石做收音机，他只能和同学们在学校围着老师边看边学，对小小的成果兴奋不已。“稍微攒下一点钱，我就迫不及待地去买材料自己做。有了兴趣之后，不用父母逼，也不用老师催，我自己就钻进去了，业余时间都在捣鼓这个。”王乃彦说，如果老师把科学说得枯燥无趣，硬逼着孩子做功课，这样不可能培养出孩子的兴趣，也不可能激发孩子主动探究的意愿。“老师的讲课对我的启发和影响很大，物理老师电学讲得精彩，激发了我的兴趣，因此后来我才有了报考了北大物理系和清华电机系的志愿，并被北大物理系录取。”

回忆起中学时代老师讲课的情形，王乃彦还想起，那时看了苏联电影《航空之父》后，善于琢磨、肯动脑子的他被航空模型吸引住了，课余自学航空飞行器原理，琢磨飞机怎么才能起飞，怎么才会降落。“在学校里，我的老师一边拉动着用纸做的飞机模型，一边兴奋地讲解着飞机如何起飞、怎么下降、机翼有哪些作用……老师的讲课内容我还清清楚楚地记得。”王乃彦说，回家后我一边回忆讲课要点，一边琢磨原理要领，自己做纸飞机，越做越起劲，根本停不下来。

王乃彦的语文老师也很好，知识渊博，学贯中西。在语文老师的影响下，除了国学知识的基础扎实，他还背下了许多普希金的诗。那时王乃彦不仅喜欢数学、物理、化学，语文等学科的成绩也非常好，没有偏科。学习的热情使他能够主动自觉地学习，高中三年级的时候他就自学了微积分和大学普通物理。王乃彦将飞扬的政治理想与探究科学知识的热情完美地结合在了一起。

王乃彦曾经说："中学老师太重要了，他们的一言一行对我都有很大的影响，他们实际是个领路的人。"这也是为什么他对青少年科普工作这么感兴趣的原因。晚年，王乃彦对同为福建籍院士的王绶琯先生牵头的中学生科研实践活动的"大手拉小手"项目非常积极，当时，他还担任国家自然科学基金委副主任，"他非常支持我们的工作。"负责这个项目的周琳老师说。

高中的学习生活很快就要结束了，在准备考大学的前夕，组织上找王乃彦谈话，说要给他一个很好的机会，把他送到中央团校学习。王乃彦的思想斗争很激烈。他知道，去中央团校学习，全校就一个名额。王乃彦问是不是一定要去。代表组织找他谈话，后在市团委工作的林信潮书记说，想去的人多得很。王乃彦回答说，如果不是一定要去的话，我就不去了。因为土改结束的时候，他连到市委工作的机会都放弃了，回到学校认真努力学习。为此，林书记对他很有意见，"给你名额叫你去中央团校学习，你也不去"。过了几天，林书记让王乃彦找他一下，病中的他躺在床上，脸色很不好，王乃彦没有讲多少话，林信潮书记拿出一本书出来，"王乃彦你把这一段给我念一念"，是《钢铁是怎样炼成的》"人最宝贵的东西是生命……"那一段，王乃彦明白他的意思，说非常感谢，但我决定还是不去了。林书记只能说，不去就不去吧。

可是，没过多长时间，王乃彦又面临着报名参军的问题。第一次报名参军因为参加土改而失去了机会，这次会怎样呢？他考虑自己的条件，自己的家庭，参军应该没有问题。报名后，王乃彦去找了土改时的工作组组长孙作青，他在第十兵团政治部工作，问他自己报名参军怎么样，“行，参军吧，跟我一块，将来就留在第十兵团政治部工作。”但是，妈妈想不通了，都快考大学了，怎么市委也不去，中央团校也不上，现在倒是又参军去了。王乃彦整天在家里给妈妈做工作，让她有思想准备，别到走的时候太突然了。他想这次肯定没问题。他给妈妈唱共青团员之歌：“听吧，战斗的号角，穿好军装，拿起武器……”妈妈一听就烦，“别唱了！别唱了！”她明白，这次肯定是留不住儿子了。但不巧的是，王乃彦在体检时称量的体重只有 47.5 公斤。按照标准，男生的体重不能低于 50 公斤，所以在体检的第一关他就被刷掉了，妈妈倒是长舒了一口气。

北大物理系的幸运学子

在那个年代，团干部如果学习成绩不好，会被同学们看不起，所以团干部一定要学得非常好。或许天生就是学习的料，到高中毕业前夕，王乃彦的各科成绩在班级已经名列前茅。高考时，他决定去学物理专业，填报的第一志愿是北京大学物理系，第二志愿是清华大学电机系。1952 年，王乃彦与同班的 4 个同学凭借优异的成绩一起考入了北京大学物理系。

北京大学创立于 1898 年维新变法之际，初为京师大学堂，是中国近现代第一所国立综合性大学，创办之初也是国家最高教育行政机关，1912 年改为国立北京大学。北京大学是中国新文化运动的中心和“五四”运动的策源地，最早在中国传播马克思主义和科学、民主思想，是中国共产党创建的重要基地之一。长期以来，北京大学始终与中国和中国人民共命运，与时代和社会同前进，是培养和造就高素质创造性人才的摇篮。恰如蔡元培先生所言：“大学者，囊括大典，网罗众家之学府也……此思想自由之通则，而大学之所以为大也。”北京大学当时的地位在学界无与伦比。

1913 年北京大学设立物理学门，中国物理学本科教育从此开始。1919 年更名为物理系。抗战时期，北大、清华、南开三校物理系合并于西南联合大学。抗战胜利后，1946 年西南联大宣布结束，北京大学迁回北平，物理系也随之复系。

在新中国成立之初，大规模进行工业化建设，急需工科人才的背景下，1952 年秋，中央教育部在高等学校教师思想改造的基础上，根据以“培养工业建设人才和师资为重点、发展专门学院，整顿和加强综合大学的方针”为原则，在全国范围内进行了高等学校的院系调整工作。经过调整后，私立高校全部改为公立，各院校的性质和任务均较之前明确，工科院校得到了发展，还根据计划经济和工业建设的需要设置新专业，综合大学得到了整顿。原北京大学、清华大学、燕京大学三校物理精英集中合并成新的北京大学物理系，聚集了饶毓泰、周培源、叶企孙、王竹溪、胡宁、黄昆、褚圣麟、虞福春等一大批中国物理学界的领军人物和科学家，使北大物理系成为中国高校中实力最强的“物理重镇”。

院系调整后物理系学生数量大增，从培养少数学生发展到整批地培养物理专业人才。每年的学生人数从原来最多二三十个激增到近两百个。当时的大学教育学习苏联，都是让最好的老师去教一年级学生，王乃彦于是按照新中国全新的教育体制，享受到了最好的师资教育，他幸运地赶上了北京大学物理教育鼎盛的时期。

这是一块神圣的土地，百余年来这里培养了中国几代最优秀的学者。丰博的学识、闪光的才智，庄严无畏，独立思想，这一切又与先天下的严峻思想、耿正不阿的人格操守以及勇锐的抗争精神相结合，构成了一种特殊的精神魅力。这是一片自由的阵地，从十九世纪末叶到如今，一百多年间中国社会的痛苦和追求，都在这里得到集聚和呈现。一代又一代的中国学者，从这里眺望世界，以坚毅的、顽强的、几乎是前仆后继的精神，在这片辽阔的国土上传播文明的种子，民主与科学已成为这块阵地不朽的灵魂。

那时候的大学生学习和政治热情都非常高，每天准时起床和睡觉，清晨会参加一小时的身体锻炼，平时还要参加生产劳动。那时候，高校的教育目标非常明确，一是要求政治正确，二是着重培养专业人才。在北京大学的读书学习生活给王乃彦带来双重的愉悦：既有精神上的享受，也有物质上的获得。到了北大，看到北大这么好的环境，王乃彦暗自要求自己要好好学习。

在王乃彦的记忆深处，北大的老师都是一些大家，黄昆老师、虞福春老师、王竹溪老师、胡宁老师、朱光亚老师等良师对他的思想和学识的影响是最为深刻的，他们的人格魅力和大师风范，对科学的严谨精神，科学奇才的天赋，以及对时代与社会背景如何影响科学家的思想意识等，是他终身难忘的。

黄昆老师是世界著名物理学家、中国固体和半导体物理学奠基人之一。在北京大学，黄昆先后任北京大学物理系教授、副主任，半导体教研室主任。他与其他教学人员一起，建立了有中国特色的普通物理教学体系。

王乃彦回忆在北大学习时的经历，常感慨，黄昆老师教我们普通物理，他给我的教育我用了一辈子，他治学的精神，真感人。后来我也当上了院士，与黄昆老师接触得多了些，才知道，他为给我们讲一堂课，要备四堂课的时间。黄老师讲课那么好，同学们都说听他讲课就像听交响乐一样，那么有节奏，教室里鸦雀无声。但是，先生从来不贬低为难学生，最难的是黄先生出的思考题。黄昆讲课每讲一段要出一些思考题，目的是为了考察学生是不是听懂了。同学们就猜，黄老师的思考题是从哪来的？到图书馆去找，谁都找不到，黄老师就说，我知道你们去找了，千万别找，找不着，都是我自己出的。他上课就拿一个信封，上面写着提纲，讲课时黑板上写满了板书，一点不会错。黄老师最精彩的是答疑课，一种形式是学生提问老师答，还有一种是老师提问学生答，这是最紧张的。有一次，他出了一个问题，全班同学都回答不了，他非常沮丧。他说，“同学们，对不起，这一段大概我讲得太不好了，我重讲。”他一点儿都不责备学生。无论学习成绩好的还是差一些的学生都对黄老师非常尊敬。黄昆老师回国后如果把时间都用于搞科研，他可以做很多的项目，出很多成果，但他把全部的精力都放在了教书育人上。王乃彦说，黄昆老师的普通物理讲义他保存了很长时间，工作后还带在身边，时常温习。后来去苏联，找不到了，非常遗憾。

虞福春老师专于实验物理学，在原子物理、放射性、核磁共振、原子核物理和加速器技术等方面颇有研究。1952 年高校院系调整后任北大物理系普通物理教研室主任，与黄昆老师一起承担 2 年半制普通物理课的教学，领导普通物理实验的建设工作，为北大普通物理教学后来始终位居国内前列奠定了基础。王乃彦作为虞福春先生的学生，在他的印象中，虞先生亲自编写教材，讲授多门普通物理和核物理相关课程，讲课条理清晰、思维严谨。这对王乃彦此后的学术发展起到了重要的作用，部分教材和笔记收藏至今，仍在参考使用。

王竹溪老师主要从事理论物理特别是热力学、统计物理学、数学物理等方面的研究。1952 年，全国高等院校调整，王竹溪到北京大学任物理系教授、理论物理教研室主任。王乃彦在谈到先生对他的影响时说，师从王竹溪先生，深为先生的学术素养所折服，先生的讲课别具一格，能将艰深的定律讲得通俗易懂，将生涩的知识讲得生动有趣。先生善于总结并汇集各类问题，笔记工整精细，其内容编撰成书后影响广泛、受益众多。

胡宁老师早年致力于流体力学中湍流理论的研究。1951 年，任北京大学物理学系教授。

王乃彦就读北大物理系时，朱光亚也曾是他的老师之一。朱光亚是中国核科学事业的主要开拓者之一，“两弹一星功勋奖章”获得者，入选“感动中国2011年度人物”，被誉为“中国工程科学界支柱性的科学家”“中国科技众帅之帅”。1980年，当选为中国科学院学部委员（院士）；1991年，任中国科协主席；1994年，被选聘为首批中国工程院院士，并担任中国工程院院长、党组书记；1996年5月，被推举为中国科协名誉主席；1999年1月，任中国人民解放军总装备部科技委主任。

1956年，新中国决定发展自己的原子能事业，朱光亚参与筹建近代物理研究室（1957年划归北京大学），任北京大学物理系副教授，为大学生开设普通物理、光学等课程，担负起为中国培养第一批原子能专业人才的重任。朱光亚为王乃彦讲授的是核能谱学课程，王乃彦回忆，他讲课物理概念非常清晰，逻辑条理性极强。后来在与朱光亚老师的工作接触中，我更是深切体会到他严谨的工作作风与授课时的认真态度是一脉相承的。

王乃彦是数学物理课代表，教数学物理课程的老师叫郭敦仁，主讲数学物理方法、量子力学、经典电动力学等课程。郭敦仁教授业余嗜好为打桥牌，发明了大方片叫牌法，他因此戏称自己是“大方块公司”的总经理。在《桥牌》杂志上的笔名是郭晔，曾翻译《桥局惊奇录》。老师要求很严，只要有个物理概念是错误的，就不及格。所以，王乃彦接受的训练是很严格的，碰到这么多的好老师。

新中国成立以后，经济形势好转。院系调整后的北京大学，已经由城里的沙滩红楼迁往西北郊原燕京大学校园内。在远离京城闹市的燕园里，没有城区的嘈杂，没有驴吼马叫，没有叫卖声，一切世俗的混浊都不见了。夜间，在清冷净洁的校园中走过，半睡的未名湖、静静的花神庙、高高伸向天际的水塔，偶而传来钟亭的晚响，似乎这都在启示，王乃彦的将来一定就像眼前的世界一样，宁静、和谐而又无限。兴奋之情油然而生，他感到自己脚下踏着的就是自己人生事业的起始点。不要犹豫，奋斗吧！

在北大的新宿舍楼，4 人 1 间，两张双层钢丝床，屋内有两个书桌，一个书架，大家合用。学杂费、住宿费、讲义费等一律免收。刚到大学的时候，连吃饭的碗都是国家给买的，饭碗比较高级，那时候国家生产不了这种碗，还是从捷克进口的。每个同学拿两个碗，大家都做一个毛巾袋子装起来，有的是放在食堂，有的放在书包里。

1952 年 7 月，教育部发出通知，废除大学生供给制，实行人民助学金制。凡在校学生，秋季开学后，高校学生全部领取助学金：普通学生每人每月 12.5 万元（老人民币），作为伙食费（仍享受中灶待遇），他们的待遇不亚于在工作岗位上的收入。但是王乃彦所在的物理研究室技术物理系还是由国家全部包下来，对于这批特殊的学生，国家拿他们当宝贝一样。“主食为大米饭、白面馒头或面条等，不限量随便吃，吃饭四菜一汤。一到考试时，马寅初校长就动员后勤部门要给学生们搞好伙食。那时的伙食真棒，顿顿都是好吃的。”大学四年，王乃彦感叹，那是他“吃得最好的时候”。在北大六组时，条件依然很好，冰场溜冰使用的冰刀、小提琴等乐器随便使用，国家为他们提供了当时最好的学习生活条件。

“常向湖光会意思，偶从塔影悟精神”。北大燕园，未名湖畔，那一道道涟漪总是在王乃彦的脑海中挥之不去，老师们以其精彩的授课和人格魅力感染和吸引了每一位学子，独树一帜的人文氛围、丰富多彩的校园生活又给了他们健康阳光的心灵洗礼。“因为大师们的谆谆教导，大学给我们打下了太好的基础。”王乃彦说。

我们感叹王乃彦的幸运，在求学路上，他总是与优秀的老师或杰出的大师相遇，我们更感叹，机会来临时，他能够及时地把握住。也是感念于此，后来他在担任中国原子能科学研究院研究生院主任期间，常会“偷偷”跑到课堂上，以考察老师们上课的情况，检查教学效果。

回望过去求学的经历，王乃彦更多的是怀抱一种感恩的心态，他说自己很幸运，因为这一路走来遇到很多恩师，这些恩师在他的成长和科研道路上给予了孜孜不倦的教诲与关怀，有些恩师甚至改变了他的人生轨迹。

2006 年 10 月 13 日，作为在北大开设的中国核科学专业首届毕业生，50 年后王乃彦与当年的同学聚会重返燕园，他们那一届就有 6 位同学成为了中国科学院或中国工程院的院士。50 年的筚路蓝缕，50 年的砥砺前行，50 年的坚守奋进，这些曾经仰望大师的莘莘学子，如今已经足够让后人仰望。

第二章
叩开核科学之门

在纳粹德国已经投降，日军在亚洲和太平洋战场屡遭失败、行将彻底崩溃的背景下，1945 年 7 月 17 日，苏、美、英三国首脑在柏林近郊波茨坦举行会议，美国总统杜鲁门与英国首相丘吉尔在会议期间，就美陆军部长史汀生起草的敦促日本无条件投降的备忘录进行协商修改，并在电请蒋介石签字后，以三国政府公告形式发表。7 月 26 日，中、美、英三国发表了《中美英三国促令日本投降之波斯坦公告》，督促日本投降。《波茨坦公告》的主要目的是迫使日本提早投降，并且规定日本投降以后的处理事宜。同时，《波茨坦公告》也奠定了战后国际秩序的法律基础。苏联于 1945 年 8 月 8 日对日宣战后也加入该公告。

1945 年 8 月 6 日晨，驾驶着“安诺拉·盖伊”号“空中堡垒”B-29 轰炸机的飞行员蒂贝茨、领航员凡科克、核武器测试员杰普森将代号为“小男孩”的重达 5 吨的原子弹投在了日本广岛。8 月 9 日，美军再次出动 B-29 轰炸机将代号为“胖子”的原子弹投到日本长崎。8 月 15 日，日本宣布无条件投降，9 月 2 日签署投降书，第二次世界大战至此结束。

“546 信箱”的第一批学生

原子弹，作为强大的威慑和打击力量，在加速了日本军国主义的灭亡的同时，还作为一种重创杀伤力武器自此走进了人类历史，不仅开启了世界军备的核武器时代，直至核恐吓、核讹诈成为了国际关系中的一种手段。

毛泽东面对美国当权者不断对中国进行的核威胁，意识到为什么美国当权者动辄就要向我国进行核威胁，为什么美国敢于这样做，就是因为我们中国没有原子弹、氢弹及其运载工具，中国没有核遏制力量，没有同样的打击报复手段，没有抗衡的力量。

1955 年，为了尽快建立中国的核工业体系，国家在北京大学建立了全国第一个原子能人才培养基地——物理研究室。这个神秘的研究室设在中关村中国科学院院内，是 1955 年 8 月经周恩来总理批准、专门为我国研制核武器而建立的培养核科技人才的单位。直到 1958 年底这个研究室改称原子能系（1961 年又改称技术物理系）之后，才对外公开。北大技术物理系的建立、发展和演变都与我国原子能事业的发展休戚相关。

这时正是王乃彦在大学学习了三年基础课程后，面临专业选择的时候，国家发出了“向科学进军”、发展原子能事业的号召。当时，他的兴趣已集中在无线电电子学专业上，正准备选择该方向的毕业论文题，但学校突然通知，调他去新建的原子能专业学习。“我原来打算一辈子研究无线电电子学，之前为了学习这个专业买了很多书。但是相比较起来，个人兴趣还是要服从国家需要，国家的原子能事业更重要，我原来学习无线电电子学的梦想，就此改变了。”王乃彦说。

这项培养人才计划，1955 年 5 月中旬开始筹备，正式决定于 8 月 1 日由高教部下发给北京大学，计划 9 月下旬开学（实际是 9 月 20 日开学）。北大物理系原子能专业，这是一个神秘的专业，首届生源从北京大学、吉林大学、南开大学、复旦大学、南京大学、武汉大学、中山大学等校物理系三年级学生中，经过严格审查，一共选调了 97 名学生参加专业学习，主要学习核理论、核物理、中子物理、加速器、实验方法、放射化学等专业课程。

原子能专业所在地是绝对机密的，不仅对外高度保密，就是在北大内部，如果有人问“住哪儿”，按规定只能回答“546 信箱”。“546 信箱”当时负责招收全国各大著名高校相关学科的学生进行学习，学习内容不能向外透露，能够被选入这个专业学习并不是那么简单的事情，人员挑选审查非常严格，既有政治方面的审查，也有学习能力、学习成绩方面的考核。原子能专业高度保密，为借阅资料登记方便，当时内部叫北大六组。随着原子能专业的建立，中国开始了核工业建设和核武器研制的秘密历程。

国家大势往往影响着个人的命运抉择，也决定了一个人的人生轨迹。让一批大学生改学核科学与核工程专业，为我国核科学技术事业的发展培养一批高水平的专业人才，充实核工业研究力量，这是发展我国原子能事业的一项重大战略决策，也是开启中国原子能事业发展的重要基础，王乃彦成为了其中最早的一名。自此他的科学探索之路便与我国的核武器研制、核科学事业的发展交织重叠在了一起。

确定新的专业后，王乃彦从北大的宿舍搬到了中关村，与原来的北大相隔了一条马路。从无线电电子学转到原子能专业，按照组织上的要求，此事需要对原来朝夕相处的北大同学绝对保密。“我心里明白，成立这个系是国家的需要。虽然平时也会和老同学一起聚会交流、看电影，但什么都不能跟老同学说。”事实上，对于尚在“象牙塔”的王乃彦来说，年轻的他并不知道将来具体要从事什么工作，唯一知道的就是将来要去搞原子能研究。“因为学的就是这个专业，肯定以后做的事与原子能有关。”

由于投到广岛和长崎的两颗原子弹，在世人心中，物理学家成了现代武侠的真正主角，好像他们个个都有神功异能。因此，在许多人的心目中，所谓原子能秘密就像剑客的暗器一样，是绝对独家的。于是，所有听课时的笔记都是保密的，笔记本都被登记编号，不得带出规定的范围以外，更不得外传。其实，物理学从来都是最公开的学科之一，因为，它研究的是普遍的规律，而不是绝技。就在当时，除了一些核数据尚在保密以外，核物理基本内容是公开的，计算方法也是常用的。这些严加保密的笔记的内容，90% 以上都是可以在公开出版物上找到的。

北大是一个精彩热闹的校园，思想活跃、激情奔放的学生们组成多种多样的社团，开展各种各样的活动，课余节目精彩纷呈。但王乃彦在北大的生活却很简单，他知道自己未来肩负的使命，除了吃饭、睡觉，不是在教室，就是在实验室，他如饥似渴地学习，汲取专业知识的养分。尽管是在京城之中，可王乃彦走出物理系院子的次数却寥寥可数。一年的专业学习时间眨眼就过去了，很快就到了毕业分配的时候了。

幸运进入钱三强小组

原子能研究所的前身是1950年建立的中国科学院近代物理研究所。中国科学院成立后，中央决定以原北平研究院原子学研究所和中央研究院物理研究所原子核物理部分为基础，组建了近代物理研究所，所址设在北京城内东皇城根。其主要任务是研究原子核物理和放射化学，开展原子核科学技术的基础工作，为原子能的应用作准备。它是中国核科学技术的发祥地，也是我国国防核科研、核能开发研究和核基础科研的创新基地。创建之初，这里汇聚了吴有训、钱三强、王淦昌、赵忠尧、彭桓武、邓稼先、于敏、何泽慧、黄祖洽等一批在国际上享有盛誉的杰出的核物理学家，他们是中国核工业与核科技事业的奠基人。

中国科学院近代物理所的第一任所长是吴有训，研究所成立一年后，他的学生钱三强继任所长。1955年8月15日，中央决定在北京西南郊坨里附近建设一座新的科研基地（代号为“六〇一厂”，1959年改称为“四〇一所”）。1957年年底，原子能所研制成功我国第一台能量为2.5兆电子伏特的质子静电加速器。1958年6月10日，中国第一台回旋加速器第一次得到了质子束并且第一次打到内靶上。1958年6月13日，中国第一台实验性重水反应堆达到临界；10月1日生产出钴-60、钠-24、磷-32、钙-45等33种放射性同位素。1958

年 7 月，研究性重水反应堆和回旋加速器建成后，“中国科学院近代物理研究所”改名为“中国科学院原子能研究所”，1984 年又改名为“中国原子能科学研究院”。

钱三强，核物理学家，中国原子能科学事业的创始人，中国“两弹一星”元勋。从新中国建立起，钱三强便全身心地投入到原子能事业的开创中。他在中国科学院担任了近代物理研究所（后改名原子能研究所）的副所长、所长。钱三强不仅为原子弹的研制做出了贡献，也为中国原子能科学事业的发展呕心沥血，为培养中国原子能科技队伍立下了不朽的功勋。

钱三强的光辉不仅来自他的个人成就，还在于这位伯乐挖掘培养出了一批科技“大家”。有人称，在钱三强的领导下，培养出一大批科技人才的原子能研究所是“满门忠孝”。据不完全统计，曾经在钱三强领导的研究所工作过，因在研究和工程领域作出重要成就和突出贡献，而当选为中国科学院院士或中国工程院院士的科学技术专家，就有 44 人之多。多位学术名家都曾不同程度地获得过钱三强的教导和鼓励，王乃彦初涉核科学研究领域便来到原子能所的二室三组，投在了钱三强的门下。

因为原子能专业的毕业生情况特殊，所以那一年，王乃彦他们的分配，由钱三强负责。为了充分调动起这批国家悉心培养出来的青年学生献身国家原子能事业的热情，钱三强把这些毕业生召集在一起，逐一询问他们的工作志愿和就业意向。“喜欢做实验还是理论研究？”钱三强对这一届的学生十分满意，他知道，这些人里面，一定会出现很多后起之秀，肩负起国家核科学研究事业的重任。他一个个地询问，希望这届毕业生能够将个人兴趣和国家分配充分协调在一起，如此才有可能激发出更大的潜力。

轮到王乃彦的时候，面试谈话根本就没有涉及专业知识，基本上询问的是工作意向，王乃彦甚至都没有等发问，就直接回答“我喜欢做实验”。这个直奔主题的学生让钱三强有点惊讶，不过对他的回答，面试者感到十分满意。“有其他意愿或者要求吗？”面试人继续问道。“没有了。”王乃彦直截了当。

这是科学家之间的简短对话，科学工作者的为人就像他们的工作一样，实在、踏实。

1956 年，中国自行培养的第一届原子核物理专业学生毕业。在核物理学家钱三强的召集下，刚刚大学毕业的王乃彦被分配到原子能研究所（中国原子能科学研究院前身）的二室，来到北京西南郊区一个不起眼的小镇——新镇。二室由钱三强兼室主任，副主任是何泽慧和朱光亚。何泽慧是钱三强的妻子和科学研究的搭档，朱光亚是王乃彦北大的老师，他还同时分到了钱三强直接领导的二室三组，能够这样面对面地亲承大师们的教导，王乃彦是如此的幸运。

钱三强领导的小组任务是建立反应堆的中子飞行时间谱仪，做中子能谱学研究；工作具体来说就是用中子的飞行时间来测量反应堆和回旋加速器上的中子能谱，即通过中子的飞行时间去求中子的截面、能谱和能阶分布、强固函数等。在反应堆上的中子飞行时间谱仪（代号 2031）主要是由钱三强自己抓，在加速器上的中子飞行时间谱仪（代号 2032）则由何泽慧负责，王乃彦在 2031 从事实验研究。中子核数据对于反应堆来说是最基础、最核心的数据，对于设计反应堆来说至关重要。

中子飞行时间谱仪是用于研究堆上可直接测量冷、热中子能谱的实验装置。通过测量出射中子的能谱、截面、角分布等，或反应产物的各种参量随入射中子能量变化的规律，获得有关核结构和核反应机制的信息及有实际应用价值的核参量。

中子能谱测量对核物理的研究很有意义。例如，测量产生中子核反应的能谱，可以得到核能级的资料。测量非弹性散射中子能谱，则可以直接获得核激发能级的数据。在中子应用领域，中子能谱测量也很重要，例如，设计和实验核反应堆和核武器，需要知道裂变元素的裂变中子能谱，以及动力装置内的中子谱。推广中子源应用时，也涉及需要知道中子源的中子能谱和实验装置内的中子能谱。

做中子截面的测量也非常有意义。由于中子是能参与强相互作用的电中性粒子，因此中子与核相互作用时不存在库仑势垒的作用，所以中子很容易和原子核发生反应。中子的反应截面在整个核物理研究，包括核理论研究和核技术应用中都占有重要地位。

中子俘获反应是中子核反应的重要组成部分，是核机构和元素形成理论所关心的问题。快中子俘获截面是核反应理论、核科学工程设计及天体中元素合成研究所需要的重要参数。在中子照射下，生成长寿命放射性核的问题，是聚变堆概念设计中面临的重大研究课题，也是国际核聚变研究界和核数据界近些年来重点关注的核物理前沿问题之一。

在钱三强领导的二室三组中，组员大致由两部分人员组成，一部分是在苏联学习或工作过的研究人员；另一部分则是像王乃彦这样刚毕业的大学生。去过苏联的是第一梯队，后来补充进来的大学生是第二梯队，两个梯队加以组合，边学边干，边研究边实践，二室三组就这样运行起来了。

饱含努力的日子最终都会转化为职业生涯中的厚重底蕴。作为北京大学技术物理系第一届毕业生中的一员，王乃彦在原子能研究所开启了他的职业生涯的起点。他的职业理想是白手起家，创造出中国核事业从“零”到“一”的突破，他要做“中国式”的科学家。

做“中国式”的科学家

成功，不仅在于拥有一流的专业和学术水平，更重要的是在于它独特而深刻的人生哲学。如果能获得频繁地与杰出人士交往的机会，自己又有心的话，必然能学有所成。注意观察那些出类拔萃的人，乃是最佳的学习之道。

在原子能所工作的几年里，王乃彦以高度的热情投入核科学事业，汲取前辈的渊博知识，不仅锻炼了他学以致用的工作能力，钱三强等科学家们严谨求实、认真负责的工作态度与高尚人格也无时无刻不在影响着他，引导着他之后的工作和人生。王乃彦将钱三强视为自己的“启蒙老师”。

“‘中国式’的科学家，都有两个优秀的品质，一是强烈的爱国主义思想，一是对科学执着的追求。”谈起钱三强对自己的影响，王乃彦现在回想起来仍旧感慨不已。他认为钱三强这一代“中国式”的科学家往往具有一些常人所不及的品质，例如艰苦奋斗、无私奉献等，王乃彦将其归因于强烈的爱国主义和执着的科学精神。他觉得所谓“中国式”的科学家，就是跟随着新中国，在党的教育下成长起来的一批人，他们有着强烈的爱国主义思想。“不管是钱三强先生，还是王淦昌先生，他们共同的特点就是非常爱国。”除了爱国，这些人还对科学有着十分执着的追求。

“祖国在向我们召唤，四万万五千万的父老兄弟在向我们召唤，五千年的光辉文明在向我们召唤，我们的人民政府在向我们召唤。回去吧！让我们回去把我们的血汗洒在祖国的土地上灌溉出灿烂的花朵！”这是海外游子对来自祖国母亲热切呼唤的回应。

1948 年 5 月，钱三强和他的夫人何泽慧，抱着刚半岁的女儿，带着丰硕的科研成果，带着导师的重托和法国同行的深情厚谊，离开了巴黎，踏上了回国的征途。

钱三强后来解释了他们回国的动因，令人动容。他说：“回到贫穷落后、战火纷飞的中国，恐怕很难在科学实验上有所作为。不过，我们更加清楚的是，虽然科学没有国界，科学家却是有祖国的。正因为祖国贫穷落后，才更需要科学工作者努力去改变她的面貌。我们当年背井离乡、远涉重洋，到欧洲留学，目的就是为了学到先进的科学技术，好回去报效祖国。我们怎能改变自己的初衷呢？应该回到祖国去，和其他科学家一起，使原子能这门新兴科学在祖国的土地上生根、开花、结果。”

钱三强把他的决定告诉了导师。导师表示理解，由衷地说：“如果我是你的话，也会这样做的。”

作为国际著名的核物理学家，钱三强的归国，立即进入了国民政府遴选原子能人才的视野。钱三强回到北平不久，南京方面便派人来找他，让他赶紧离开北平，准备一起撤退。钱三强以母亲需要照顾为由没有答应。在撤离大陆的最后时刻，国民党当局给他送来了飞往台湾的机票，但被他果断拒绝了，钱三强从而走上了奉献祖国的另外一条光辉道路。

1949 年 1 月北平和平解放，钱三强兴奋地骑着自行车赶到长安街，汇入欢庆的人群，庆祝北平和平解放。他相信共产党的能力，仿佛看到了自己的新生，感受到了即将到来的科学的春天。随后，北平军管会主任叶剑英派人找到钱三强，希望他随解放区的代表团赴法国出席保卫世界和平大会。中共中央在经济极其困难的情况下还拨出5万美元经费，委托他帮助订购有关原子能方面的仪器和资料。看到共产党的领导人在新中国尚未建立时就有这种发展核科学事业的远见，钱三强发自肺腑地感到敬佩，激动得热泪盈眶。从国外归来后，他于开国大典当天还应邀登上了天安门。“他们克服重重困难回国，为的并不是追求别的什么，只是为了祖国，为了科学。他们对生活享受看得很淡，唯一热爱的就是科学研究事业。”王乃彦说。

1956年，主导核武器研究的三机部成立，钱三强被任命为主管科研业务的副部长。数年间，他将原子能研究所里的重量级科学家，比如王淦昌、彭桓武、王承书、于敏、黄祖洽等人调过去担当重任，并不拘一格举荐了邓稼先、朱光亚等科学大咖，这些人后来基本都成为了“两弹”功臣。有学者形象地描述了钱三强此时的作用与地位：这时的钱三强，是科学前沿战场上指挥若定的领军大将，他总是在关键时刻，调配关键人物去解决关键问题。在谋划全局的时候，钱三强总能周密地考虑到布局上还有哪些环节是空白点，他不能让这几个空白点堵塞千军万马前进的必经之路。人最大的教养正是来自骨子里的低调，但一个国家对待伟大的人物绝不能低调。

钱三强与同一学科的才女何泽慧是于1946年结为夫妻，自此两个人紧密联系在一起，命运沉浮与共。他们在清华相识，共同学习、感知国家的危难，都前往欧洲，在那里度过了艰苦的战争岁月。两人一起从事科学研究，一起回国创业，经受了历次政治运动的风风雨雨。文化大革命期间，钱三强被下放劳动，何泽慧也申请一同前往。在荒凉的土地上，两个人看到天上的星空，想到天空也是一个大的实验室，于是一起制作了简陋的仪器，观察彗星的轨道。他们都50多岁，在人生最好的年纪，没有了实验室。但人们依然可以看到他们面对命运的坦然、平和，他们性格中的简单、纯粹。据王乃彦回忆，钱三强的钱包都是何泽慧先生亲手做的。后来钱三强去世后，钱包没有保存下来，何先生还十分遗憾。

在科学上，钱三强夫妇的研究密切结合，两人的事业相互辉映。钱三强曾讲过："我们的结合，是科学的结合。"钱三强和何泽慧先生有时候在工作的认识上有点分歧，主要是因为钱三强是党员，又参加了许多行政性工作，更多地忙于科学家的组织工作，为中国原子能事业招兵买马、调兵遣将，科研工作根本顾不上做。顾不上做也行，但后来在运动中还要接受批判。他毕竟是个知识分子，受了批评、委屈，回来也没有地方说。何泽慧偶尔也埋怨他，"你当什么部长啊，你像我一样搞科研，什么奖都能得。"但钱三强说，其实何先生说的是气话，我能理解。像我们这样的科技人员到了这个程度，不能光想自己出成果，更要为国家做贡献，为事业牺牲自己。

伟大的历史进程背后，必然伴随着个人为理想的奋斗与坚定的前进。而作为后来人感受着科学大师的言行，却使我们管窥到的是一个科学家虚怀若谷、理想前行、奋勇攀登的思想轨迹。在很多与其共事过的人看来，钱三强不仅是一位有很高学术成就的科学家，还是一位具有杰出才能的科研事业的组织家。约里奥·居里夫妇曾在对钱三强的评语中写道"钱先生是一位优秀的组织工作者，在精神、科学和技术方面，他具备研究机构的领导者所拥有的各种品德"便印证了这一点。在国家表彰的 23 位"两弹一星"功勋科学家中，有 7 位是直接由钱三强推荐到核武器研究第一线的。钱三强的团队还陆续走出了数十位两院院士，当年他身边的不少年轻人日后都成为了享誉国内外的顶尖科学家。

爱因斯坦曾说过："第一流人物对于时代和历史进程的意义，在其道德品质方面，也许比单纯的才智成就还要大。" 钱三强认为：

“科学研究要有好的传统。或许，科学界最重要的好传统就是学术与道德的统一。善良、正直、谦逊、实事求是、永远进取与创新、热忱帮助年青一代、热爱祖国、关心人类的前途等，这些就是一个优秀的科学工作者的基本品质。”

当年，王乃彦被分配到二室三组，他记得小组刚成立时，组里每两周就有一次学术报告会，由大家轮流作学习心得和工作报告，钱三强几乎每次都亲自到会。“钱先生在听完大家的报告后总是鼓励我们，并用最简洁的语言对讨论问题的物理意义、适用条件、应用范围作非常透彻的说明，使我们受益匪浅。”王乃彦说，“他总是谆谆教导我们不要只喜欢学书本理论，还要努力培养自己实际动手的能力。”

同样，王乃彦眼中的另一位恩师王淦昌，也是与钱三强一样的“中国式”科学家，“王老”是王乃彦这一批科学家及后来的科技工作者对王淦昌的尊称。在新中国原子能事业的初创时期，生活条件尽管极其简朴，对生活要求也极其简单，但他们的追求却是那么的崇高，科学精神和科学信仰是他们人生理想的支撑。他们的这种精神深深感染了年轻时的王乃彦，也给予他潜移默化的影响，成为他实践做一名“中国式”科学家的榜样。“我一天到晚跟他们在一起，他们的言传身教，他们的人生观、世界观、价值观都时刻影响着我——到底做科学工作的目的是为何？他们给了我一个标准答案。”

王淦昌于1934年在德国柏林大学获物理学博士学位；1956年，进入苏联杜布纳联合核研究所；从1956年到1960年底回国前，担任杜布纳联合核研究所副所长，并在此期间和另外两名同事发现了反西格玛负超子，蜚声中外。虽然他的个人志向是研究基本粒子物理学，但国家却需要他转变研究方向，国家需要他承担更重要的使命。

1961年4月3日，刚刚从苏联回国不久的王淦昌接到了第二机械工业部的一纸通知，刘杰部长约他即刻见面。在办公室，刘杰与钱三强向他传达了中央的重要决定：希望他参加中国的核武器研究，并要求他放弃自己卧薪尝胆、追索多年、成功在望的研究方向，而改做他不熟悉但是国家迫切需要的应用性研究。最后还问他是否愿意隐姓埋名，改为他名。王淦昌毫不迟疑，当即写下了“王京”两个字，并掷地有声地说：“我愿以身许国。”短短一句话却意味着，在以后的若干年里，他再不能在世界学术领域抛头露面，不能交流学术成果，不能按照自己的兴趣进行科学探索，更不能实现自己成为世界顶尖科学家、摘取诺贝尔奖的梦想。组织上要求王淦昌对自己的工作必须绝对保密，要长期隐姓埋名，不得告诉任何人，包括自己的父母妻子。

从此以后，王淦昌在中国科学界消失了整整 17 年，不仅他的国外同行失去了他的音信，国内科技界也很少有他的信息。王淦昌更名为王京，背井离乡、隐姓埋名、断绝一切与海外的关系，投入到了核武器的研制工作当中。家人和他通信就用这个名字，地址是某某信箱，什么单位、在哪里工作一概不知，别人向他老伴打听王淦昌哪里去了，他老伴只能回答说到信箱里去了，因为她只知道一个信箱代号。 多年后，说起当时毫不犹豫的决定，王淦昌说：“我认为国家的强盛才是我真正的追求，那正是我报效国家的时候。”

王淦昌始终没有离开过科研第一线，他充分发挥了组织才能。他这个组织才能和我们党政干部还不一样，他在科学家中间特别能显示组织才能，知人善任，需要什么样的学科，需要什么样的人才，哪个单位里有这样的人才，他都清楚明白。

中国可以没有人叫“王淦昌”，但不能没有“两弹一星”；中国可以没有诺贝尔奖，但不能没有大国核盾。“可以没有……但不能没有……”，一道看似简单的填空题，一千个人有一千种填法。幸运的是，总有一些人像王淦昌一样，在前一个空填入了“自己”，在后一个空填入了“祖国”。静水流深，智者无言。国之脊梁，默然挺立。愿我们的时代，对得起真正的国之脊梁。

在王乃彦眼里，王淦昌和钱三强都是自己的恩师，典型的“中国式”的科学家，为了表达对自己恩师王淦昌（王京）的崇敬，王乃彦将自己的笔名取为“王小京”。如今，已经85岁的王乃彦仍坚守在科研工作的一线，亲自带五个博士生，并且将极大精力投入到针对青少年的科普事业中去，上到博士，下至小学生。“我被老一辈科学家的一言一行所鼓舞，我现在算是在扮演一个引导者的角色，就像大手拉小手那样。”

原子弹，包括氢弹在内，在其衍化发展的研究应用中必定会有我们中国人科学智慧创新的凝结，但是无论如何这些东西都不是科学的最终目的。从1955年踏入原子能专业的那一刻起，王乃彦的人生就与国家的命运紧紧相连，他努力将前人的荣光品格镶嵌在自己的人生追求中，持之以恒地在科研这条道路上奋进。无论是在青海草原、戈壁沙漠，还是在科研一线、研制现场，他用汗水、热血和宝贵的青春谱写着我国尖端技术发展的光辉篇章。核能强国，振兴中华，为祖国原子能事业的发展贡献自己的一份力量，始终是贯穿王乃彦一生最坚定的信念。

专业领域初显才华

科学无止境，没有一成不变的知识可以一直满足科学的发展，好在王乃彦天生是个好学的人，勤奋努力的他一直紧跟着师长们的步伐，兢兢业业。从学科带头人到基层组员，无一例外都是在实践中摸索，年轻人更是这样，当时的口号是“边学边干、干成学会”。

在组长钱三强的领导下，王乃彦主要从事中子能谱学的研究，在原子能研究所实验重水反应堆的水平孔道上测量中子和物质相互作用的全截面，测量核的能级分布，能级分布的强固函数等问题。

用中子飞行时间法测量中子和物质的相互作用反应截面是第二次国际和平利用原子能会议后，开始公开的研究课题，国际上美国、苏联、英国的重要国家实验室都开展了这些研究。钱三强带领项志遴、吴治华在苏联热工物理实验室学习了这些技术，并决定要在原子能研究所的实验性重水反应堆上，尽快建立起中子全截面实验测量装置，分工由项志遴和王乃彦负责256道的中子飞行时间测量谱仪的建造。虽然电子学线路的设计是按照当时苏联热工物理实验室的方案，但整个建造、调整全部是项志遴和王乃彦他们独立进行的，特别是在项志遴被划为“右派”，离开原子能研究所之后，建造飞行时间能谱仪的担子就落在了王乃彦一个人的肩上。他埋头工作，带领一位实验员完成了256道时间分析器的焊接和调整，最后用于测量中子的飞行时间，这就是我国第一台共振中子飞行时间能谱仪，随后测量了金、银等样品的全截面数据。

王乃彦在二室三组的三年时光，离不开钱三强的谆谆教导。钱三强知道像王乃彦这样刚毕业的大学生都喜欢理论，不重视实验，缺乏动手的能力，所以尤其注意对他们的引导和教育。来到二室三组后，钱先生让王乃彦做的第一件事就是推导一个公式，王乃彦用两个星期的时间推导出来后，钱先生紧接着就让他开始动手做实验。“他总跟我们说，苏联第一个反应堆启动的时候，你别说那些操纵都很简单，反应堆的操纵员可都是院士级别的。”钱先生告诉他：“一个科技工作者，不仅要注重理论，更要重视实验。”

所谓“物理学”早在亚里士多德时代已经有了一套理论，但他的理论在解释很多现象的同时对大量反例视而不见。直到伽利略，人们才开始正视实验的威力。另外只靠头脑不靠观察是做不了物理实验的，即使两个小球同时落地，头脑实验也引入了“快慢物体相互拖拽”的观察事实，所以“纯的头脑实验”只能检验理论的自恰性，而不能验证其现实适用性，也就是真伪。对实验的根本性的重视，是物理学作为成熟科学从自然哲学中脱离出来的标志。就像实践是检验真理的唯一标准，物理学本质上是一门实验科学，物理学科理论和实验是相辅相成的，再高深的理论也要经过实验的验证。在钱三强先生小组里工作的三年，王乃彦潜心科研，不仅在理论研究方面有了长足的进步，而且进一步锻炼了他的实验动手能力。

后来组里分配王乃彦研制一台放大倍数为一万倍的放大器。在钱三强的鼓励下，王乃彦和同事尝试自己绕制大变压器，焊接各种稳压电源、各种电子线路和研制各种探测器。开始他以为很容易，因为它的工作原理大学时都学过，没料到当两个一百倍的放大器连接到一起时却产生了振荡，很难克服。

“没那么简单吧，有许多大学里没学过的东西，要靠自己在实际工作中边干边学，钻进去，才能解决。”王乃彦至今记得钱三强先生当时微笑着鼓励他，以此为动力，通过不断的研究探索和实验分析攻克难题。

那时，王乃彦走阶梯都是一路小跑，吃完晚饭后依然回到实验室工作，整整苦战了三个月。也正是因为如此，打下了他后来去苏联杜布纳研究所的基础。在二室三组的工作经历，使王乃彦的探测器技术、电子学技术、数据测量技术等的研究能力都有了飞速的提升。

1955 年 1 月 15 日，党中央作出了大力发展中国原子能事业的战略决策，同年 4 月，中国政府代表团与苏联政府签订了《关于为国民经济发展需要利用原子能的协定》。《协定》的签署意味着在核科学领域，苏联方面将向我国提供一座 7000 千瓦的重水型实验性反应堆和一台直径 1.2 米的回旋加速器，并接受我国工程技术和科研人员去苏联考察学习反应堆和加速器的理论、运行、维修，以及在这些设备上进行科学研究的有关技术。

上世纪 50 年代的中国，科学技术还十分落后，还不具备自己建设核反应堆的条件，如果我们当时不从苏联引进重水研究堆，肯定要经过更加漫长的时间才能跨入原子能时代。

所谓研究性重水反应堆，是因为这个反应堆专门供科学研究而不是用来作为动力源（例如发电），而中子的减速及热量的导出是用重水来进行的。反应堆建成以后，我国科学工作者就有了优越的条件来进行一系列原子核物理方面的研究工作。

回旋加速器是利用磁场和电场共同使带电粒子作回旋运动，在运动中经高频电场反复加速的装置，它是高能物理中的重要仪器。回旋加速器的光辉成就不仅在于它创造了当时人工加速带电粒子的能量记录，更重要的是它所展示的回旋共振加速方式奠定了人们研发各种高能粒子加速器的基础。

1956 年 5 月 26 日，苏联援建的我国首台研究性重水反应堆和第一台回旋加速器（以下简称“一堆一器”）开工兴建。短短两年多，在北京西南郊的房山坨里地区，昔日的荒滩野岭间因核而兴出现了一座原子科学城，成为我国第一个比较完整的、综合性的原子核科学技术研究基地。

1958 年 6 月，喜报接踵而至：10 日，我国第一台回旋加速器第一次得到质子束并且到达内靶；13 日 18 时 40 分，我国第一座重水反应堆首次达临界。7 月 1 日，《人民日报》一版刊登消息，向全世界宣告了这一喜讯，称“它们的建成标志着我国已经开始跨进了原子能时代”，我国第一个综合性的原子核科学技术基地初步形成。许多领导同志和战斗英雄、劳动英雄陆续参观了研究所，特别是 1958 年 8 月 22 日周总理和陈毅、贺龙副总理陪同西哈努克亲王参观研究所，受到了热烈欢迎。

“一堆一器”的建成，标志着中国进入了原子能时代，我国核科学研究的技术装备和实验手段有了显著提升。原子能研究所的业务范围迅速扩大，科学技术水平也迅速提高。科研人员们在核反应大厅里连班作业，日夜无休，为的是给原子弹、氢弹和核潜艇的研制提供关键数据。那时，反应堆里的仪器设备和外面的测量设备全要自己安装调试完成，反应堆大厅没有窗户，科研人员进去以后，在里面根本分不清白天黑夜，大家的工作状态都是忘我的。

除了缺少设备，试验用的放射源更为急需。让人意想不到的是，钱三强办公室的铁皮柜中竟然存有放射源，一般人别说接触放射源了，就是听了也会害怕。这些放射源是钱三强先生告别法国居里实验室那天获得的。离别时，约里奥先生将一些重要物理数据告诉了钱三强，小居里夫人则拿出了极其珍贵的放射源，她告诉钱三强，将这些放射源带回国或许对他今后从事的工作会有用。可是钱三强不但没有害怕，还异常欣喜，因为他知道这些放射源将会为今后的工作帮上大忙。

围绕“一堆一器”，原子能院开展了核裂变测量、核数据测量、核反应研究等大量工作。其中最突出的是根据国防事业需要，积极开展科技攻关，为“两弹一艇”成功研制作出了历史性贡献。

以“一堆一器”为牵引，中国原子能科学研究院目前形成了核物理、核化学与放射化学、反应堆工程技术、加速器技术、核电子与探测技术、同位素技术、辐射防护技术和放射性计量八大学科，为我国原子能科学事业的发展奠定了坚实的基础。

王乃彦曾说过，核科技的发展离不开反应堆、加速器等重大设施，当前世界核科技水平的表现形式集中体现在反应堆、加速器的先进程度。60 多年来，“一堆一器”还培养了数以万计的优秀核科技工作者，王乃彦等老一辈核科学家都曾在“一堆一器”上从事过核科学研究，“一堆一器”培养的科学技术人才代表了我国早、中期核科技事业的最高水平。

在原子能所工作的三年中，王乃彦潜心研究，他和他的同事们建成了我国在原子反应堆上第一台测量中子能谱和截面的中子飞行时间谱仪，测量了中国第一批中子核数据。

当时王乃彦所在的二室三组的中子飞行谱仪虽然是苏联提供的图纸设计，但加工、建造和调试全部都是他们自己完成的。与此同时，他们还要建造大型的 256 道时间飞行器。在钱先生的指导下，包括王乃彦、项志遴在内的三个人一起焊接、安装、调试 256 道时间飞行器，从库房领来电阻、电容、电子管、变压器等，开始设备研制，全部靠他们自已焊接、安装、调试，对王乃彦的电子学实践是一个极大的锻炼，因为要自己焊自己调。在北京大学的时候，老师就很注意训练学生的电子学实践，所以王乃彦的电子学的基础，基本上是在那时候打下来的。

项志遴1952年毕业于清华大学物理系，曾从事核裂变原子能研究、放射性探测器研制、中子能谱核参数测量、反应堆用中子探测器研制等工作。后又从事等离子体物理及受控核聚变的研究和数学工作，并研制成功数种高温等离子体诊断仪器。在Y和中子探测技术、中子物理、低本底技术装置、反应堆控制仪表等方面做出重要贡献，1952年至1962年在原子能研究所工作。1974年后任中国科学技术大学教授、校学术委员会副主任，中国核学会理事。由于钱三强担任了许多行政领导职务，工作太多，王乃彦刚进入二室三组的时候，实际带他的是项志遴。

项志遴是助理研究员，20世纪50年代高级知识分子这道线划在助理研究员上，所里组织召开高级知识分子鸣放会，要求大家向党提意见。他原本没兴趣的，但去了也不能不发言。为了向党交心，他讲了两条意见，第一条是苏联小偷多，酗酒多，这在当时简直就是反苏言论。项志遴不知道不能讲苏联的坏话。第二条是讲我们党的方针政策为什么就不能好好地一直往前走，干吗总是左右摇摆。王乃彦当时只是研究实习员，不是高级知识分子，因此没有参加鸣放会。

结果项志遴被打成了右派，要求两个星期内离开原子能所。临离开的时候，钱三强把项志遴和王乃彦都叫了过去，询问项志遴是不是可以把在苏联学的东西都教给王乃彦。项志遴说，在两个礼拜中，王乃彦如果有什么不懂，尽管可以打电话找我，我都可以给他讲，可以把我在苏联学的笔记本全部交给他。

1958年的国庆即将来临，王乃彦难抑激动的心情，他想要以自己创造的科技成果向新中国国庆献礼。为了实现这个目标，他与实验员一起几天几夜不睡觉，马不停蹄，此刻他们只有一个心愿，那就是尽快完成工作任务。在设备调试后期，由于得力同事项志遴的离开，接下来的整个研制工作只能由王乃彦和实验员两个人来做。“如今的256道时间飞行仪可以做得很小，但在当时却很大，上千个电子管一起开起来热度很高，屋子里也没空调，只能用风扇去吹。”为了准时向国庆献礼，王乃彦带着实验员在实验设备安装大厅日夜兼程工作。有一次实验员困得打起了瞌睡，不知不觉中将手碰到了电路上，造成了触电。至今王乃彦回想起来仍唏嘘不已。

王乃彦自大学毕业以后，从1956年到1959年，大部分的时间都集中在中子飞行时间谱仪的研制上。经过两年多的努力，他获得了重要的科研成果，中子能谱仪终于调试成功，可以投入实验运行了。当时他研制的中子飞行时间谱仪的科技水平不仅在国内是领先的，就是在世界范围内都属于先进水平。

“终于可以做实验了，这件事情终于做成了，我自己真的觉得特别高兴，确实有很大的自豪感。”王乃彦非常兴奋。在接下来进行的数据测量中，通过谱仪取得的实验数据，与在1956年日内瓦和平利用原子能会议上原子能研究发达国家发表的数据相差无几，双方都在误差范围以内，获得业界的广泛认同，他成功了。

1959年，幸运又一次降落在王乃彦身上。他记得原子能所二室三组刚成立时，组里有个很好的学术氛围和工作惯例，他们每两周就组织一次学术报告会，不论是老科学家还是青年科技工作者，由大家轮流作学习心得汇报和研制工作报告，钱三强先生尽管工作繁杂，仍先后几次亲自到会听取汇报和交流发言。这次是王乃彦大学毕业后所作的第一次学术报告，钱三强先生亲自莅临，并听取了他的报告，他的才华获得了钱三强先生的赏识。正当王乃彦专心于运用中子飞行时间谱仪测量一些标准样品的中子全截面数据时，钱三强决定推荐他前往苏联杜布纳联合核子研究所工作学习。

第三章
杜布纳的青年学者

伏尔加河位于俄罗斯的西南部，发源于俄罗斯特维尔州奥斯塔什科夫区、瓦尔代丘陵东南的湖泊间，全长 3692 公里，是欧洲最长的河流，也是世界最长的内流河，自源头向东北流至雷宾斯克转向东南，至古比雪夫折向南，流至伏尔加格勒后，向东南注入里海。杜布纳河属于伏尔加河的右支流，河道全长 167 公里，俄罗斯有座小镇——杜布纳就坐落在杜布纳河和伏尔加河的汇流处。

在俄罗斯莫斯科州最北端，莫斯科运河的北起点，平静的伏尔加河和白桦红松簇生的森林环抱着一座著名的国际科学城，杜布纳联合核子研究所是这座小城的符号。杜布纳联合核子研究所成立于 1956 年的秋天，当时社会主义阵营的各国代表于 1956 年 3 月在莫斯科签署协议，组建联合核子研究所。杜布纳联合核子研究所主要进行核科技等方面的合作与交流，简称“联合所”。当时建所的主要目的是研究如何和平利用原子能，参加的国家有苏联、中国、波兰、南斯拉夫、罗马尼亚等 12 个社会主义国家。

进入国际顶尖研究所

杜布纳联合核子研究所曾是一段时期内世界范围内著名的核物理研究所，并拥有当时世界上功率最强大的三米回旋加速器，拥有获得当时最重的离子射线的能力，在合成新的人造元素方面取得了举世瞩目的成绩。自从合成新元素的方式由“中子照射”（92 号到 100 号元素）转为“离子轰击”（100 号元素以后）以来的 50 多年间，几乎所有合成的新元素都是杜布纳或其与其他试验室合作完成的。特别是从研究所建立到 1976 年间，杜布纳更是取得了空前的成绩，从 102 号元素到 107 号元素全部是由其初次合成，远远将美、德、法等国的著名实验室抛在其后。今天的杜布纳，已经具备了将大多数元素的离子进行加速的能力，并与美国、德国的著名实验室合作，成功合成了众多 110 号以上的元素。

目前有能力进行稳定岛（质子数在 106 到 118 之间）登陆的，主要是美国劳伦斯·伯克利国立实验室、德国达姆施塔特的重离子研究所和俄罗斯杜布纳联合核子研究所。三家机构均在元素周期表上各据一席之地。第 105 号元素的名字 Dubnium 取自“杜布纳”，第 110 号元素 Darmstadtium 是“达姆斯塔特”，而劳伦斯·伯克利实验室早在 1961 年就将自己的名字——准确地说是回旋加速器之父劳伦斯的名字送给了第 103 号元素 Lawrencium。

从1956年秋冬起，为了尽快建立起中国的核工业基础，发展中国自己的原子能事业，按照党中央的战略部署，中国政府委托核工业部先后从全国各地区选派了130多位科学家和青年学者赴杜布纳联合所工作，包括王淦昌、张文裕、胡宁、朱洪元、周光召、何祚庥等知名科学家，也有像王乃彦这样的优秀青年科学工作者。我国科学工作者和各成员国的科学工作者一起，为该所的发展作出了贡献，其中比较突出的是，王淦昌领导的研究小组发现了反西格玛负超子，参加这项工作的还有丁大钊和王祝翔以及其他成员国的工作者；周光召对盖尔曼等人提出的部分赝矢流守恒定律（PEAC）给以较严密的理论上的证明，这一观念直接促进流代数理论的建立，并对弱相互作用理论起到重要作用。通过联合所的广泛交流与合作，对于我国培养核科学人才起到了重要作用。

王淦昌1929年毕业于清华大学物理系，1933年获柏林大学博士学位。1964年，他独立提出了用激光打靶实现核聚变的设想，是世界激光惯性约束核聚变理论和研究的创始人之一。王淦昌参与了中国原子弹、氢弹原理突破及核武器研制的试验研究和组织领导，是中国核武器研制的主要奠基人之一，曾荣获两项国家自然科学一等奖、国家科学技术进步特等奖等奖项。

1956年秋，已在世界核物理学界声名远扬的王淦昌来到了苏联杜布纳联合原子核研究所，任高级研究员，后任副所长。作为一个实验物理学家，他亲自领导并参加了一个实验组的高能实验物理研究工作。当时，在尖端的高能基本粒子物理领域有许多重要课题尚待解决，令科学家们绞尽脑汁的一项课题就是，反粒子的存在是否是普遍规律？“物质”是人们熟知的概念，然而，“反物质”呢？

科学家们在长期的科学研究中，发现微观世界中一个极为重要的现象，这就是微观世界中任何一种粒子都存在着相应的反粒子。反粒子具有与粒子完全相同的静止质量，相等的荷电量，但其他性质如电荷符号、量子数等则正好相反。当反粒子和粒子碰撞在一起时，就会产生“湮没”（即二者都消失，全部能量都转变为其他粒子及动能）。同样，如果两个粒子发生高能碰撞，只要能量足够大，也能产生反粒子。

20 世纪 50 年代末，一条轰动全球的新闻从苏联杜布纳联合原子核研究所传出——在这里工作的中国物理学家王淦昌直接领导的研究小组，在 100 亿电子伏质子同步稳相加速器上做实验时，发现了反西格玛负超子。反西格玛负超子的发现，在当时引起了巨大轰动。苏联《自然》杂志指出：“实验上发现反西格玛负超子是在微观世界的图像上消灭了一个空白点。”世界各国的报纸纷纷刊登了关于这个发现的详细报道，“王淦昌”成了新闻导语中的主题词之一。

关于反西格玛负超子发现的意义，当时科学家们认为“其科学上的意义仅次于正电子和反质子的发现”。后来，欧洲中心的 300 亿电子伏加速器上发现了另一种反超子——反克赛负超子。于是，在高能物理的历史上，反西格玛负超子和反克赛负超子被并列为公认的最早发现的两个负超子，这两项发现对证实反粒子的普遍存在提供了有力的证据。

1959 年 2 月 21 日，中国驻苏联大使馆商务参赞处王历给宋任穷部长和刘杰副部长写了一封信，汇报“如何利用苏联杜布纳联合核子研究所科学技术条件培养我国科学人员，提高我国科学技术水平的意见和情况”。信中说：“苏联联合所为苏新各国（苏联与东欧新民主主义各国）针对西方资本主义国家原子核中心机构建立的和平利用原子能和高能物理研究中心。该所当时主要研究方面包括高能物理实验、核结构、核反应、中子物理、理论物理等，那时正在进行多电核高能实验和最新的螺旋线式强聚焦回旋加速器的研究和设计。该所具有苏新国家较新、较高的科学技术设备，科学情报（包括西方各国）较为完备，也有些杰出的科学人才，所以从技术设备、资料情报、科学力量等都是较为雄厚的，科学技术条件也是比较苏联其他大学、研究机关都全面些，建议国内有关部门派专业技术人员去参加科研工作并从中学习。”

宋任穷将这封仅有两页纸的信转给陈赓阅。陈赓对这封信很重视，在信上批示：“请送彭总阅，我以为应该利用这一机构多抽派一些大学生去。”

彭德怀于2月24日又在信上批示：“陈赓同志：我同意利用这一机构培养人才。待聂总日内回京，请提交总理批示办理较为有效。”

后来此事报告给聂荣臻，聂荣臻与宋任穷商量后决定，中国再派出一定数量的大学生、留学生、研究生去杜布纳联合原子核研究所学习和工作。

因为杜布纳联合原子核研究所那边高能实验室有王淦昌，理论实验室有周光召，中子实验室还没有中国科学家参加工作，所以联合所提出来，希望中国在中子物理实验方面也派一些科学家来工作。为此，钱三强先生推荐了王乃彦前往苏联杜布纳联合核子研究所工作学习，但没想到的是，他的档案材料在第一次寄到杜布纳联合所时竟被退了回来。

王乃彦的资历显然跟王淦昌、周光召无法相比，退档附言写的是：“请你们派有副博士学位以上的人员来。”他们觉得你们中国派一个大学毕业仅三年的年轻人到这里，理论功底不深，实践经验缺乏，能做什么呢。的确，王乃彦只是一名大学本科毕业、工作了仅三年时间的普通青年学者，并且没有硕士、博士学位名头，也没有留洋经历，还是个研究实习员，对于当时处于国际顶尖地位的研究机构来说，怎么可以吸纳这样一位年轻人来从事顶尖科研工作呢？杜布纳的退档和不信任是有道理的。

钱三强把王乃彦叫到自己的办公室，告诉了他这件事。王乃彦所要去的联合所中子物理实验室的主任是苏联科学院院士、诺贝尔奖得主弗兰克教授，对去联合所做研究工作的人要求很高。尽管杜布纳联合核子研究所不信任，但钱三强依然相信王乃彦的潜质与能力，他坚定地告诉王乃彦说，“我派的人就是具有副博士以上水平的人，我们组织上研究了一下，决定还是你去。我又把你的材料寄回去了，你好好准备准备，也许那边不要你，也许会接受你，那边一旦同意，你就走。”

不知这份档案材料是如何评价与推荐王乃彦的，但钱三强是中国方面的全权代表，以他的选才眼光，包括他的学术地位和国际声望，对方一定是又经过了认真的审视与评估。在钱三强的坚持下，对方总算同意了。就这样，作为第二批人员，年仅 24 岁的王乃彦开启了他的苏联之旅。

那时，新中国成立的时间不长，国民经济正处于调整和恢复期，一穷二白的中国想要研究核武器，在很多人看来简直是天方夜谭，而国际上，包括苏、美、英、法都已经拥有了十几年的核技术。王乃彦虽然破格获得了到杜布纳联合所中子物理实验室工作的资格，但他感到很委屈，他立志要用自己的实力来证明中国学者的勤奋与出色。他深知此次来到苏联最大的任务是什么，无论从理论水平还是技术水平，苏联都远远高于我国，王乃彦知道，说是来杜布纳工作，还不如说是来学习。

临行前，钱三强因工作繁忙，未能有机会对王乃彦亲自交代，但何泽慧转达了他的叮嘱：“要给中国人争气！”王乃彦牢牢记住了这句话。这句话一直鼓励和鞭策着他在六年杜布纳联合所的工作中始终不忘为祖国争光，不辜负钱先生的期望。他感到此次远赴苏联，既是祖国对自己的信任和肯定，也是责任，自己必将要付出更多的心血来回报祖国和人民。同时，我们也深深敬佩钱三强先生对于培养“中国式”科学家的独到眼光和发展中国核事业的战略运筹。

走向成熟的青年学者

“深夜花园里，四处静悄悄，树叶也不再沙沙响。夜色多么好，令我心神往，在这迷人的晚上。我的心上人，坐在我身旁……衷心祝福你，好姑娘。但愿从今后，你我永不忘，莫斯科郊外的晚上。”当熟悉的旋律响起，优美的曲调萦绕，相信一定会勾起许多人的回忆，20世纪五六十年代在苏联工作学习过的，没有人会忘怀这样的夜晚，王乃彦也一样。

杜布纳联合所位于伏尔加河上游同杜布纳河汇合处、南距莫斯科128公里的一片茂密的森林中。人行甬道，汽车干道，白色、灰色和红色形状各异的建筑群，有如艺术品镶嵌在原始森林里，如歌里所唱的那样，是名副其实的莫斯科郊外。不过，令王乃彦难以忘怀的却并非如歌里所传唱的“心上人”“好姑娘”。在杜布纳联合核子研究所的六年，王乃彦沉浸于核科学的奇幻世界，如饥似渴地学习，勤奋努力地工作，逐步成长为一个成熟的青年学者。

那里是世界上核物理最前沿的研究机构之一，聚集着多位核物理大家，王乃彦现如今还清晰地记得他们每一个人的俄文名字以及和他们的故事。他的研究室主任是诺贝尔奖获得者弗兰克教授，副主任是莫斯科大学物理系著名的萨毕瑞教授。

伊利亚·米哈伊洛维奇·弗兰克，苏联物理学家，1958年获诺贝尔物理学奖。1930 年毕业于莫斯科大学物理系，1930 年至 1934 年在列宁格勒光学研究所特勒涅宁教授的实验室工作，1935 年获得博士学位。1934 年以后弗兰克在苏联科学院莱比得佛研究所领导核物理研究室。1944 年起到莫斯科大学担任物理学教授兼杜布纳中子实验室主任。1957 年以后任莫斯科大学物理实验室主任。1946 年成为苏联科学院通讯院士，1968 年当选为苏联科学院院士。

1937 年弗兰克和塔姆、切连科夫一起，对“切连科夫效应”作出了理论上的解释，“切连科夫效应”是切连科夫在研究 γ 射线穿入水中并被水吸收时的现象中发现的。他们认为切连科夫效应并不是由 γ 射线产生的，而是由于 γ 射线在介质中产生的电子，电子在介质中以大于光在介质中的速度运动时产生的。诺贝尔物理学奖历年来都是授予在物理学上有创造性发现的科学家，由于这一贡献，弗兰克同切连科夫和塔姆三人共同获得了 1958 年度诺贝尔物理学奖。

弗兰克教授非常重视科学研究中的独立创建。他对王乃彦说，我如果听我导师的话，我这个诺贝尔奖就得不了了。他与切连科夫是师兄弟，切连科夫有一天做完实验关灯准备离开的时候，发现放在水底下的伽马源发出很亮的光，而且偏紫。于是他找到弗兰克，描述了这一现象。弗兰克说，我刚好跟老师约好了，晚上要去向他汇报实验情况。

弗兰克的老师瓦维洛夫当时已经是苏联科学院院长，是物理光学学派的创始人。他的研究领域极广，对各种光学现象，尤其是荧光的研究，作出了重要贡献，奠定了光学中的新方向——微光学的基础，被公认为非线性光学的创始人之一。

弗兰克见到老师后，告诉老师说切连科夫看到一个光现象很奇怪。老师听完以后根本不以为然，说这是荧光，很简单的，打出的电子激发产生的荧光。老师问弗兰克你自己去看了没有？不能只听切连科夫的描述，要自己去现场看一看。弗兰克于是找到切连科夫，说老师批评我了。这样切连科夫就把他带到实验室再次观察，看到那个光发紫、很亮，而且有一定的方向性，不像老师说的荧光，荧光是没有方向性的，而且比较淡。正因为如此，他们发现了“切连科夫效应”。所谓切连科夫效应是指当带电粒子在某些透明介质中以大于光在介质中的速度传播时，这种带电粒子就会发出一种特殊的波。于是，他们又去找到研究电学的塔姆，三个年轻人讨论了几个晚上，对“切连科夫效应”作出了解释。现在看来这个发现很简单，也并不复杂，但第一次发现却是不容易的。

王淦昌是弗兰克教授敬佩的具有独立创建精神的科学家。1956年9月，王淦昌作为中国的代表，到苏联杜布纳联合原子核研究所任高级研究员，从事基本粒子研究，并被选为副所长。在杜布纳联合原子核研究所工作期间，他领导的物理小组首次发现了反西格马负超子。1959年，王淦昌在苏联杜布纳联合原子核研究所的研究中，从4万对底片中找到了一个产生反西格马负超子的事例，发现超子的反粒子，引起国际学术界轰动。

苏联杜布纳联合原子核研究所中国组组长是王淦昌，书记是周光召。周光召作为支部书记，对大家的要求非常严格，那时，在杜布纳联合原子核研究所工作的科研人员工资都很高，但他规定大家不能乱花钱，他对大家说：“我们不能安于享受苏联40多年社会主义建设的成果，我们要拿最低的工资，做最大的贡献，要在苏联一心一意地读书学习、搞科研。”所以，王乃彦他们在苏联的那几年里，大家都没有买什么东西。从苏联撤回来前，大家都想带一件礼物回国，周光召才同意。王乃彦同他的老师王淦昌分别买了一部照相机。周光召原本什么也没买，在大家的劝说下才买了一部自行车。

周光召留给王乃彦印象最深的还不是对大家的严厉要求，而是他扎实的演算功力。王乃彦在北大读书时，周光召是他们的助教。课上，教授有时候推导到一半时会发现演算有错误，这时教授就不推算了，说课下让周光召来给你们推导一下，周光召总是很快就能演算出结果。王乃彦非常佩服，对于一位物理科研工作者来说，数学演算是非常关键的。

让王乃彦难忘的是，20 世纪 70 年代，他的研究工作在数学计算上有一些困难。1978 年，全国科学大会召开，王乃彦有幸作为九院的六位代表之一出席了会议，会上与老书记周光召相见。他把自己在数学计算上遇到的困难向周光召作了说明。周光召很热情地说："你拿过来，我来帮你演算一下，看问题出在哪里。"在开会的几天里，他一有空就埋头演算，最后竟然把最关键的几步推算出来了。周光召这几步关键的演算，对王乃彦的科研突破带来非常大的帮助。

在王乃彦到达杜布纳之前，钱三强就与王淦昌说好了，一定要有人带着王乃彦去见室主任弗兰克，因为苏联方面可能不要王乃彦。王乃彦到达杜布纳的时候，正是王淦昌先生在那里做副所长任届期满，准备回国的前夕。王淦昌亲自带着他去见当时的实验室主任弗兰克，弗兰克那时候还很年轻，加上前一年刚刚获得诺贝尔奖，很气盛。王淦昌与弗兰克两个人在谈话，王乃彦就在旁边听着，弗兰克讲话的声音非常小，完全是个学者，他们之间交谈得很投机。其间，王淦昌还亲自为王乃彦充当翻译，两位科学大师在非常友善的气氛中对他的工作做了安排，弗兰克并提出安排王乃彦去见他实验室的组长。所以，尽管是远离祖国，远离家乡，王乃彦依然感觉到自己和祖国紧密联系在一起。

接着，周光召安排王乃彦去见他的组长，组长首先要考考这个具有副博士水平的年轻人。苏联援助我国的反应堆项目是在热工水力研究所做的，在联合所还没有开始做，组长考察的问题刚好是王乃彦最熟悉的，因为他在国内已经参与了这方面的研究，这在苏联还是最新的技术，因此介绍的一些技术原理让组长感到很新鲜。经过考察，苏联方面不得不承认王乃彦还真是个专家，最后安排王乃彦与早他一年从莫斯科大学毕业的阿列克两个人一起负责，去做一个很大的液体闪烁探测器，用于中子全截面测量。

王乃彦永远记得弗兰克主任的一句话："并不是老师所有讲的话都是对的。"

在这些科学大家的指导下，在这样的学术氛围里，王乃彦又一次抓住了难得的机遇，快速汲取着知识养分，并在科研上不断突破，完成了多项具有国际水平的研究成果。

在苏联杜布纳联合核子研究所工作期间，王乃彦浑然忘我，逐步克服了语言和生活上的各种障碍，学到了许多自己尚未涉猎，或在国内工作时不太理解、不太懂得的知识，能力提升很快。在杜布纳联合研究所，每一年都会贴出一个表扬板，将年内取得突出贡献的各国科学家的照片贴在上面，王乃彦的用心和努力使得他在 1961 年成为表扬板上的人物。在那个年代，"边干边学"是句流行的口头禅，服从国家需要，服从领导安排是基本原则。

1959 年至 1965 年，王乃彦在苏联杜布纳联合核子研究所快中子脉冲反应堆上，主要从事中子物理学研究。中子物理学是研究中子与各种物质间的相互作用的近代物理学的一个分支，论述了有关中子学科的基本实验方法、中子与原子核的相互作用、中子在物质中输运与中子在相关学科与技术中的应用。

到联合所后第一件工作就是参加快中子脉冲反应堆开堆启动中的物理测量，王乃彦用自己研制的裂变电离室，测量了快中子脉冲反应堆的功率和中子脉冲时间波形。联合所的快中子脉冲反应堆是按照当时该所的所长布洛欣彩夫教授的思想建造的一个高能量分辨率的中子能谱仪，中子脉冲时间宽度是能量分辨率中的一个重要指标，由于圆满地完成了任务，王乃彦受到联合所中子物理实验室的表扬和奖励，这是王乃彦在联合所完成的第一项工作。

随后，王乃彦在快中子脉冲反应堆的一千米中子飞行站上，从事中子全截面和能谱学的研究。通过边学边做，他研制了大面积的含硼液体闪烁探测器，在对 Tb 和 Yb 等稀土元素的同位素的中子截面测量中发现了一些新的中子共振峰，在对 Yb171、Yb174、Yb176 的全截面和（n·y）反应截面作全面分析的基础上，在世界中子能谱学研究的领域中第一个得到了 Yb171 和 Yb178 的能阶分布和强固函数，该项研究成果于 1965 年在比利时安特卫普举行的用中子研究核结构的国际会议上作为该实验室的重要成果发表。

王乃彦极其认真的工作态度、出色的工作能力，使弗兰克转变了对这位年轻学者的看法，从一开始对他的看不起转为喜欢和爱护，从最初的不信任转为赞赏有加。弗兰克平时对王乃彦相当好，他是一个非常开朗的人，也没有什么院士架子。因为弗兰克对研究人员的工作记录要求很严格，他经常跑到王乃彦的实验室翻看检查他的工作记录，并提些自己不太清楚的问题，询问王乃彦。

钱三强赴苏联参加联合所成员国全权代表会议期间，提出要参观中子物理实验室。利用开会的机会，他参观了王乃彦所在的实验室，询问弗兰克教授，王乃彦的工作表现怎么样，你们满意不满意？弗兰克教授回答说，“我很满意，我跟他的组长都很满意，他前几个月刚得了我们实验室的奖，但你们满意不满意，最后感觉如何，等他回国后，你们就知道了。”

王乃彦说，“在苏联杜布纳那段时间给我最大的影响，是他们对工作非常严谨，非常严格。俄罗斯人这一点我们真的要向他们学习，我的室主任、副室主任、组长甚至下面的人，年纪稍微大一点的，都经历过卫国战争洗礼，他们的工作干劲非常顽强，非常非常顽强。”

期待报效祖国

1964年10月16日，我国第一颗原子弹成功爆炸，根据上级指示，王乃彦从使馆取回了反映我国原子弹成功爆炸的新闻纪录片。受使馆的委托，回去之后他请实验室的外国同事一起观看，苏联的专家也都参加了观看，王乃彦所在实验室的主任、副主任都来了。但他们的心情很复杂，惊喜中透着惊讶。大家都非常激动，连连称赞，想不到中国这么快就研制出了原子弹。这也使得王乃彦对于回国参与核武器研制工作，用自己的所学报效祖国充满了期待。

1965年，在杜布纳联合核子研究所的所有中国研究人员奉命全部撤回国内前，联合所开会，中方全权代表宣布了中国政府的决定。休会时，王乃彦实验室主任弗兰克跑过来找到他，把他拉到旁边，询问他能不能不走。弗兰克说，“为什么一定要走啊？你们对我们有意见可以提，我们错了可以改，是不是能够不走。”王乃彦告诉弗兰克，这不是我跟你之间的问题，我们关系非常好，但我们两个国家政府之间关系已经不行了，我们必须回去。弗兰克的态度非常诚恳，问到底是因为什么原因，我们什么地方做得不对，如果做得不对我们可以改。

弗兰克去世后，有一次王乃彦访问俄罗斯，顺路去访问杜布纳联合核子研究所，见到了与他一起工作过的师兄阿列克，他们曾一起研制液体闪烁探测器。相隔十年，阿列克的头发已经全白了，他在中子实验室门口等待王乃彦，见面后，两人相拥而泣，泪流满面，这泪水是他们对那段美好岁月的怀念。

第四章
金银滩逐梦

“在那遥远的地方，有位好姑娘……”被称作“西部歌王”的作曲家王洛宾，曾创作过一首脍炙人口的民歌，在他的歌里描绘出了一个令人向往的神秘而又富有诗意的浪漫地方。他吟唱着这首民歌，从金银滩、青海湖出发，唱遍了青海，唱遍了全中国，风靡海内外。歌中所描绘的地方就是中国青海省海北州境内的一块方圆1100平方公里的大草原。

草原的西部与青海湖相邻，东北部被祁连山环绕，平均海拔3200米，麻皮河和哈利津河贯穿而过，将草滩分为金滩和银滩。北岸草滩上盛开着一种叫金露梅的金黄芳香的小花，故称金滩；南岸草滩上则是洁白如银的银露梅的天下，谓之银滩。每到夏季，野花盛开，金花白花绽放成片，犹如金色和银色的草滩，这就是青海有名的金银滩大草原。今天，是青海省海北州海晏县首府西海镇所在地。

在诗人的眼里，金银滩大草原很美，美得足以让人震颤；这里很高，高得让人感觉蓝天和白云伸手可及。草原的天，蓝得醉人；草原的云，白得可心；草原的山，美得如画，就连草原的空气也甜得让人心怡。浮云般的羊群，棕黑相间的牦牛，星星点点地徜徉在青草和野花丛中。不时有穿着藏服的藏民，骑着骏马悠然地在草原上缓缓而来。远处，山峦起伏，偶有雄鹰飞过的身影，莲花般的藏式帐篷散落在白云深处。

然而，对于新中国核事业的开拓者来说，这亘古荒原，并非诗人描绘得那么浪漫，它本身就是神秘莫测的迷宫，一年中的多数时候，狂风肆虐，飞沙走石，带给人们的是肃杀。翻过壮丽的祁连山，走过一望无际的戈壁滩沙漠和无垠的千里草原，往西走，再往西走……多少年来，金银滩草原因苍茫雄浑，浩瀚千里，使得世人醉心向往，又让众人望而生畏。

20 世纪 50 年代后期，一部刚拍摄不久，并且还颇有影响的电影被打入了密室。这部电影就叫《金银滩》，里边有一首插曲唱道："高山上跑马啊云里穿，要找凤凰到银滩。"我国的核武器研制基地在此定点建设后，这部电影就被悄悄禁映了，原因是保密。"金银滩"这个地名也在地图上神奇地消失了，这里成为了一个让人倍感神秘的地方，它成为了我国第一个核武器研制基地。此后不久，金银滩以震撼世界的巨响，成为了中国宁静的地平线上最壮丽的风景。

戈壁滩上施展抱负

由于中苏关系破裂，1965 年王乃彦及所有在杜布纳联合核子研究所工作的中国研究人员奉命全部撤回到国内。回国后，王乃彦被分配到二机部核武器研究设计院第二研究所工作。其实，在杜布纳联合所工作的后期，王乃彦就期望着回国后能被分配到九院从事核武器的研制，用自己学到的原子核物理、中子物理知识报效祖国的国防建设，他特别羡慕王淦昌、周光召、吕敏等从杜布纳回国后投身于祖国的国防建设。后来知道自己也要去九院工作，王乃彦高兴得不得了，期待报效祖国的他，准备承担新的更重要的工作任务。

可不曾想，领导找王乃彦谈话的时候告诉他说，“你在苏联待了六年，受到的修正主义思想的影响比较大，还是先到农村参加社会主义教育运动吧。”王乃彦高中时曾经参加过一年多的土改工作，在这方面有经验，他没有犹豫，当即购买了一套旧的军装、棉大衣、棉裤，准备扎扎实实地到农村去参加社会主义教育运动。可是，等到公布参加社教人员名单时却没有了他的名字，他急了，找到领导问，是否因为疏忽把自己的名字漏写了。领导郑重地告诉他，“社教不用去了，现在有项重要的任务要调你去青海，去核试验研究基地报到。”

事情的缘由是，王乃彦等人从苏联回国后，因他在杜布纳工作学习时的突出表现、科研能力和取得的研究成果，得到核武器研究所

（九所）主管人事的副所长朱光亚的肯定和赏识，他从回国人员名单中圈定了部分科研人员去九院工作，其中就有王乃彦。就此，王乃彦被从社教名单中被拿下，有幸参加了核武器的研制工作。

朱光亚是1957年调入原子能研究所的，从事中子物理和反应堆方面的研究。1959年底，调到九所任副所长，担任核武器研究所的技术负责人，开始了真正的原子弹研制的秘密历程。

王乃彦在工作中虽与朱光亚接触不多，但每次汇报工作，朱光亚都会认真听取每一位同志的发言，一边听一边做笔记，不多言，很少讲话。但事后会发现，需要他解决的问题他都会一一给予解决和落实。从朱光亚老师身上，王乃彦感受最深的是他做事三思而后行，讲得最多的是“思考，思考，再思考”。

王乃彦知道这次去青海意味着什么，组织安排他去西北的时候，格外高兴，他想到：搞核武器是国家、民族大业，使命神圣，职责光荣，中央在极端困难的形势下，坚持要搞原子弹、氢弹，显然这是头等政治任务，义不容辞。“国家兴亡，匹夫有责”，无国就无家，怎么能强调个人的兴趣？他说，去大西北比那时去苏联工作学习还高兴，终于能够用所学去报效祖国了。然而，他的妻子郑守钧已经先于他去了山西农村参加社教，此时家中只有一个不到两岁的女儿在家。考虑到任务的重要性，王乃彦只能将女儿寄养在朋友家里，他的这位朋友很可靠，在中央对外联络部工作。于是，他告别了女儿，踏上了西去的征程，前往他心目中神圣而又神秘的核武器青海基地报到，开始了人生中的一段新征途，并在此度过了14年宝贵而有意义的时光。

我国第一颗原子弹爆炸成功后，研制氢弹的任务很快上马，王淦昌、周光召、于敏等著名科学家都汇聚到了基地。工程物理研究院（二机部第九研究院）向原子能研究所要人，希望能提供氢弹实验物理测量方面的专门人才。王淦昌当时是分管近区物理测试工作的九院领导，因为在苏联杜布纳联合核子研究所的工作经历和了解，他对王乃彦的科研能力非常欣赏，这使得王乃彦有机会真正在一线参与氢弹的科研工作，有机会与王淦昌、周光召重续师生缘。

王乃彦到基地报到时见到了周光召，在苏联杜布纳联合核子研究所时，他曾是王乃彦所在支部的党支部书记，王乃彦就是在联合所时由中共预备党员转为中共正式党员的。见到老书记，王乃彦心里别提有多高兴了。苏联杜布纳一别，已经有些时日，他有许多心里话渴望向老书记汇报，还有许多学术问题要向老师请教。但此刻，他最关心的还是对自己的工作安排，他要明确自己的工作任务，因为他感觉到自己来金银滩的使命非凡与责任重大，尽管目前他还不知道自己具体承担什么任务。

中国核武器发展被列入国家最高等级绝密工程，王乃彦将要奔赴的金银滩基地对外则称是青海西宁综合机械厂（221 厂），他工作的地点也是最具神秘色彩的领域。因为工作的保密性，王乃彦对亲属只能简单地说去青海西宁综合机械厂工作。

从西宁坐火车，然后再转汽车，辗转多次才能到达金银滩。海拔3500 米的茫茫草原，一望无际，临时搭建的帐篷星罗棋布，帐篷间夹杂着几座正在建造的实验楼、厂房、实验设施等，基地建设仍在进行中。头戴柳条帽的建筑工人，身穿绿军装的转业军人，在工地上忙碌奔波；卡车、吊车来往奔驰——王乃彦到达基地的时候，看到的便是这样一番景像。

王洛宾笔下的歌词是优美的，那悠远而又令人情动的歌声温婉悠长，令人神往。然而，在共和国成立之初，中国的核物理科学家们离开繁华的都市，远离亲人故土，开始独立自主、自力更生地研制核武器，条件的艰苦异常却远非今天可以想象。在如此艰苦的条件下，是一种什么力量使得这样一批优秀的中华儿女无怨无悔地“以身许国”，吃苦耐劳，默默奉献？答案是显而易见的，那是因为我们的科学家、部队指战员们怀揣为国担当的坚定的人生信仰和火热的爱国主义情怀，一旦祖国需要，他们会从四面八方汇聚到这里，抛弃个人利益的羁绊，义无反顾地投身于让祖国更加强大的核武器研制当中来，正是这种执着与坚定才铸就了祖国今天的辉煌。

青海的高原，辽阔而粗犷。高原的气候变幻无常，没有明显的四季，这里的霜冻期非常长，时有风雪冰雹，年平均气温只有零下 4℃。当短暂的夏季到来时，这里虽有丰盛的牧草和盛开的鲜花，但是天空飘下六月雪，砸下碗大的冰雹也是常有的事。短暂的夏季一过，随之而来的就是漫长的寒冬，金银滩草原温度下降到零下 40℃是经常的事，狂风夹杂着砂石，一望无际的冰原，严冬的酷寒，令常人难以忍受。在这高原上，伴着寒冷风雪的是稀薄的空气，人们由于缺氧，走路、爬高、负重、干活都要比在平原上生活的人们付出加倍的能量。

在高原的低气压条件下，烧水不到 80 度就沸腾了，馒头和米饭根本没法做熟，这里的人们长期就吃着这半生不熟的饭食果腹。生活多有不便和困难之处，但是同志们的工作热情非常高涨。王乃彦离开家乡福州后，在北京求学，去杜布纳工作，对于北方的气候尽管已经充分适应了，但他仍是没有料到西北高原上的生活条件和工作环境竟是如此艰苦恶劣。王乃彦没有屈服，经过短暂的适应后，他便以更高昂的斗志投入到了核武器研制试验工作当中。

九院在金银滩的核试验研究基地设有实验部、设计部、生产一部、生产二部等。因为整个九院虽说担负着重大使命，应该算是个“特区”，当时正处在第一颗原子弹试验成功后，要进一步提高我国原子弹性能和突破氢弹技术的时期，但也脱离不了全国大的政治环境制约，依然要按照全国的规定动作，开展社会主义教育运动。

来到金银滩基地，王乃彦担负的主要任务是核武器试验的时候进行近区物理测试，就是测量核武器的威力、当量、温度、压力，中子、γ 射线、X 射线的强度，时间分布等物理参数。只有把这些参数测量准确了，才能够了解试验的核武器到底有多大的威力，以便了解核武器的性能，并为今后新的试验进行设计、改造、改进提供依据。任务的关键点是要确保找到试爆成功或失败的真正原因。目标是一次试验多方收益，就是要把每一次试验得到的参数掰开了揉碎了进行研究。对此，王乃彦积累了很多独特的经验，走出了一条中国自己的核试验近区物理测试道路。

核爆炸反应激烈，整个过程发生在百万分之几秒的一瞬间。要捕捉到这微妙的信息，准确描述这个过程，并在核试验无人看管的条件下，自动记录一整套数据，难度可想而知。摆在王乃彦面前的任务非常艰巨，他要制定一个切实可行的方案，研制一套快速射线探测器，研制快速记录示波器，要建立一套模拟标定源，最后还要把它们配在一套完整的测试系统中。

为了与时间赛跑，保证实验的顺利进行，当时的科研人员个个激情澎湃，呈现出一派忘我的工作氛围。那是一段激情燃烧的岁月，在茫茫的草原上，实验室里不息的灯火与夜空中的繁星相互交映，显得格外醒目。王乃彦和他领导的小组开始夜以继日地准备着核武器试验的近区物理测试。由于工作区和生活区距离很远，很多人都是工作到深夜，然后睡在办公室，王乃彦形容“一般是晚上干到转钟，然后把铺盖往办公桌上一铺就睡，早上再把铺盖一卷就又开始工作，办公室与宿舍合二为一”。往往一两个星期才能回寝室睡一回觉，这种情景和场面深深地教育和感动了王乃彦，而且他看到的不仅是他所在的组室，而是全基地的普遍现象，最终他明白了一个道理：当我们把党中央的决策和号召自觉地变成千万人的行动目标和为之奋斗时，就没有克服不了的困难，并创造奇迹。

参与氢弹试验

核武器试验好了，必须武器化，必须装在导弹上面发射，但那时候我们国家还没有能够实现导弹控制发射，还是由飞机来实施空投。王乃彦参加的第一次核试验是空投原子弹试验的近区物理测试。

从那时起，按照中央对于加快氢弹研制的战略决策，王乃彦开始参与了氢弹的试验工作，主要负责氢弹实验中近区物理测量。核爆炸物理测试是指对核爆炸放出的各种射线的物理参数随时间的变化规律所进行的测量和诊断。根据测试结果，可以推知核装置内部发生的核反应的物理过程。

核试验时，对核试验过程的测试一般在核装置附近进行，所以也称为核爆炸近区物理测试。核试验近区物理测试是一项非常复杂的工作，过程要求严谨，结果要求精密，分析要求准确。因此，每次试验中往往要安排一系列量程不同的探测器来覆盖测量中子和 γ 射线的强度变化范围。它还要通过测量聚变反应产生的能量为 14MeV 高能中子，以获得核装置的许多重要信息。例如，测量从核装置中穿透出来的高能中子总数，可以推算核装置的聚变威力；测量高能中子的能谱宽度可以推算聚变反应区的温度。同时，利用光学小孔成像原理可以得到核反应区的中子或 γ 射线的图像，借此判断核爆炸时核装置内核材料的形状变化。

核爆炸物理测试系统一般包括探测系统、传输系统和记录系统三部分。探测系统的作用是捕捉核爆炸的辐射信号并将它转换成光、电等信号。如闪烁探测器、半导体探测器等。探测系统输出的光、电等信号需要送到记录终端进行测量和记录，实现这一功能的系统即为传输系统。对传输系统的要求，一是要使被传输的信号的波形特征尽量不发生畸变；二是有时需要精确地测量传输系统的延迟时间，这是因为，需要测定几个相关信号的时间关系时，要考虑信号在传输过程中产生的延迟。记录系统的作用是将探测系统探测并经传输系统输出的光、电等信号予以有效记录并获取有用信息。常用的记录仪器有示波器、微电流仪、电脑等。

与实验室测量相比，核爆炸物理测试需要测量极短的时间（纳秒、皮秒级）内的物理过程，要求测试系统有超快（纳秒、亚纳秒级）的时间响应能力；核爆炸中，核辐射强度的变化范围非常大，最高强度非常高，因此要求测试系统能够测量的强度范围非常宽，一般达到几个量级甚至十几个量级；核辐射是由γ射线、X射线、中子等组成的混合辐射场，需要采取有效的探测手段对不同种类的射线进行甄别，分辨信号和噪声，因此要求测试系统具有足够高的射线分辨能力；核爆炸时，近区物理测试点无人值守，因此要求记录系统带有受控装置，测试过程通过远距离程序进行控制。

核试验开始前，他们要布置好工号，工号上面有很多的探头对准爆心，工号下面都是各种测试设备和仪器，核弹爆炸时传感器接收的信息被自动传回工号内的仪器上，测好的数据都在工号底下的仪器里面，需要测试人员穿戴防护装具进入工号回收。在实验部承担近区物理测量任务的王乃彦，不仅要与恶劣的自然环境抗衡，还要戴着“猪鼻子”，穿着防护服到场地去回收实验结果，每一次的回收都会面临着核辐射超剂量的危险。要测量中子，还要防止伽马辐射，所以试验中要用大量的铅砖来屏蔽预防核辐射。从基地运到试验场地上去的几十箱铅砖常常要装两三车，对体力的要求很高。他说，那时候自己年轻，身体也好，搬铅砖、堆铅砖没有问题。“我那时候还年轻啊，不知道搬了多少铅砖。”实际上王乃彦的个头不算高，而且身体羸弱，体格也并不健壮。

王乃彦深知，世界上最重的东西，莫过于责任。为了提高测量精度，他把核物理的方法以及数学的方法结合应用到核武器测试上，包括能谱测量，解决了数学计算上的困难。这些科研上的突破，当时是极不容易的，没有经验可循，没有来自国外的任何资料，完全依靠自己对核爆炸原理的钻研。经过艰苦努力，他的研究成果经受住了考验，在试验中获得了满意的、可靠的波形，为我国氢弹试验成功提供了可靠的近区物理测量数据。

他用许多核物理的实验方法创建了多种新型的探测技术，以满足核武器实验中物理测试的要求，为了提高测试数据的精度，他花费了很大的精力和时间去解决测试数据的反演和解卷积问题，使得在远距离测量站就能够通过各种电缆和探测器记录到的数据回推到爆心，反映核武器固有的性能和参数，使我国核试验近区物理测试技术的水平有了质的提高。

为了验证武器理论设计的正确性，在热试验中要测量核武器设计中许多关键的物理量，要进行很多探测设备的设计和安装调试。这就需要王乃彦他们首先要弄清楚理论部对物理测试有什么具体要求，物理测试的精度和量程要如何去满足检验理论的需要，这时于敏就成了王乃彦最好的老师和朋友。

于敏带领的氢弹理论设计小组，在中国氢弹原理突破中发现了热核材料自持聚变反应的关键物理因素和方法，解决了氢弹原理方案设计上一系列基础问题，提出了从原理到构形基本完整的设想，对我国核武器的研制和氢弹爆炸成功起到了关键作用。此后长期领导核武器理论研究和设计，解决了大量理论问题，对中国核武器进一步发展到国际先进水平作出了重要贡献。

那时候，为了弄清物理测试的一些理论要求，王乃彦曾多次从青海、四川前往北京，专门向于敏请教。回到青海和四川后，有时有一些问题还没有彻底弄明白，或还有些不放心的地方，他又专门跑去找于敏讨论、请教。王乃彦说，“每一次他都是那么谦逊、耐心地和我们讨论，直到我们把问题弄清楚。”

在氢弹研发突破的过程中，王乃彦和于敏的接触就更多了。在向领导和技术骨干介绍突破氢弹的会议上，听了邓稼先和于敏介绍的理论方案后，王乃彦的心情十分激动，近区物理测试的工作也按照理论部的要求，准备了物理测试的方案。对此，于敏提出了很多改进的意见，这些都对后来取得重要成果起到了关键作用。氢弹原理性试验取得了圆满成功，测量的结果完全证实了它不仅达到了原定的设计指标，而且还超过了原来设计的当量。

于敏不仅精通理论，而且还是一个非常重视实验、理论联系实际的典范。近区物理测试有一个复杂的技术问题直接影响着测量数据的修正效果，困扰了王乃彦半年多，为了解决它，王乃彦看了好多书，也请教过许多同事，但都没能解决，成了他的一个心病。有一天，王乃彦把问题告诉了于敏等人，他们说可以帮忙。不久于敏把写着推导的好几张纸给了王乃彦，使得王乃彦又感动又佩服。

2019 年 1 月 16 日，于敏逝世，王乃彦在《光明日报》亲自撰文，以示哀悼。悼文中写道，我们爱戴他，敬仰他，他将毕生的经历都奉献给我国核武器研制的事业，并作出了载入史册的卓越贡献。我们将永远学习于敏的光辉事迹，将他的爱国精神和崇高思想铭记心中，继续前进。

美国和苏联进行核武器试验都达到上千次，而我国的核试验次数很少。他们做试验就像放炮一样，一次投放五六颗，甚至七八颗，而我们每次只能做一颗，而且做一次试验以后，再做的已经是第二种型号，也就是改进后的新型号。所以，我们的核试验对物理测试要求非常严格。核武器爆炸试验，大家把希望都寄托在测试的物理数据上，如果取不出物理数据来，那么这个实验就白做了。物理测试只有取出数据以后，才知道核武器威力怎么样，实际威力与理论设计是不是一致，性能是否满足理论设计的参数要求，下一步该怎样改进。

1966 年中期，九院的核武器专家和广大工程技术人员在“文化大革命”的暴风骤雨中，在大字报的火烧炮轰中，攻坚克难，像草原上的牦牛一样，顶风冒雪，排除干扰，顽强奋进，为氢弹的研制试验忍辱负重，尽管有的同志遭遇蒙冤受屈的情况，流汗又流泪，但仍然痴心不改、矢志不移地埋头苦干，咬定氢弹不放松，管它东南西北风。在理论部先行开始理论研究，实现理论突破的基础上，王乃彦等实验部近区物理测试组进驻试验场，开始了试验前的准备，每一个同志都努力去考虑怎么样突破，那时候的工作氛围真正是百花齐放、百家争鸣。

突破氢弹技术最重要的一次核试验是氢弹原理试验，试验是要在核爆炸现场，通过试验测量热核材料聚变反应的效果，对理论设计提出的氢弹原理进行试验检验。氢弹原理试验的各项准备从 1966 年 6 月中旬相继展开。

1966 年，我国开始了氢弹原理性突破的试验工作，实验部领导指派王乃彦和李耀辉携带试验测量方案去北京，向时任九院副院长朱光亚和理论部的同志汇报近区物理测量的实验安排。到达北京后，朱光亚亲自接待了王乃彦和李耀辉，提前用了半天时间认真听取汇报，还不时提出问题，要求他们加以说明，并指出介绍汇报需要注意的重点，要突出哪些问题等，为向理论部的有关同志介绍和汇报试验测量方案做了很好的准备。

氢弹研制理论突破以后，在实际上行不行得通，要靠试验来回答。与此同时，制定热试验测试方案，研制和调试热试验用的探测仪器和设备等也在紧张进行中。在核爆炸现场，用什么实测数据来检验氢弹原理试验是否成功，用什么测量方法取得这些实测数据，怎样保证这些数据准确可靠，是这次氢弹原理试验物理测量的重点内容。王乃彦小组承担了 6 个重要测试项目，为氢弹试验的物理分析提供了重要的数据，这些项目是用来验证和判断氢弹试验是否成功及其性能的重要依据。

为了让九院实验部的科研人员做好测试工作的准备，周光召、黄祖洽、于敏等亲自给参加测试的有关人员讲课，对他们进行技术交底，使他们在试验准备中能够做到心中有数。九院负责理论设计和测试两项工作的科研人员，共同讨论了试验测试中可能会发生的技术问题，并根据试验目的拟出了测量项目及测量要求。

1966 年 12 月初，九院组成第九作业队，带着研制和调试好的全部测试仪器设备，乘火车去新疆罗布泊核试验场地。本次试验，九院参试人员超过 300 人，实验部占 100 人左右，主要任务是接收、测量在爆炸瞬间（百万分之一秒）产生的各种相关物理参数，用以分析、判断、评估核爆炸过程及其变化。王乃彦小组承担了其中的 6 个测试项目，6 个项目中有 3 个是一定要确保的项目，九院副院长邓稼先亲自负责领导测试工作的准备。他提出，必须确保测量数据的精确获取，氢弹试验如果是成功的，为什么能够成功，要用数据描述清楚；试验如果是失败的，是什么原因造成的失败，也要用数据描述清楚。确保就是你只要知道有什么仪器，有什么设备符合需求，都可以提出来，国家给你去解决，需要什么条件都给你保证，但是你得拿出结果。

茫茫戈壁，号称“死亡之海”，是一个渺无人烟、偏僻荒凉的地方，自然环境十分恶劣。“冬风如刀，夏风如烧”，一年四季大风不断，其中8级以上的大风就有五六十次，飞沙走石，天昏地暗，扬尘遮天。戈壁滩上的风沙可以将工作使用的吉普车前面的玻璃打毛，有人风趣地说，这里风不多，一年刮一次，一次刮一年。

有一次遇到大风沙，晚上王乃彦等人下班后准备离开工号回营地，走出工号大概30米，大风挟着风沙就吹过来了。风沙太大了，汽车迎风面的整玻璃都被打毛了，车辆蒙皮全成了干干净净的白铁皮。司机看不见路，只能车里的人下来在外面带路，风沙中人都睁不开眼，只能拿个棍子戳，看哪个是路，哪个是路沿，眼睛里面进了沙子，眼睛都闭不了，被沙子撑住了。等回到营地，已经是第二天凌晨了。

基地的参试人员都住在临时搭建的帐篷里，夜里刮风就得起来拽帐篷，紧急加固，如果要让帐篷吹跑了，就连遮风挡沙的屏障都没有了。冬季气温低达零下30多摄氏度，而夏日地表温度又高达五六十摄氏度。参试科研人员吃的是夹沙饭，喝的是孔雀河的盐碱苦咸水，冬天寒风刺骨，夏季酷热难熬。而且那里方圆几十公里都没有人烟，面对沉寂的千古荒原，激荡在风尘仆仆的核试验者心中的是历史的责任和激荡的豪情，“丹心照大漠，血汗写艰难”，正是他们“甘做隐姓埋名人，苦干惊天动地事”的真实写照。他们就这样在与世隔绝的茫茫大漠，默默奉献着青春和热血；在没有名字的地方留下他们的身影和足迹，在荒无人烟的戈壁和沙漠中踏出了强军兴国之路。

到达试验场地后，大家住在试验场地上搭起的临时帐篷里。那时生活很艰苦，夜间帐篷外面温度常是零下三四十摄氏度。戈壁滩的冬季很冷，身上裹了羊毛大衣还冻得发抖，穿着空军的皮制地勤服也解决不了问题。但是大家忘记了寒冷，一心扑在工作上，在测试工号里日夜奋战，进行热试验的准备。

实验室就安排在离爆炸中心500米的全封闭钢筋混凝土地下室内。由于核试验近区物理测试是一个庞大的系统，各种测试仪器设备数量非常多，大家每天来回奔波，整日在不见阳光的地下室内工作，既辛苦又紧张。但参加测试的同志都毫无怨言，只有一个心愿，那就是一定要拿到武器引爆过程、武器动作过程的数据，这样才能够知道成功是为什么成功，万一失败，失败在什么地方。在我国进行有限核试验的情况下，争取每一次试验都能得到最大的收获，拿到尽可能多的一手试验数据，保证每进行一次试验都能站上一个新的台阶，使核武器水平上一个新的档次，尽快缩小与美苏两个核大国的差距，是每一位科研人员最大的心愿。

这次核试验采用塔爆方式。在核试验场地，第九作业队在距离爆炸中心500米、1000米和1500米三处，分别建造了测试站。有663测试站（负责人王乃彦）、664测试站（负责人华欣生）、665测试站（负责人吴鸿志）。他们的前期任务是在这三个测试站里安装相关探测仪器和记录设备，进行设备仪器的调试和标定，对核爆炸时的核辐射进行测量。另有距离较远的高速摄像光学监测的668测试站和669测试站（负责人董大年）。当时王乃彦小组的任务是通过近区测量，了解氢弹的动作过程，同时要在氢弹爆炸后进入测试站回收胶片，并进行数据分析。

用于测量的全部探测仪器和记录设备都要自己动手安装、调试，工作量很大。而且还有许多技术难关需要在现场去攻关解决，像系统保护就属于这一类。王乃彦组织大家集思广益，进行比较分析，同时采取了许多巧妙的办法和技术措施优化完善。在副院长王淦昌的指导下，王乃彦认真制定了测量方案，利用实验室的条件，对探测器、传输系统和记录仪器进行了反复调试、考核和标定。

托举氢弹装置的铁塔在流云飞雪中挺立着。铁塔高 120 米，塔顶就是爆室，王乃彦与他的同事们安装调试测试探头就是在这样的环境里。王乃彦感慨，那滋味真不好受。

谈起那段大西北的日子，王乃彦依然记忆犹新："我们第一次做氢弹原理实验是 1966 年 12 月，当时戈壁滩的温度低到零下 40 摄氏度，有胡子的男同志在场外一讲话嘴边就会结霜，环境相当恶劣。"

早在我国第一次原子弹试验前夕，周恩来总理就针对核武器研制提出了"严肃认真，周到细致，稳妥可靠，万无一失"的工作方针，要求试验人员做到"一次试验，全面收效"，试验过程要"保响、保测量、保安全、保取样"。周总理要求各种试验都要做到"万无一失"，又对如何达到"万无一失"做了许多具体指示，而且还要求把各种不利或意外因素考虑到。在试验基地，科研工作者们用精心选出的彩色石块拼成"严肃认真，周到细致，稳妥可靠，万无一失"这 16 个大字，镶嵌在各工号的戈壁滩上。这 16 个大字已经刻在参加核武器研制的科学家和每一位参试人员的心中，成为尖端武器试验长期遵循的座右铭。

测试站建在屏蔽严密、坚固的地下工号。各式各样的探测仪器都放在工号外面，对准塔上的爆炸装置，探测器的信号用电缆接到工号里的记录设备。这些记录设备必须要屏蔽和固定好，在核爆炸时仪器才能把各种实验数据记录下来。爆炸后，再打开工号大门，测试人员快速进入地下工号，取出记录数据，运回实验室进行分析和研究。在这里，"万无一失"是底线。

起爆之前，王乃彦带领两位同志还要做最后几件事。他们首先要攀登到塔顶爆室，待负责安插雷管的同志插好雷管后，他将亲自完成最后一个动作，把窗户上的冻霜擦拭干净，以保证探测的清晰度。将玻璃窗上的凝霜擦拭干净后，还要再涂上防霜膏，使窗户在一段时间内保持透明不结霜，他做这些时是那么地从容。从塔上下来后，王乃彦等人乘吉普车直接回到自己的岗位，报告任务完成，可以起爆。指挥部发出命令，各场地做好临试准备，准备开始起爆。

随着起爆口令的下达，氢弹装置按时起爆。“零时”过后，巨大的白色蘑菇云缓缓升起。它先是升起一个不大的“伞头”，接着奇迹出现了，从那个“伞头”中心向上蹿出一朵白云，相比之下，原先那块云就显得发灰了。随后白云迅速扩大，构成了一个大“伞头”，把原先的灰云完全覆盖。同时“伞柄”也在上升，最后形成一朵巨大的、纯白色的蘑菇云。伴随强烈的闪光，蘑菇云翻滚着直冲九霄，雷鸣般的轰响声震撼着戈壁滩。

这次试验时任国务院副总理聂荣臻受中央专委的委托专程到现场主持。

同时，当钟表的指针指到预定的“零时”那一瞬间，现场的计数器也开始进行大量的计数。它们随着时间衰减，与在实验室里用加速器测量的情况一样，氢弹原理试验成功了！

根据在实验室里对样品和探测仪器系统的刻度，从计数器的计数推算出了样品记录到的聚变高能中子数量。试验结果表明，氢弹研制的关键理论和技术问题都获得了解决。在得到氢弹原理成功的消息时，大家相拥而泣，为成功欢呼。

然而，氢弹原理试验爆炸成功，并不代表工作的结束。试验非常成功，大部队兴高采烈地班师回营，但还有一支队伍不能撤离，他们还有更重要的任务要去完成。要完成近区物理测试项目，测试队的人员还要进入爆心取样，回收测试数据。

大部队离开后，现场只留下了 7 个人，王乃彦是组长。他的任务就是带着 6 位同志，到 500 米的工号里面去把仪器拍照后的胶卷取出来。因为所有的数据都在胶卷里，那些数据不仅可以知道爆炸当量，还有很多关键的物理数据，能够判明为什么成功，为什么会超过理论设计。

取样的测试人员见到了氢弹爆炸后的爆心：托举氢弹的铁塔全部融化，仅残留少量变了形的钢管。距爆心 200 米内的建筑物全部被吹光，铁塔周围整个地面被烧成褐色。钢铁柱子化掉了，那些铁疙瘩全带放射性，然后有一部分的放射性沉降物慢慢地沉降下来，所以工号附近污染很严重。工号上面覆盖的土整个被吹光，工号顶部钢管也吹断了，很多地方都被掀了顶。

因为氢弹爆炸的威力太大，现场工号许多被严重破坏，原来设计时没有想到会有这么大的威力。王乃彦非常着急，因为工号被破坏了，下沉的放射性物体都会跟着下沉，如果受到放射性污染，底片就会变黑，数据就会消失。王乃彦天天打电话去指挥部申请，要求进工号抢救胶卷，如果继续拖下去底片就全报废了。指挥部回复说不行，你说没有生命危险也不行！其实领导也明白，越早进去回收越好，但是必须保证测试人员的安全。7 个人天天就窝在工棚里面等待，过了七八天，指挥部终于同意可以进工号了，测试队员们高兴得不得了，把防毒面具和安全帽戴上了。后来，胶卷冲洗出来后发现有些底片已经全黑了，有些已经发乌，但是仍然可以看到它的轨迹，所以没有全部影响数据采集，如果不是抢救及时，后果将会非常严重。

由于爆心近区核辐射剂量很大，那时候，大家都想冲进去，认为能参加核试验是极大的荣誉，根本没人考虑辐射问题。当时的场面很震撼，王乃彦一心想着实验结果，勇敢地跑在了最前面。王乃彦等 7 个人分乘两辆吉普车，他坐在前面一辆车上。其实，除了王乃彦他们，当时还有别的人员一同进入。

第一梯队冲进去的是防化兵，防化兵走在前面探路。防化兵要去工号测量辐射剂量和剂量分布，做路标指示路上的放射性剂量，哪里剂量最小允许通行，哪里剂量太大不能走，以保证测试人员的安全，不能出事故。事实上前面几天他们就一直在测，但放行时仍要再测，选好行进路线，然后再撤出来。

第二梯队是工程兵，清除障碍。第一梯队进去测完以后，表示没问题了，然后防化兵后撤，第二梯队工程兵才进去。工程兵的任务是把道路上的障碍撤开，让汽车进得去，然后把工号的门打开。工号的封闭铁门既厚实又沉重，并且在核弹爆炸中已经严重变形扭曲。王乃彦担心，万一风把放射性砂砾吹进了工号，后果会很严重。工程兵的任务就是把测试工号门口的沙包扒开，把门拆开，方便测试人员进去。现场尘土飞扬，战士们受的剂量比技术人员要大得多，等他们弄完撤回后才是第三梯队开始进入。

第三梯队是王乃彦他们。测试工号是半地下式的建筑，这要冒着接受大剂量辐射的风险，而且要在最快最短的时间内取出照相底片，把胶卷取出后马上返回。进去最多几分钟，不允许在里面多停留，多停留身体受到的辐射剂量就会更多。回来后，所有回收队人员都要在洗消站洗澡，去掉身上一切放射性尘埃，接着马上在专门的测试车里冲洗底片。

负责运送测试人员的汽车开得飞快，路旁边充斥着放射性物质。因为道路已被氢弹的爆炸破坏了，地面坑坑洼洼的，王乃彦他们头上虽然戴着帽子，却扛不住吉普车的颠簸，一会儿脑袋顶到吉普车顶，一会儿屁股又重重地落下。

到达工号后，他们迅速从吉普车上跳下，王乃彦冲在最前面，以最快的速度提着铅罐往里跑，摸索着迅速把底片放进铅罐。因为胶片不能曝光，这些操作全是在没有灯光的情况下完成的，把底片放进铅罐后就赶快坐上吉普车撤离。“那个时候根本不会多想，就想着要结果，不然这么长时间的准备工作就白费了。”据测算，他们一次所受到的辐射剂量大概是一般工作人员两年受到的剂量。王乃彦说，我们受的辐射剂量哪有解放军的多，战士们受到的辐射比我们要多得多。

胶卷冲洗出来之后，尽管底片有些发乌，但数据获取效果还是基本令人满意的。经过分析研究和测定评估，不仅用数据说明了我国首颗氢弹原理试验爆炸成功的原因，而且还说明了氢弹爆炸威力比理论设计要大的原因，结果令人欣喜。包括王淦昌、朱光亚、邓稼先、于敏等都非常兴奋。后来于敏对王乃彦说：“老王，之前咱们做这个实验，我心里还有点拿不准，还是多次考虑研究后才定下来的。现在拿到你们这个数据，我更有信心了。”物理是实验科学，理论都要经过实验检验。实验完成以后，邓稼先非常兴奋。他说，当量测量、冲击波测量，都是比较宏观的，真正的武器过程是你们在这次近区物理测试中测量出来的。

测试取得了很好的结果，验证了氢弹的工作原理，并有力地解析了氢弹的实际当量比原先估计值大许多的原因，对于判断氢弹爆炸性能也具有重要意义。

氢弹原理试验成功的当晚，新华社发表了《新闻公报》，宣布中国又成功地进行了一次新的核爆炸；中央人民广播电台也广播了《新闻公报》。《新闻公报》中说：“继原子弹核武器试验成功之后，又圆满地实现了这次新的核爆炸，从而把我国核武器的科学技术提高到一个新的水平。”

这虽然是中国进行的首次氢弹原理试验，但实际上就是一次成功的氢弹试验。由于我们有意识地限制了试验的爆炸威力，所以也可以称作减当量的氢弹试验。因此，1966 年 12 月 28 日实际上就是中国氢弹试验成功的日子。这次试验的圆满成功，表明中国已经掌握了氢弹原理，氢弹研究中的关键科学技术问题已获得解决，标志着中国核武器技术水平迈上了一个新的台阶，它是中国核武器发展史上的第二个里程碑。如果说中国的原子弹是在三年自然灾害积贫积弱的年月里出世，那么，中国的氢弹则是在文化大革命狂风暴雨、备受干扰的日子里诞生，两弹横空出世，天生铸就了一副坚忍不拔、不屈不挠的品格。

氢弹原理性试验虽然取得了圆满成功，而且测量的结果也完全证实它达到了设计指标。但试验毕竟是一次氢弹原理试验，还不是全当量的氢弹试验。试验成功后，九院经请示中央，决定按照这个方案，立即进行全当量的氢弹试验。

首次氢弹空爆试验

山一程，水一程，崎岖坎坷不畏难，跋山涉水奔前程；风一程，雨一程，风雨兼程盘山路，无限风光在险峰。王乃彦等在圆满完成了氢弹原理试验中近区物理测试的任务后，马不停蹄，与实验部的同事一起，又立即转入到罗布泊试验场，等待他们的将是又一场艰苦的战斗。

进入 4 月，试验场区到了刮风的季节。戈壁滩上大风一起，满天飞沙走石，风力一阵紧过一阵，让人透不过气来。

有一天晚上，王乃彦他们工作完了从工号出来准备集体乘车回营地，没走多远，有位同志突然想起自己的工作记录本落在工号里了，考虑晚上还要作演算，提出回工号去取记录本。他离开没多久就开始刮风，戈壁滩上尘土飞扬，10 米以外的地方什么也看不清楚，他看不见自己的队伍，等待他的同志们也看不见他，辨不清方向。时间过去很久了，仍不见这位同志回来，大家着急了，说不能等了，得赶快回去向司令部报告，让司令部派援兵救他。车根本就看不见路，司机开得很慢很慢，解放牌的卡车，漆都被砂打掉了。

幸好王乃彦他们的工号旁边是 21 基地的工号，21 基地的测试人员完成工作后恰巧也要回营地，而且回程要路过王乃彦他们的工号。因为风沙大看不见，他们汽车的灯打得特别亮，这位失联的同志看见汽车的灯光，迎着灯光跑过去，拦住了车辆。21基地的同志以为他是个特务，停车后警惕地询问他是什么人。他回答，我是第九作业队的，我认得你们的司令员。从他穿的服装，对方认出了是自己的同志，方才让他上车。结果21基地的车比王乃彦他们的车要快，回到营地，这位同志已经开始工作了。有惊无险，王乃彦想起来都后怕，单独一个人在那样的气候条件下万一失踪了，人是很难找回的。当年，彭加木在罗布泊的失踪到现在还是个谜。

时任中国人民解放军副总参谋长兼国防科委副主任、国防工办副主任张爱萍在1964年9月27日写下了《我们战斗在戈壁滩上》这首诗：

我们战斗在戈壁滩上，不怕困难，不畏强梁；任凭天空多变幻，哪管风暴沙石扬。头顶烈日，明月作营帐。饥餐沙砾饭，笑谈渴饮苦水浆。我们战斗在戈壁滩上，自力更生，敢想敢干，突破尖端，攀登科学技术高峰。为祖国争光，人类解放。

这首诗被解放军总政歌舞团的创作家、作曲家晓河谱了曲，在戈壁滩核试验基地广泛传唱，后来还成为电视剧《马兰谣》的插曲，影响深远。

张爱萍将军创作的这首歌是当时艰苦生活的真实记录，成为一代核武研制人在激情燃烧的岁月里的人生写照，也是他们引以为傲的情愫。“饥餐沙砾饭，笑谈渴饮苦水浆”这是以岳飞的《满江红》词改的，就是说在那个时候只要风一刮过来，砂石都扬了起来，饭里面都是沙砾。喝的水都是苦咸水，淡水要从天山靠汽车拉过来，一杯水比一杯汽油还贵。因为是碱性水，衣服洗完晾干后都是硬邦邦的。“头顶烈日”，讲的是戈壁到了中午的时候日头非常毒，气温非常高。直到今天，王乃彦还能充满激情地完整吟唱，并且逐句诠释歌词表达的深刻含义及歌词背后的动人故事。

有一次中国科协组织了一个科学道德宣讲团，到上海交通大学做宣讲，王乃彦跟到场的同学们讲到这一段故事的时候，说自己到现在还会唱《我们战斗在戈壁滩上》。有一位同学不太相信，举手请他唱一段。主持人是当时中南大学的黄校长，担心王乃彦年纪大，唱不了，连忙打圆场说王院士累了。王乃彦说，怎么能不唱呢，我是科学道德宣讲团成员，讲话要诚实，不能不诚信。果然，他将整首歌给同学们唱了一遍，又将歌词逐句诠释了一遍，最后同学们报以热烈的掌声。

用于空爆试验的氢弹按照分工，武器部分由理论部设计，设计部负责结构设计，实验部负责物理测量。理论部设计的氢弹就是个弹体，氢弹空投如果没有配重，投下来会就乱摆，所以在弹体外面一定要加很大的配重，没有配重的氢弹即使投到地面后也会无规则地滚翻，容易造成测量失败。理论部在设计时更多的是考虑结构原理，配重不是重点考虑的问题，设计部只是按照理论部的设计进行氢弹结构设计加工，而空投必须用降落伞，需要适宜的配重，但在配重这个环节上被忽视了，理论部给实验部所有的实验数据都没有考虑这点。王乃彦发现了这个问题。

那时，“文化大革命”运动搞得非常厉害，当时王乃彦只能在基地，不许去现场，不许接触机密。试验的时候他并不在现场，看到从现场回来的同志沮丧的样子，他下决心，一定要与大家一起，去分析没有测到数据的原因。他说道，空爆不考虑配重要出问题，我要去管配重。

经过请示工宣队，王乃彦从设计部调取了配重图纸，进行了初步验算。因为武器的中子要打到配重上，会产生很多的非弹性散射 γ 和捕获 γ，这个非弹性散射 γ 虽然数量比原子弹裂变的 γ 小很多，但是反应产生的非弹性散射γ和中子捕获产生的高能量γ穿透力非常强，自由程很远，理论部的计算是按照裂变γ计算的，给出的触发阈不对。于是，他赶快把这个数据送给理论部，请理论部重新计算，果然验证了他的判断，不然整个核试验将无法采集到数据。这后来也成为王乃彦被评为院士的成绩之一。

1967 年 6 月 17 日 8 时 20 分，中国第一颗氢弹在湛蓝的天空中被高速飞行的飞机抛出，拽着降落伞，摇晃、飘飞、滑行……越来越远，只剩下一个小白点。突然一道白光闪过，亮彻天宇，而后白光中现出了金色，犹如红日。火球上方渐渐出现了草帽形的白色云团，云团悠悠地旋着，变成了一朵白色的蘑菇云。在这数十公里宽的蘑菇云的顶部，是墨黑色的穹庐……氢弹在距靶心 315 米、距地面 2960 米的高度爆炸。我国第一颗氢弹爆炸试验成功，罗布泊上空同时升起了两颗“太阳”，其中一颗“太阳”迸发出比一千个太阳还要亮的光芒。

在欢庆氢弹空投试验胜利的时候，有的测试项目并没有取得测试结果，大家为此感到沮丧。经工宣队同意，王乃彦参与了对项目未能取得结果的原因分析。他认真地按照空爆的特点，计算了中子在配重物质和炸药及弹壳上产生的非弹性散射γ和中子被捕获后产生的γ射线对测试的影响，解析了部分测试项目没有取得数据的原因，为后来空爆试验避免发生类似问题作出了贡献。

氢弹的研制成功是我国核科学进步的重大成果，中国由原子武器到制造热核武器所用的时间，比任何其他国家都短，现在已经追上了法国。对西方来说，中国如此神速地爆炸了氢弹，不可想象，似乎是一个不解之谜。

从第一颗原子弹试验成功到第一颗氢弹试验成功，美国用了 8 年零 6 个月时间，苏联用了 4 年时间，英国用了 4 年零 7 个月时间，法国用了 8 年零 6 个月时间，而我国只用了 2 年零 8 个月时间，以最快的速度完成了从原子弹到氢弹的跨越。发展速度之快，在世界上绝无仅有，在国际社会引起了巨大的反响，公认中国的核技术已经进入世界先进行列。对此，毛泽东在一次会见外宾时曾幽默地说："这是赫鲁晓夫帮忙的结果，撤走专家逼我们走自己的路，要感谢赫鲁晓夫呢，应该给他发个 1 吨重的大勋章！"

参与地下核试验

自从核武器问世，核试验频频，世界各国都认识到，核武器在地表上进行试验对人们产生的危害实在太大，虽然在爆炸之后，热辐射和光辐射就会消失，但是放射性辐射却会持续半年以上，而且还会逐渐向外扩散，对于地球的环境会产生很大的危害。所以在核武器逐渐被人们认识到之后，世界上很多国家都开始抵制核试验。在国际社会的关注下，有核国家开始把本国的核试验纷纷转入地下。

相比于大气核试验，封闭式地下核试验可以将放射性产物封闭在地下，从而避免污染大气环境。自从我国成功爆炸了原子弹、氢弹之后，国际敌对势力和西方新闻媒介，不断以反对“污染”大气层为借口妄图让我国停止核试验。殊不知，仅就核试验次数来看，美国总计进行了 1000 多次核试验，俄罗斯是 700 多次，法国是 210 次，而且多数是在地面或空中进行的。而中国包括地面、空中和地下，一共才有 45 次。

上世纪 60 年代，美苏英在签订《禁止在大气层、外层空间和水下进行核武器试验的条约》后，不断以反对“污染”大气层为借口，施压我国停止核试验，妄图巩固他们核大国的垄断地位。在这样的情况下，开展地下核试验就成了中国继续发展和完善核武器的必由之路。同时，因为大气核试验会让外国收集到放射性微尘，从而暴露我国核弹的装料和性能等机密数据，所以开展地下核试验有利于在技术上进行保密。

1969年9月，根据面临的国际形势，我国决定实施第一次平洞地下核试验。在这次试验中，通过采用回填堵塞的方案，成功实现了“自封”，不仅解决了大气层实验无法解决的许多技术难题，也使我国核武器研制避免了可能出现的被动局面，从而打破了西方国家对“中国再过20年也掌握不了地下核试验技术”的妄想。

王乃彦除参加了大气核爆炸的物理测试外，还参加了部分地下核试验的相关物理测试。地下核爆炸物理测试是需要对核爆炸放出的各种射线的物理参数随时间的变化规律进行的测量和诊断，这是一个非常关键的项目。根据测试结果，来推知核装置内部发生的核反应的物理过程。地下核试验时，测试一般在核装置附近进行，所以也称为核爆炸近区物理测试。就相当于人的指纹一样，通过各种射线的物理参数分析，可以判断核爆的机制，以及核爆之后的效果，所以要测能谱，是比较困难的。

九院做试验有个规定，所有危险的地方，领导都必须在场。在试验准备中，王乃彦和测试人员一起要用γ射线源对探测器进行刻度，他们从剂量站借来了放在铅罐中的强放射源，但操作的同志打开铅罐后却找不到放射源，于是这位立即向王乃彦作了汇报。

作为室主任的王乃彦需要弄清具体情况，他只身进入工号去寻找，最终在铅罐的棉花团中摸到了。由于在辐射区待的时间过长，受到了超量的辐射，组织上立即把他从基地送往北京的医院，检查结果发现他的转氨酶急剧升高，白血球下降，几乎所有的化验指标都不正常。医生建议他在治疗的同时，注意疗养休息。但是，在北京治疗仅仅一周后，王乃彦就接到组织通知，要求他归队去试验场地执行任务，身体尚未康复的他毫不犹豫地又踏上了前往一线的征程。

国庆20周年前，我国决定实施第一次平洞地下核试验。这次试验在山体中开掘出一条特殊设计的地下长坑道，在坑道内放置核装置和各种探测器，按照特殊的方案回填堵塞之后，实施地下核爆炸效应综合试验。在地下平洞试验中，王乃彦领导的一个测试项目是将γ能谱仪的技术用于地下核试验。项目成功地排除了散射γ的本底，在地爆很强的电磁辐射干扰的条件下，测得了出弹壳的γ射线能谱，对于了解武器性能和掌握地下试验测试技术具有重要意义。

1969年9月23日零时15分，一阵惊天动地巨响后，地爆释放出的巨大能量，将试验区山体猛烈地摇晃起来——新中国第一次平洞地下核试验成功！

但是物理试验的数据尚未取出。核试验的目的就是要取得相应的物理数据，不拿出数据怎么成功都没用。

随着我国核武器研制的发展，对于近区物理测试的要求也越来越高，理论和设计要求从测试工号处测得的结果能推导到出弹壳处的中子、γ射线的数据，而中子、γ射线出了弹壳后要经过一段飞行距离，经过探测器记录，经过电缆线和示波器最后才记录下来，是一个卷积的过程，要求出弹壳的中子和γ数据就是要求解卷积。

王乃彦建立了解卷积的程序，适应了武器研制中对测试数据的要求。然而对于有特殊要求的型号，这种解卷积的解析表达式就会变得很复杂和十分困难，虽然也可以用计算机在知道了各个环节的δ函数的响应函数后进行求解，但对各种参数之间的关系很难有明晰的物理理解。王乃彦花了大量的时间去解决这个问题，后来在当时的理论部副主任周光召的帮助下终于圆满地解决了。王乃彦的研究成果提供了一个从实验环节的刻度、δ函数响应函数的测量到数据复原的处理方法，满足了核武器研制对测试工作的需求。

第二次地下核试验测试项目更多，系统更复杂，任务要求更高。张爱萍将军是这次试验的现场总指挥。那个时候王乃彦已经是第九作业队一个分队的副队长了。第二次地下核试验总结了上次的经验，这次他们将整个电子学记录设备放在平洞外面，探测器放置在平洞里面，这样做的好处是做完试验后探头可以不用回收。探测器讯号电缆都接到外面去，当时的电缆传输、电信号传输，都是弱电传输，信号都是比较弱的，所以要屏蔽，而且还要防止干扰。因为核爆以后产生电磁波，电磁波干扰，会使传输信号发生畸变。得到了信号之后要通过示波器照相，所有的测试仪器都放在山洞外的测试车上面，通过电缆线把信号传到车上的测试设备里。

仪器、电缆的安装工作非常辛苦，安装人员一天到晚都要在山洞里面操作。不仅要铺设电缆，而且还要反复地做实验，检验它的稳定性。不仅要做单向实验，还要联试，联试就是多个项目在一起测试。还要一直保持设备在工作状态，如果不是工作状态，到时候试验起爆，数据就拿不到，没有数据，试验就白做了。这会对整个试验进程产生影响，对整个武器发展进程产生影响，所以大家非常认真。特别是临试前，真是提心吊胆，查看设备是否正常，仪器状态怎么样，就担心到试验的时候仪器出故障，拿不到数据。做完试验后，再去洞口把车开回来，这样可以减少核辐射，缩短数据回收时间。

地下试验准备工作已进入收尾阶段，坑道回填到只留下很小的空间，等待领导批准后将全部填埋完。时任九院副院长、主管核试验测试任务的王淦昌听了汇报后，觉得还是最后再进去看一看才能放心。王乃彦陪着王淦昌再一次爬进了洞里。那个时候工兵已经把坑道填了一半了，坑道里已经不能直立，有的地方需要趴着前进。王淦昌花了两个半小时，一个仪器一个仪器地检查，仔细询问他放心不下的地方，最后才满意地说：“好了，现在放心了，下面就等着测量的结果了。”王乃彦至今还记得，爬出洞口后，当时 40 岁的自己都已是累得气喘吁吁，已经 68 岁的王淦昌更是上气不接下气，但他丝毫没有顾及，依然想着试验任务，反复叮咛。

1975 年 10 月 27 日，我国进行了第二次平洞地下核试验。这次地下核试验起爆后出现了一些意外的情况。当时王乃彦在警戒线外，等待回收的队伍分乘两辆吉普车跟着防化兵的车辆往爆区走，准备将放置在洞外的试验仪器里的数据取回来。可是没有走多远，突然发现防化部队的车辆开始往回调头，回收车辆要经过的地方剂量较大，但是，情况不算太严重。防化部队刚好冲着他们去的这条路上过来，整个队伍都撤回来了，撤到了警戒线外。防化部队命令他们立即回营地，但是他们考虑的是如果测试车附近有较大的辐射，将影响到数据的安全，取回数据越早越好，坚决不同意回去。同志们要求王乃彦即刻向指挥部报告，请求让他们进去，把测试车开回来。

于是，王乃彦乘着吉普车赶往指挥部请战。指挥部一位首长出面问他有什么事要报告？王乃彦说，我们的队伍被防化兵挡回来了，我们的同志希望指挥部能够下令，让防化兵允许我们把装仪器的测试车开回来。首长回答了四条，第一，你不用管，你的那个车里面的胶卷应该全完了，你搞物理的应该知道；第二，你没有责任，这不是你的责任；第三，必须服从命令听指挥；第四，如果出了事，违反规定我找你算账。这是张爱萍将军要求的。

就这样，王乃彦回到驻地以后，将四条指示原原本本地向同志们作了传达。可是没过多长时间就有人报告说，王队长你的部下出事了，他们冲进爆区去了，把测试车全部开回来了。测试队员们是趁着防化部队没有注意的时候，不顾生命安危冲进去的，很显然这是违反纪律了，王乃彦立刻将这个突发情况向作业队的书记作了报告。书记接到报告后询问，这是什么情况，我现在马上报告张爱萍将军，你们就等着挨批评吧，接着又关切地询问，胶卷什么情况。王乃彦汇报说，开始洗了，已经看到了结果，这点是可喜的，没有全黑，还在洗。书记向张爱萍将军汇报回来后描述，张爱萍将军态度非常严肃，什么话也没讲，既没有说不好，也没有表扬。然后就问，到底胶卷什么情况，仪器的状况怎么样。得知有结果了，他很高兴。

试验完成后，开总结汇报会，张爱萍将军亲自到场。会议的最后，张爱萍将军动情地讲道，地下核试验能够成功，是你们的功劳，你们第九作业队就像毛主席说的那样，一不怕苦，二不怕死，能打硬仗，科研人员完成测试任务那种无畏的劲头和战士在战场上堵枪眼没什么区别，得有这个精神。

第二次平洞核试验取得了大量重要数据，对后来的地下核试验贡献良多。王乃彦感慨道，没有我们的同志冲进去，第二次地下核试验就不会有结果，没有第二次的无畏，就不会有第三次的成功。第三次地下核试验测试全面开花，中子、γ 射线、X 射线都上了，通过第三次核试验，我们已经全面掌握了核爆炸的物理数据。美国则前后进行了几十次，甚至上百次地下试验才掌握了相关的地下核试验的技术。中国的核试验次数少，效率高，没有一次重复试验，得益于每次试验我们都能成功取得多种测试数据。

经历了平洞测试技术攻关、测试体系创新建构，克服了恶劣环境和核辐射的考验，在有关方面的共同努力下，地下核试验取得圆满成功。在三次地下平洞核试验后，令人欢欣鼓舞的宝鸡会议召开了。会议由时任国防科技委副主任朱光亚主持。当他宣布我国已经通过地下核试验的测试技术关，平时沉着冷静的他，显得非常激动。王乃彦在完成地下核试验的过程中，作为地下核试验的参与者，作出了独特的、重要的贡献。

1978 年，王乃彦作为九院实验部的代表和王淦昌、高潮，理论部的周光召、于敏，设计部的惠钟锡一起参加了全国科学大会。会上，王乃彦任室主任的实验室获得了 4 项全国科学大会奖。

推动我国高功率脉冲技术发展

1972 年，根据周恩来总理对我国 11 次核试验进行总结的指示，九院成立了以王淦昌为主任的十一次核试验总结办公室，王乃彦作为该办公室成员，负责核物理和核化学测试部分的总结。

参加了 11 次核试验的总结工作后，王乃彦更进一步地了解到我国核武器研制工作中所取得的巨大成就，但也深感到相对于美国、苏联来说我们的试验次数太少了，为了增强我们对核爆规律的认识，必须开展核爆模拟工作。

在此期间，王乃彦在与王淦昌接触的机会增加了许多，从九院的院部招待所去王淦昌先生的住所，只要几分钟的时间，他们经常在一起交流各种有兴趣的问题，很快就发现彼此对我国发展高功率脉冲技术具有共识。因为强流电子束打靶时可以产生很强的 γ 射线和 X 射线，一般的电子加速器中产生的电子束流是毫安、几十毫安，而强流电子束加速器的电子束流可以达几十千安甚至兆安。

于是，王乃彦起草了一份报告给当时九院副院长朱光亚，建议在九院开展高功率脉冲技术的研究工作。

当时我国有两个单位在开展这方面的研究工作，一个是九院 10 所，一个是中国科学院电工所。王乃彦陪同王淦昌多次去九院 10 所和中国科学院电工所了解工作的进展，一起分析工作中的问题，当时参加电工所研究工作的还有21基地21所的科研人员，这两个单位的科研人员后来成为我国发展高功率脉冲技术的中坚力量。

在协助王淦昌和10所的科研人员一起圆满完成了1MeV强流电子束加速器的研制后，王乃彦又帮助10所的科研人员完成了大型的6MeV强流电子束加速器的设计，它是当时亚洲最大的强流电子束加速器，可以产生6MeV、20kA的强流电子束，和美国圣地亚国立实验室的Hermes Ⅱ的设备水平相当。由于国内没有研制过这样大型的设备，在王淦昌的领导下，王乃彦和10所的科研人员一起，按美国Hermes Ⅱ的用途和一些最基本的数据推导出Hermes Ⅱ的各个设计指标，这充分说明了我国科技人员已完全掌握这种功率脉冲技术型的强流电子束加速器的物理设计能力。王乃彦随后与10所的科技人员一起开始了我国第一台6MeV、20kA的强流电子束加速器的物理设计，并交给了核工业部。

不久，王乃彦从11次核试验总结办公室回到了九院二所，6MeV强流电子加速器的建造就没有直接参与了，但他还一直关心着加速器的研制进展。经过8年的建造，这台加速器终于建成，那时王淦昌和王乃彦都已从九院调到原子能院了。这台加速器的成果鉴定会由王淦昌担任鉴定委员会主任，王乃彦是鉴定委员会委员兼测试组组长，测试组集中了九院、21所、中国科学院和原子能院的专家，对加速器的性能指标做了认真的测量，并证明它全面达到设计要求。当时九院院长邓稼先对测试组的工作给予了很高的评价，他对于这项工作非常重视，还对王乃彦说："这台加速器太有用了，我们应该再做一台更大的加速器，老王你来帮我们一块儿搞。"

国家利益高于一切

“有两种东西，我们对它们的思考越是深沉和持久，它们所唤起的那种越来越大的惊奇和敬畏就会充溢我们的心灵，这就是繁星密布的苍穹和我心中的道德律。”在康德的墓碑上，铭刻着这样一句话。

这个能讲授物理学、数学、火器和筑城学、自然地理等学科的哲学家，道出了物理学和哲学的无穷魅力。如果说哲学是一种智慧，那么属于自然科学范畴的物理学随着现代科学的发展则越来越趋向于一种智能。一代又一代的物理学家将各自的智慧凝聚成巨大的能量，为了窥探宇宙的终极秘密，搭建起人类文明的恢宏巨厦，他们甘愿成为这巨厦中的一块砖、一片瓦。

踏遍戈壁共草原，连克千重关，君视名利如粪土，许身国威壮河山！为什么经济技术落后而又受西方和苏联严密封锁的中国，核科技的发展能有这样惊人的速度，能取得如此惊人的成就？奥秘之一，是中国有像王淦昌、朱光亚这样一批卓越的核科学家，有他们为国家强盛、民族振兴所共同具有的“鞠躬尽瘁，死而后已”的奉献担当精神。在九院的15年中，王乃彦参与了多次核试验的近区物理测试，承担了11项重要关键项目，为中国核武器的设计、试验、改进提供了重要的实验数据。

巍峨其山，栋梁自见。在我们普通人看来，大西北的核试验神秘艰辛、危险莫测，是如此的寂寞与清苦，但在王乃彦的脑海里，却别有一番醉人的滋味。每当谈到这段往事，他总仿佛在享受着那难得的贡献才华、报效祖国的机会，只有时不时爽朗的笑声留给人们无尽的回味。他们是厚重的大山，身怀坚定的信仰、常人难以企及的智慧，承载着强大国防的重任。他们是水，滋养着国家命脉，在不知不觉中改变着普通人的生活轨迹。核武器的研制成功，改变了一个曾经孱弱的国家的国防实力，帝国主义列强再也不敢小觑中国，我们赢得了一个相对和平的国际环境。老一辈的科学家，舍身忘己，一代人完成了几代人的伟业。

庄子说，嗜欲深者，其天机浅。苏格拉底说，他要求的东西越少，他离神越近。此之谓也。高尚的思想情操，来源于自己内心的宁静与平和，简单生活是一种风轻云淡的睿智选择，是对人生的深刻感悟。超脱而自然的生活态度，成就丰满充盈的人生思想内涵。大西北的科研工作紧张而艰苦，与爱人常年两地分居的生活，又让王乃彦养成了凡事自己动手的习惯。他自己做饭、洗衣、洗被子，甚至学会缝被子，同事们都开玩笑地说："你这个人生活能力、生命能力很强啊！"即使后来回到北京，生活稳定了，王乃彦对物质生活的要求仍然很低，"到现在为止，只要一点咸菜，一碗米饭，一口馒头，我就能吃得很好。"

除了工作环境上的困难，工作任务上的压力，王乃彦还要忍受远离妻女的离别之苦。由于妻子在山西参加社会主义教育运动，自己要到青海工作，女儿又很小，无奈之下，王乃彦将年仅一岁的女儿寄宿到朋友家中。有一次，他回北京出差顺道看望女儿，没想到长期不见的女儿只肯叫他叔叔，管他那个朋友叫爸爸。

王乃彦院士有三个女儿，当年因为祖国核武器事业的召唤，他远赴核武器研制基地 15 年，在他感情深处，总觉得亏欠了自己的家庭和孩子。尽管如此，大女儿要出国留学时，他曾一再劝道：“何必这么着急出国，留在国内深造不好吗？”女儿临行前，他一再叮嘱心里要有祖国。在孩子前途、国家命运面前，他选择的是国家利益高于一切。

王乃彦在九院工作了近 15 年，先青海后四川，他说，“我一生最美好的时光都奉献给了那里，那是一段非常美好的记忆。”

中国核武器发展被列入国家最高等级绝密工程，也是最具神秘色彩的领域，科研人员必须在服从国家需要的基础上，发挥自己的创新性思维。但你再聪明，也永远得不到诺贝尔奖，而只是大国重器中的一个螺丝钉，你受得了吗？壁立千仞，无欲则刚。人有脊椎可以挺直腰板，基石稳固才能建起高楼大厦，但真正的脊梁和基石原本就是看不见的。他们追求崇高感，更看重自我实现，他们将个人的成长与国家的发展实现了同频共振，相互成就，所以他们是社会精英、民族脊梁。很多参与核武器研制的人员长期默默无闻地奉献自己的青春和力量，他们是国家和民族走向富强的基石，他们的功绩是我们国家和民族的宝贵的财富。这一代科学家，每个人都如同一个反应堆，放射出前所未有的能量，照彻了历史的时空。

生活中的王乃彦是个严谨、低调的人。但在传闻中，王乃彦很“严厉”。比如，他特别介意测量方法的标定。他认为，没有标定，测量就毫无意义，测量必须经过标定。在他看来，做物理实验的装置和设备价值不菲，动辄上千上万元，失误和马虎只会造成国家财产的损失，所以他对工作的要求十分严格。事实上，很多王乃彦的同事、助手、学生，都曾因此受益匪浅，他们懂得，王乃彦的严厉正是出于关心和爱护，他以严厉履行着一个严肃的科研工作者的责任。作为一位导师，他急切盼望年轻人能尽快成长，毫不吝啬地把自己几十年从事科研的经验体会与他们分享，善于教方法，重格局，明思路。他常常教育年轻的科技工作者要有强烈的社会责任感，他说“强烈的社会责任感是科技工作者从事科研实践活动的原动力，也是克服一切困难的力量”。

历史的长河奔腾不息，每一时段激起的浪花，都留下了一个个动人的故事……那山、那水、那人、那事、那一切动人的故事，都将成为美丽的传奇，中华民族史正是由一串串历史的浪花汇集而成的厚重的民族文化史册。人的一生很短暂，但精神文化传播的力量却恒久持远，自古帝王知多少，几个留得李白名？“长风破浪会有时，直挂云帆济沧海”，“中国式”的科学家即使在最困难的时候，也总是怀抱信仰，也总有希望在心间……

望着山上滚落的巨石和腾起的烟尘，王乃彦想天上那一颗颗关注的“眼睛”一定也看到了这壮观的景象，可是他心中的情怀却是任何卫星都无法摄取的。这一切都在从金银滩、从罗布泊走出的人们心中深深地珍藏着，一遍遍地回味着，时光之流难以把它冲淡，任何色彩也无法将它抹灭。他们用青春、汗水和热血为祖国也为自己在那遥远的荒漠中画出了一个完美的圆，他们画得很漂亮！

第五章 开辟核科技研究新领域

曾经有两部热播的科幻电影给观影的人们留下了深刻的印象。一部是《钢铁侠》，那个钢铁侠身上的聚能环其实就是一座核聚变的小型反应堆；另一部是《星际迷航》，飞船在宇宙中的跃迁实际上是靠核聚变提供的能量。这些挑战人类智商极限、忍耐力极限和能量增益极限的幻想，在现实生活中能实现吗？

太阳能带来光与热，是因为它内部时刻都在进行热核聚变反应，如果人类可以掌控这种反应，就意味着人类世世代代将拥有无限的、清洁的能源。实现核聚变，人们需要将聚变的燃料氘和氚形成等离子体，加热到上亿摄氏度的温度，同时还需要为等离子体提供合适的反应场所，供氘和氚的原子核进行大规模碰撞，从而产生能量。科学家设想，如果发明一种装置，能够控制氘和氚聚变，并稳定持续输出能量，那就相当于人造了一个“太阳”。

专家认为，如果在民用上能实现核聚变可控，将彻底改写人类的能源版图。氢弹爆炸的原理是“氘氚聚变”，尽管距离我国第一颗氢弹成功爆炸已经过去了半个多世纪，但这一复杂的核聚变反应现在仍旧不能被人类控制。核聚变反应原理看上去虽然简单，但要实现受控热核聚变反应却非常困难，科学家们一直在苦苦追索。可控核聚变，人类能源革命的终极梦想。

如今，王乃彦投身中国核事业的激情，演变成了剧烈的“核聚变反应”。

核聚变打开一扇窗

地球经过漫长的历史进化，累积了丰富的化石资源，但是随着人类不断的发展和利用，现在地球上很多化石资源已经逐步枯竭，所以如今人们不得不面临一个非常严峻的问题，就是我们人类未来的新能源究竟是什么？从几百年前人类就开始不断的探索，想要寻找一种更加高效清洁，而且有利于人类控制使用的能源，最终核聚变成为了很多科学家认为最有可能控制的一种新型的清洁能源。但想要使用这种核聚变能源并不是那么简单，就现在的科技水平来说，想要大规模地使用其实还存在着很多的难题，尤其是核聚变的力量太大，人类想要安全有效地控制和利用，就必须进一步地探索和努力来解决这些难题。

科学家表示，核聚变的原材料氢的同位素氘和氚，在地球上分布非常的丰富。我们现在所探测到的地球海水之中就有超过 45 万亿吨这种原料。如果将这些都作为核聚变的原料，那么所释放出来的能量足够人类使用上亿年，而且要比普通的化石资源更加的有利。现在海水中所含有的这种成分 0.03 克所产生的核聚变能量就相当于我们现在所使用的普通汽油燃烧 300 升所释放出来的能量，这听起来是不是非常的惊讶？确实，如果将这 45 万亿吨原料全部都使用完毕的话，所释放出来的能量不是简单地能用数字表示的了。

如果这种核聚变的能量真的被人类充分的利用，而且安全的使用，那么在未来上亿年，我们人类都不需要再考虑如何寻找新能源，如何控制节能。这听起来确实非常的有诱惑力，因此吸引了很多不同国家的科学家一直在朝着这个方向努力，希望能够探索出如何控制核聚变，如何充分利用这种能源。

除了资源充足之外，其实核聚变相比较传统的化石资源来说，还有一个更好的方面，就是核聚变反应过程中并不会产生任何污染，而且核聚变也不会释放出任何像汽油、煤炭燃烧所释放出来的一些温室的气体，也就是说对于地球不会造成任何的污染和破坏。虽然核聚变听起来非常有诱惑力，但是如果想要控制这种热核聚变反应，目前还存在很多的难题。

这主要是因为，我们现在要能够实现可控核聚变，必须满足两个基本条件，而这两个条件，想要达到还真的是非常困难。第一个条件就是极高的温度，这两种化学成分在发生聚变反应时，温度必须达到5000万摄氏度以上，其实太阳就是在不断地发生这种核聚变反应。但是就地球现在的环境来说，想要达到如此高的温度是非常艰难的。第二个条件就是能够人为地充分约束高温等离子体。当产生热核反应之后，这些高温等离子体肯定会四处逃逸，而我们现在就是要使用高科技手段，控制维持住这些高温等离子体，让其充分地进行聚变反应，这样才能够释放出更多的能量。只有这两个条件都达到了之后，人类才能够成功地使用热核聚变反应。

科学家从上个世纪30年代就开始对核聚变反应进行试验活动，虽然已经过去了很多年，但是相关的研究并没有取得任何实质性的效果，也没有达到预期的期望。但人们依然没有放弃，依然在苦苦地探索着。美国的军工巨头洛克希德·马丁公司2014年在其官网发布信息，声称旗下的臭鼬工厂在可控核聚变技术上获得了重大突破。核聚变反应堆可以建成 2 ~ 3 米大小规格的体积安装在一辆卡车上使用，但所产生的能量在 100 兆瓦特左右，可以供应一支舰队使用，有望在 10 年之内实现，20 年之内进入商业化运营。至于是政治口号还是商业炒作我们不得而知，我们只有拭目以待。不过有一点可以肯定的是，未来不论是军事装备还是民用动力，小到汽车、卡车，大到飞机、轮船、军舰，都会应用可控核聚变技术作为清洁新能源使用的方案，聚变能对未来的太空探测也毫无疑问地将成为最佳的不可替代的方案。

王乃彦在他出版的著作《聚变能及其未来》中谈到，由于其他能源资源大量耗损，以及全球环境与生态保护的要求，聚变能将愈加显示出它的重要性和优越性，这种有许多优点的新能源将在 21 世纪中得到突飞猛进的发展。当人类非常需要热核聚变时，它必将会被人类所掌握，这个时候就要到来了。在太阳内部每秒钟有 400 万吨以上的氢参与核聚变反应，释放出巨大的能量，以光和热的形式到达我们这里。现在，在地球上正在试图重现这种为物理学定律所主宰的反应，为攻克迄今为止物理学所面临最困难的技术问题而进行努力。不管如何困难，实现核聚变仍被人们重视，核聚变是能源的未来。物理学家史蒂芬·考利坚信开放核聚变是唯一一个可以在真正意义上解决现有能源危机的可持续方法，核聚变是集等离子体物理与核聚变工程于一体的巨大的科学技术知识体系。经过人类 50 余年的共同努力，现在到了展望其应用的时代。为了实现为人类提供取之不尽、用之不竭的清洁能源的伟大目标，人类还要付出巨大的努力。

再次回到原子能院

从苏联杜布纳联合核子研究所开始的关怀，到九院（现为中国工程物理研究院）核武器研制过程中的言传身教，王淦昌与王乃彦这一老一少之间既有师长的喜爱引领，也有知音的信任默契。跟随王淦昌多年，让王乃彦受益最深的是王先生对他人的关怀和对学生的爱护。王淦昌总是对王乃彦说："小王，我对你比对我儿子还好哟！"这句话确实是真心话。

1979 年底，王乃彦被调往中国原子能科学研究院，在王淦昌的指导下开展粒子束惯性约束聚变和氟化氪激光惯性约束聚变的研究，并建立了相应的实验室。并由此开启了他核科学研究的新阶段从事我国粒子束和氟化氪激光聚变的研究。

研究粒子束和氟化氪激光聚变很有意义。在自然界，原子核由中子和质子组成，质子带正电，中子是中性的。强流电子束或强光子束等多种粒子束辐照到固体材料表面，使固体的压力和温度急剧上升并在固体内激起应力波，在适当条件下，能使材料迅速断裂而破坏，这种现象称为粒子束引起的爆炸。

目前主流可控核聚变方式主要有磁约束核聚变和惯性约束核聚变。在我国，1964 年 12 月，王淦昌独立提出激光约束核聚变的构想，中国激光核聚变研究开始起步。王淦昌关于激光引发氘核聚变的想法，打开了一个全新的视野。在高功率激光与核物理的学科交叉地带，许多未知而有趣的现象等待着科学家们的研究探索。正是这一全新概念的提出，引出了惯性约束核聚变这一重要课题。

1978 年 7 月，王淦昌从二机部九院调任二机部副部长，兼原子能研究所（现中国原子能科学研究院）所长，他上任后的第一件事就是要做了一个学术报告，大家一听是王老来做报告，阶梯教室外的走廊都挤满了人。报告的主要内容就是，原子能所今后发展的设想。他提出，原子能所不能单纯搞裂变研究，还要搞惯性约束聚变研究。会上，王淦昌还向与会者发出号召：如果谁感兴趣，可以报名，我要在原子能所成立一个小组，专门从事惯性约束聚变研究。

与会者一听都非常振奋，因为大家都是学核物理的，王淦昌的这个想法很有创建，在国际上也是首次提出，非常有前途。一时报名者非常踊跃。通过审阅报名者的专业、了解个人兴趣、结合研究工作的需要，王淦昌在众多报名者里亲自挑选了 17 个人，组成了研究小组。组长由谁来担任呢？其实，王淦昌的心里早就有主意了，这个人选就是王乃彦。实现核爆炸过程的高速、强光闪光照相是近区物理测试的重要内容，王乃彦在九院跟随王淦昌从事过这类工作，最早的时候是激光核聚变研究，后来又开展了粒子束惯性约束聚变研究，也从事过这一类型的加速器的研究，九院研制的加速器类型就是王乃彦小组所要研制的这种类型。所以，他对高功率电子束加速器有了解，也有一定的研究。

王淦昌当时调动工作的时候，向组织提出的唯一要求，就是希望能够把王乃彦作为他的助手一起带过来。1978 年 9 月，王淦昌回到原子能所刚刚两个月，就将还在中国工程物理研究院的王乃彦调回了原子能科学研究院，并组织了以王乃彦为首的科研小组，进行强流粒子束实验（强流粒子束与激光研究室前身）。

王淦昌调王乃彦过来的时候，实际连调动手续都还没有办好，调动手续直到 1979 年底才办好。王淦昌对王乃彦特别欣赏，他实际上把王乃彦作为自己的传人，据说，因为当时王乃彦已是中国工程物理研究院的科研骨干和项目负责人，院领导还挺不情愿放人。

电子束惯性约束聚变研究是在一个存放废旧器材的仓库里开始的。加上王乃彦一共 18 个人来自不同的专业，有学核物理的，有学电物理的，还有些学机械加工的。把这些专业的人才组合在一起，除了满足科研需要外，还满足了专业配置优化的条件，人员也非常精干。研究小组前期的主要任务就是搜集世界各国核聚变研究进展、发展现状等信息资料，设计、加工、调试装置，研制高功率电子束加速器等相应的实验设备，开展电子束聚变研究。

在原子能院，王乃彦有时候睡得晚，早晨起不来。但每天早晨不到 6 点，王淦昌就来敲王乃彦的门，一边敲还一边喊着："lazy bone！ lazy bone！ Get up!Get up!"受王淦昌的影响，直到现在，王乃彦还保持着每天 5 点半起床的习惯。

那时他们都住在原子能院的招待所，王乃彦起床后，陪着王淦昌锻炼身体。上班的路上，两人一起从南区走到北区，这每天半个小时的时光，王淦昌给他讲了许多的关于国际著名科学家进行核物理研究的轶事和故事，以及自己的世界观、经历、感悟，这使得王乃彦终身难忘，受益匪浅。有一段时间，王淦昌知道王乃彦在学习英语，为了提高他的语言表达能力，王淦昌就用英语来与他对话。

王乃彦深得王淦昌的信任，他对王乃彦的特殊关照是多方面的。1987 年，王乃彦因用眼过度造成视网膜脱落，王淦昌得知后亲自去医院找大夫。手术当天，他一直坐在手术室外面，临进手术室之前，他握着医生的手说："拜托了，这只眼睛就是我的眼睛啊！"他告诉医生，这是我的学生，还有许多事情等着他做，一定要把他的眼睛治好。工作中更是悉心指导，放手使用。王淦昌主要提出课题和方向，由王乃彦组织大家去实现，因此他们的科研工作开展的一直比较顺利。

王淦昌即使身体不好住院时，也总是放心不下他的事业，惦念着王乃彦与他的研究工作，经常让王乃彦带着实验室的学生们一起去病房向他汇报工作。护士看到后批评他们不懂事，王先生却笑着说："这个可比吃药管用"。直到已经不能言语，还让他们去汇报工作，觉得对的地方他会点头示意，不对的地方会摇头表示，大家离开病房时他还会作揖致谢。

王淦昌先生逝世后，王乃彦写了很多回忆文章，记述他在王老身边陪王老检查核实验准备和开展强流粒子束与激光研究的情形，回忆他对自己的悉心培育、特殊关爱。

"我们的事业是被国外封锁的，要强调自力更生。"这是王淦昌多次说过的话。科研道路上未知领域很多，困难也很多，特别是在一些交叉学科领域，"怎么能说你不会呢？不会就去学嘛。"王淦昌的这句话王乃彦永远记得。

"王老是领路人，是指点方向的。""与王老工作真累啊，天天都要汇报进展"，在王淦昌这种"催得真紧"的强度下，由王乃彦担任组长的惯性核聚变研究组边学习，边实践，克服无资料、无经验、无借鉴，工作环境差等困难，基本不到一年时间就很快取得了成果。他通过对惯性约束核聚变领域的物理和技术问题进行的系统研究，在高功率脉冲技术、束流物理和束靶相互作用诸方面，取得了在国内具有开创性的研究成果。

对国外物理学家的结论说“不”

在原子能院，王乃彦领导的惯性核聚变研究小组，具体负责建设我国第一台1兆伏80千安的强流电子束加速器的物理设计和安装、调试。由王淦昌亲自挑选的18个小组成员，号称“十八杆枪”。研究组成立的时候，他们的办公地点是所内的一间破仓库，仓库里废旧器材堆放占用了一半，大家只能在另半间从事科研工作，墙壁漏风，房顶漏光，下雨漏水。研究组组建时正逢寒冬腊月，屋内没有暖气，于是，他们就自己想办法安装锅炉取暖，大家轮流值班烧锅炉，尽管这样，四面漏风的屋子还是暖和不起来。18个人把自己的办公桌搬到破旧的仓库，白手起家，开始学习。

王乃彦首先给大家讲课，介绍强流相对论性电子加速器的工作原理，然后开始物理设计。从讨论到设计到实施，包括设备的安装调试，全部是自己动手，虽然当时的科研条件与现今远不能相比，但为了中国第一台低阻抗强流电子束加速器，“十八杆枪”也是拼了。不讲条件，把现有的人力物力充分调动起来，达到预期的目的，这是科研人员走向成熟，能够取得科研成果非常重要的因素。

杨大为是国家第一批正式招生的核物理专业的学生，1964年从北京大学技术物理系毕业，曾参加过电子环加速器的研制。因为电子环加速器原理和强流电子束加速器类似，有一定的基础，他也是王淦昌亲自挑选的“十八杆枪”之一。谈到那时的工作氛围，杨大为至今记忆犹新。他说，王乃彦抓工作抓得非常细，非常紧，把每一天的工作进度、完成到什么程度都排上表，根据节点进行检查。加速器有好几个部分，王乃彦将每一个部分都指定了专项负责人，成立课题组，充分发挥各个课题组的作用，落实计划进度。

理论学习从头起步，研制工作白手起家，研制节点不容拖后，许多问题要研讨交流，加班是常有的事。王乃彦家住城里，为了节省路上花费的时间，这两年里，他始终吃在食堂，住在单位的集体宿舍，家务只能全部交给了在北师大任教的夫人郑守钧打理。

为了尽快完成加速器的研制，设计中，王乃彦根据大家的专业特长，将所有人员分成了高压发生器、脉冲成型线、物理测试、脉冲高压测试等专业组，分别负责，分头攻关，用了不到 4 个月的时间就完成了物理设计。按照王淦昌的要求，在物理设计完成后，争取在 1 年时间内建成加速器。

在集思广益的基础上，王乃彦提出采用隔级触发高压冲击电压发生器中的球隙，并在前三级同时采用外触发的技术思路。经试验，获得了非常稳定的冲击电压发生器的电压输出。

储能电容器是加速器的重要部件，设计要求 100 千伏、耐压 10 万伏，这种电容器当时国内现货只有最高电压 5 万伏的，10 万伏的没有货源，进口又遭禁运。没有货源怎么办？只有自己动手想办法。王乃彦凭着过硬的专业能力和科学态度，组织大家将原子能院现有的 5 万伏电容器加以改装，把电容器拆开，按照设计方案重新进行串连组装，变成 10 万伏。

电容器很大，高度差不多有一米左右，要把它拆开，把油放出去，把组件拿出来，再重新组装，工作量很大。而且这么大一个电容器，不能掉下去一颗螺丝钉，若螺丝钉掉进去，就会引起电场的形变，整个电容器就要拆开重装。如此大的工作量只能全组动手，不分彼此，也不论专业。当时用来改装的电容器是MY—503型，是很早以前生产的，电容器内的油是有毒有害的，为了保证安全，他们把院里最大的鼓风机搬过来对着部件吹，大家带着防毒面具安装调试。为了保证安全，王淦昌甚至亲自到现场监督，测量有毒气体的浓度和在空气中的含量。改装完了抽真空，注油，再打压，仅用了两周时间就完成了电容器的改装，他们将高压电容器安装调试的整个过程全都做了一遍。

电容器成功不成功，要通过束流打靶看能不能出束流，可喜的是经过试验检测一举成功。这样的改装，因为要求比较高，甚至连国内的一些电容器专业制造厂家都不敢接活。电容器从建成运行到现在，已经运行了30多年，从未出现过故障，并且为了满足试验需要，当时还做了几个备用的。虽然是边学边干，白手起家，但是这“十八条枪”，真的是个个能打响。

要想做好科学研究工作并有所成就，王乃彦认为，最重要的是把握好三个步骤，即研究的兴趣、努力的准备和最后的突破。这三个步骤也是后来王乃彦从事所有科研工作所遵循的路线。古今之成大事业、大学问者，必须经过三种境界：昨夜西风凋碧树，独上高楼，望尽天涯路，此第一境界；衣带渐宽终不悔，为伊消得人憔悴，此第二境界；众里寻他千百度，蓦然回首，那人正在灯火阑珊处，此第三境界。王乃彦常说，第一境界说的是对于想要追求的事情要有点执着，所以要独上高楼，去追寻你所要看见的天涯路，说的就是兴趣。第二境界是什么意思呢？就是说即使人变得消瘦了也不要后悔，还要继续下去，要努力去准备；第三境界中，在不经意间，一回头，忽然发现秘诀在那里，就是机遇带来的突破。

从学习开始，吃透原理，碰撞迭代，用了不到两年的时间，王乃彦带领大家，群策群力，先后完成了加速器设计、加工、调试，最后到出束，1981 年成功建成了我国第一台水介质的低电压大电流电子束加速器。1982 年开始打靶实验，这台强流电子加速器，经过认定，全面指标都达到了国际先进水平，不仅当时是国内首创，在国际同类加速器中也处于先进水平，王淦昌把这个加速器叫做“天光”。在王淦昌的领导和督促下，王乃彦他们的工作取得了很大进展，借助这台加速器在粒子束惯性约束聚变和氟化氪激光聚变方面取得许多成果，并得到国际同行的好评。

后来正是借助于这个加速器的改建，转到电子束泵浦准分子激光。这里面王淦昌的贡献是根据国际惯性约束聚变研究最新发展趋势，对现有加速器加以改造，使电子束聚变很快改型成泵浦激光。这台电子束加速器的主要特点在于：

冲击电压发生器中的所有火花球隙开关都是采用阻容耦合的混合外触发方式，工作非常稳定，输出电压的变化在 3%以内；

在国内最先采用了水介质的 Blumlein 脉冲成型线，采用真空注水的办法，消除了气泡，提高了水的电阻率；

在强流电子束二极管方面，在国内最先采用了屏蔽罩的方法，降低二极管三结合处电场，采用对二极管阳极靶低压放电预锻炼方法，显著地改善了二极管聚焦性能的重复性和稳定性；

在国内首先研制成功能产生大面积（220 平方厘米）均匀电子束的二极管，后来又扩大到 950 平方厘米，这些技术措施包括设计方法在国际上是先进的。该加速器的建成为粒子束惯性约束聚变和氟化氪激光惯性约束聚变研究提供了有力的工具。

强流相对论性电子束加速器是一种功率脉冲技术型的加速器，它的优点是电流大、束流产生的能量效率高、造价便宜。美国 Los Alamos 实验室的氟化氪激光 Aroura 在和美国 Livermore 实验室的固体激光 Nova 的竞争中就是由于激光稳定性不够好而失利。而我们的强流电子束加速器的输出电压的涨落小于 3%，氟化氪激光能量输出的涨落小于 5%，是国际上最好的结果。当美国圣地亚国立实验室的粒子束聚变负责人 Van Devender 博士参观我们的电子束打靶时看到靶斑聚焦得很稳定，感到很惊讶，并称赞说“你们靶斑的情况和我们一样好”。

1980 年初，日本大阪大学的电子束惯性约束聚变专家发布论文，声称他们测量出电子束在物质里的能量沉积，由于存在双流不稳定性而增加了 100 倍。这个结论在国际聚变学界引起了轰动，如果确实如此，也就意味着采用电子束聚变的方法是非常吸引人的。

加速器建成后，王乃彦立即开始进行强流电子束和物质相互作用的研究。为了验证日本学者提出的结论，在实验工作中，他们研究的一个重要课题就是强流电子束和靶相互作用中是否存在由于反常吸收会使吸收系数比经典值大 100 倍的现象。

1981 年 2 月，原子能院成立了粒子束惯性约束聚变研究室，王乃彦担任该研究室主任，在王淦昌的指导和参加下，王乃彦开始用自己的实验方法进行测试，当时还有很多国家也在做类似测试。他们开展了强流电子束在靶上能量沉积的物理机制的研究，相关研究课题有，用 X 射线二极管测量等离子体温度，用离子飞行法测量等离子体温度，用激光束在靶后表面上的反射情况测量束靶相互作用在厚靶中产出的冲击波的平均速度，用阴影照相法测靶前后表面等离子体膨胀速度。

这些研究从不同的角度否定了日本科学家的结论，4 个项目的测量结果都证明日本大阪大学激光工程研究所提出的，电子束在靶上由于双流不稳定性造成能量沉积大于经典的能量沉积 2 个数量级的论断是错误的，能量沉积增强的倍数大约只有 3 ~ 5 倍，远远不到 100

倍，不存在什么双流不稳定性。

这项研究结果和美国圣地亚国立实验室的结果相符合，说明电子束聚变不像大阪大学研究小组估计得那么有发展前途。这是因为强流电子束聚焦性能差、射程长。但大阪大学的科学家提出在强流下射程可以比经典时小两个数量级，一时引起国际核聚变界的广泛重视，中美两国科学家用实验研究的结果否定了大阪大学科学家的研究结论，指明了电子束聚变的发展前景是很不乐观的。

当时世界只有美国和中国的实验做得最出色，测量方法最可靠，并取得了一致的结论，实验结果引起了国际学界的重视。国际同行称赞王乃彦领导的实验安排最精巧，测量方法种类最多，而且最简单可靠，得到国际同行的广泛赞扬。苏联库尔恰托夫研究所粒子束聚变负责人斯米尔诺夫教授来现场察看时，很惊讶地说，“很难想象你们在这样的设备和条件下测试出了这样好的实验结果。我们的设备比你们要大得多，好得多，也没有测出这样好的结果，你们取得的物理结果比我们好。”

王淦昌对此特别高兴，美国圣地亚国家实验室粒子束聚变计划负责人来参观实验室，王淦昌向他介绍了我们靶上束流的稳定性很好，靶上的束斑很小。美国人询问王淦昌能否做实验看看，结果实验结果十分理想。王淦昌的日本朋友宫原昭教授参观后也要求现场做实验，看后感到非常高兴和惊讶。第二天宫原昭教授在友谊宾馆作学术报告，称赞王乃彦实验中的物理思想，称赞“十八杆枪”在简单设备下的出色成绩。“九十步和一百步，中国和日本彼此彼此。”通晓中文的这位教授在黑板上写下这样的字。

在此期间，王乃彦还和王淦昌一起指导研究生开展了电子束流物理的研究，研究聚焦型强流相对论性电子束二极管中电子束箍缩过程，研究了阴阳极材料及阴阳极等离子体对电子束箍缩的影响，指出阴阳极表面所吸附的气体和阴阳极等离子体的形成是影响电子束箍缩的关键因素。美国海军实验室 Cooperstein 博士等用高速相机分幅拍摄了电子束箍缩过程，我们由于受经费的限制，采用透镜成像、光导管、光电管和示波器组成的测试系统，圆满地研究了电子束的箍缩过程。我们用比较差的设备也得到很好的结果，甚至比美国海军实验室取得了更多的信息和数据。

王乃彦带领研究生开展了电子束在低压中性气体传输中空间电荷中和及电流磁场中和的物理机制研究，在适当选择气压的情况下，有效地将 50 千安培的束流传输到 2 米的距离，达到长距离传输的要求。这在国内都是具有开创性并且首次开展的研究，这些研究成果不仅填补了我国在该领域的空白，而且得到国际同行的高度评价。

王乃彦还在我国开拓了粒子束惯性约束聚变新领域，主持研制出了性能优异、工作稳定的 80 吉瓦强流电子脉冲加速器；创造性地提出阻容耦合隔级外触发的冲击电压发生器工作原理，使脉冲电压输出非常稳定，该加速器性能指标达到国内外同类设备中的先进水平。同时，他还采用多种实验方法深入地研究了强流电子束在靶上能量沉积的物理机制，取得重要成果。

宫原昭教授从中国考察并作学术交流回到日本后，立即就给王乃彦发了邀请信，请他去日本名古屋大学做访问学者。受日本名古屋大学等离子体研究所的邀请，王乃彦于 1985 至 1986 年应邀在该研究所工作了 10 个月。

王乃彦到名古屋大学等离子研究所做的是教授工作，并成为该所邀请的第一个中国教授，协议还是日本名古屋大学校长和王乃彦本人签的。校长是个医学教授，办事很认真，他亲自接见了王乃彦。在准备签字时，发现研究所递上的文本有问题，校长说："不对，文本怎么是英文的，应该是日文跟中文，怎么是日文跟英文呢？王教授又不是英国人、美国人，应该是中文的文本，你们赶快更改过来。”

1985 年，在日本名古屋大学做访问学者的王乃彦因其深厚的理论功底和科研实践的积累，在不到一年的时间内就发表了 5 篇论文，这些论文在国际上都引起了热烈反响。并且他还与合作者宫原昭教授一起发表了强流电子束和物质相互作用的论文，在日本朋友的帮助下研制了一台强流相对论性电子束加速器。

即将结束访问学者工作的前夕，王乃彦又受到美国研究机构的邀请，对方表示要立即给他发邀请信，让他从日本直接到美国。但他婉拒了，因为组织决定让王乃彦回国后参加国家 863 计划的研究项目。

1986 年，第六届国际高功率粒子束会议在日本长冈召开，应大会邀请王乃彦作了“中国原子能科学研究院粒子束聚变研究进展”的报告，受到与会者的重视和好评。会议分会场主席、美国海军实验室的 Cooperstein 博士在会上做总结时，专门提到原子能院在粒子束聚变研究方面的重大进展，对于中国科学家在该领域取得的成果给予高度评价。

大会悬挂国旗，各国国旗悬挂的位置与各国科学家的论文数有关，也就是与相应的研究成果挂钩。这次会议，王乃彦领导的实验室投了 5 篇论文，加上他在日本名古屋大学的研究论文，共有 6 篇文章提交会议。主办方把自己国家的国旗挂在最边上，中国和美国的国旗挂在会场中央的左右方。当看到祖国鲜艳的五星红旗挂在最中间的位置，能够通过自己的努力为国家争得荣誉时，王乃彦异常激动和自豪。“这是最让我开心的一次国际会议。”面对多国科学家，甚至是国际顶尖科学家，王乃彦能在这里赢得尊敬，他认为是自己作为一个中国科学家的骄傲。开完会回到宾馆宿舍，他甚至高兴得唱起了歌。

王乃彦在第二届国际粒子束聚变会议（1986 年在日本神户召开）上也作了特邀报告。

探索激光惯性约束聚变的奥秘

放大的受激辐射的光，被称为“激光”。原子中的电子吸收能量后从低能级跃迁到高能级，再从高能级回落到低能级的时候，所释放的能量以光子的形式放出。相比普通光源，激光的单色性好，亮度高，方向性好。激光是电磁波，具有相干性。激光核聚变即是以高功率激光作为驱动器的惯性约束核聚变。

激光的理论基础起源于物理学家爱因斯坦。1917 年爱因斯坦提出了一套全新的技术理论，即“光与物质相互作用”。这一理论表明在组成物质的原子中，有不同数量的粒子（电子）分布在不同的能级上，在高能级上的粒子受到某种光子的激发，会从高能级跃迁到低能级上，这时将会辐射出与激发它的光相同性质的光，而且在某种状态下，能出现一个弱光激发出一个强光的现象。这就叫做“受激辐射的光放大”，简称激光。

根据国际惯性约束聚变的发展，王乃彦的研究方向由粒子束聚变转向氟化氪激光聚变，这是因为氟化氪准分子激光具有波长短、能量效率高，可按比例放大至高能量等优点，因此是一种很有竞争力的惯性约束聚变驱动器的候选器件，在国际能源、工业、医学生物和基础研究等方面具有广泛的用途。王乃彦领导的研究室于 1984 年开始研究电子束泵浦的氟化氪激光聚变，1985 年得到输出能量为 13 焦耳的氟化氪准分子激光和输出能量为 5 焦耳的氯化氙准分子激光。

研究激光聚变当时在原子能院还是一个空白，王乃彦领导的研究室开展激光惯性约束聚变研究的现实问题是，怎样从电子束聚变研究转向激光聚变研究，高功率电子束激光试验怎么转成激光惯性约束聚变研究。对于固体激光，原子能院没有基础，没有优势。经过分析，他认为转为气体激光研究就不一样了，比如氟化氪。氟化氪激光可以用电子束把它激发到高能态，使它产生跃迁，另外用电子束泵浦，推动它产生激光。原子能院有电子束加速器，可以发展为气体激光器，也就是氟化氪激光器。气体激光器比固体激光器更有优越性，气体激光器功率很高，介质发热可以通过气体冷循环，可以连续重复运行，而激光聚变必须实现循环使用才有应用价值。开展氟化氪激光研究，既利用了既有的设备和人力物力，又可以在激光聚变领域向前迈出一大步，进入世界先进行列。

开展惯性约束核聚变研究，利用电子束进行核聚变，原子能院形成了国内首创。从白手起家研制电子束加速器，然后又研制粒子束加速器，进行初步实验后发现很难，最后走上激光聚变研究。1984 年王乃彦的科学研究方向从粒子束聚变转变为强流电子束泵浦的氟化氪激光惯性约束聚变研究。百焦耳级电子束泵浦在国内是首创，是空白，在国际上也是先进水平。

王乃彦的专业是核物理，对物理测试比较擅长，但是要实施研制电子束泵浦的百焦耳级氟化氪准分子激光的计划，还要具备电物理、工程物理、光学等交叉专业学科知识。同时，对总体理论，整个行业领域的发展动向，未来发展的可能性，他也同样需要进行深入研究。涉入新的领域，所需要的知识面与过去搞核物理测试大不一样，特别是激光与核聚变的交叉，测试方法和手段以及所用的仪器都不一样，他需要不断的学习。王乃彦的学习能力是大家公认非常强的，为了完成高功率氟化氪准分子激光装置的研制，他调阅了大量的文献，有选择性地进行梳理，文献上哪些是我们有能力做的，哪些是我们现在还没有能力做的，哪些是重要的，哪些是有问题的，他都一一作出标注，翻译出来，并把所有的批注笔记都装订成册，竟有 19 本之多，而且每一本都很厚。

氟化氪准分子激光是惯性约束聚变很有希望的一种驱动器，美英日俄等国都给予了极大的重视，发展也极为迅速。1987 年受国家“863”计划“410”强激光技术主题专家组的支持，王乃彦领导的研究室开始了百焦耳级氟化氪准分子激光的研制。

在开展电子束泵浦氟化氪准分子激光惯性约束聚变理论研究的基础上，王乃彦组织并率领研究小组，进行了六束角多路百焦耳级高功率氟化氪准分子激光装置的研制，完成了该激光系统的总体物理设计，包括从种子光源到预放大器、主放大器、靶室各环节的物理参数和技术要求。

为了获得高光束品质的氟化氪激光，王乃彦带领研究生和实验室科研人员采用主振荡器和功率放大器相结合的方法，完成了电子束双向泵浦氟化氪激光的物理设计，显著地改善了电子束在氟化氪气体介质中能量沉积的均匀分布，减小了电子束自磁场的箍缩效应，减小了电子束对阳极膜和激光气室输入窗口的主膜的破坏，提高了输出激光的能量效率；并建立了放大的受激辐射理论计算模型，深入研究了放大的受激辐射和引出激光能量，本征效率及激光发散角的关系，并在实验上测出百焦耳级氟化氪激光装置上的受激辐射强度。

王乃彦指导研究生在国内最先开展了短波长激光镀膜的工艺研究，制备出了多层有机介质的膜，在毫微秒脉冲情况下破坏阈值达 5 焦耳 / 平方厘米，开展了用超声波方法研究膜的破坏阈值，并在美国应用物理期刊发表了论文。该方法的优点在于不仅能较精确地决定出膜的破坏值，而且能够在膜被损坏之前就预估出如果继续增大光的功率密度将导致膜的损坏，这样既测出了膜的破坏阈值又不至于损伤膜，这项工作对强激光装置运行中膜的保护具有重大意义。后来同样在美国应用物理杂志上发表的美国国家点火装置就是用这种超声波方法监测光学镀膜的破坏情况。从事这项工作，由王乃彦指导的博士生在参加全国青年激光学术报告会时，对短波长激光镀膜的工艺研究进行了报告，其成果获得了一等奖。

王乃彦带领研究人员对百焦耳级氟化氪激光装置中的预放大器和主放大器中的各种激光参数做了测量，建立了具有 119 个反应通道和 24 种反应粒子的氟化氪激光反应动力学程序，对激光的形成、弛豫、吸收和上能态的猝灭进行了建模和计算。

这些工作使他们对氟化氪激光的产生及获得稳定的高光束质量的氟化氪激光有了较深刻的理解。1990 年获得了 106 焦耳的输出能量，并高质量建成了我国自主研制的百焦耳级氟化氪激光装置和“天光一号”打靶聚焦系统。装置运行稳定，重复性好，包括能量抽取效率在内的各项指标都达到了同类型装置的国际先进水平，为我国建造高功率、大能量的氟化氪激光器打下了基础。

现在 6 束角多路的氟化氪激光器已经稳定可靠用于短波长激光和物质相互作用及超短超快激光的放大上，在国内处于领先地位，达到国际上当时的先进水平，在能量上已经达到国际上几台大型的氟化氪准分子激光器的水平，成为我国氟化氪准分子激光技术及氟化氪激光惯性约束聚变研究的重要基地，在国际上也成为氟化氪激光聚变的重要实验室之一。

1990 年 3 月，在英国伯明翰召开的国际电光学和激光学术研讨会邀请王乃彦作了报告，题目为“强流电子束百焦耳级氟化氪激光的研究工作”。1990 年 9 月在加拿大召开的第二届国际氟化氪激光研讨会也邀请王乃彦作了报告和介绍。

在国家高技术强激光主题专家组的指导和支持下，王乃彦还负责组织了 1990 年北京国际准分子激光研讨讲习会，参加会议的不仅有国内从事准分子激光研究的科研人员，还邀请到了英国、日本、加拿大等研究机构从事氟化氪准分子激光研究的科学家参会，他们都是在国际上具有很高知名度的科学家，如加拿大氟化氪准分子激光负责人、前加拿大物理学会主席 A.A. Offenberger 教授、英国卢瑟福实验室氟化氪激光项目负责人 M.Shaw 博士、日本电气通讯大学激光科学研究院氟化氪激光聚变负责人 Ueda 教授等，会议促进了国际准分子激光学术交流，加速了我国准分子激光研究进入国际学术共同体的步伐。

对于惯性约束聚变研究，王淦昌始终投入了极大的热情，给予了极大的关注，直到生命的最后一刻。同时，他对王乃彦的研究进展也时常过问，给予了极大的关切。

1997 年，90 岁高龄的王淦昌在林荫道上被一个骑自行车的年轻人撞倒，那个年轻人撞倒人之后，便逃之夭夭，而王淦昌经过 5 个月的治疗，虽然勉强痊愈，身体却每况愈下。但是他还是在关心核聚变计划。

1998 年 4 月 20 日，已经 91 岁高龄、病休中的王淦昌还给著名核物理学家李植举写信，询问核聚变计划的情况。他在信中谈到："……可惜我因去年 8 月 7 日出外散步，被一自行车撞翻，在医院治伤约 5 个月，回家后感到身体大不如前，生活不能自理，也不能畅所欲言，一切须别人帮助。我今年已 91 岁，更感凡事力不从心。关于激光聚变工作，国际上进展很快，我们在 1985 ~ 1987 年，有'神光Ⅰ'与'神光Ⅱ'，进展是不慢的，但是邓锡铭同志逝世以后进展很慢，我又力不从心，不能兼顾，所幸有王乃彦同志（福州人）帮我在北京搞了一个氟化氪激光装置，这装置名曰‘天光1号’。翌日异日有机会，不妨来此，请参观并指教。”

1998年12月10日，91岁高龄的王淦昌去世，在去世前还在关心激光惯性约束核聚变计划的实施。

“千淘万漉虽辛苦，吹尽狂沙始到金”。目前国际上只有几个大实验室氟化氪激光的输出能量达百焦耳。在国际同类装置中，王乃彦他们研制成功的6束角多路的氟化氪激光装置，对于在我国开展短波长激光核聚变及其与等离子体相互作用、超短超强激光的放大具有重要意义。在大面积非箍缩型电子束泵浦技术、大孔径氟化氪激光振荡器、强流束流物理和高功率脉冲技术等方面建立了巩固的基础。为此，王乃彦获得了1993年国家科技进步三等奖、2002年国防科工委科技进步一等奖。

1994年3月30日设立的何梁何利基金奖，旨在奖励取得杰出成就和重大创新的科学技术工作者，促进中国的科学与技术发展。何梁何利基金奖设“何梁何利基金科学与技术成就奖”“何梁何利基金科学与技术进步奖”“何梁何利基金科学与技术创新奖”，授予在特定学科领域取得重大发明、发现和科技成果者，尤其是在近年内有突出贡献者。为表彰王乃彦在核物理领域的突出贡献，2003年他被授予何梁何利基金科学与技术进步奖。

第六章
永不停歇的发动机

也许是求学时的艰辛，亦或是戈壁滩的磨练，王乃彦是个物质欲望极低的人，只要有米饭和咸菜他就能吃下饭。但对于核物理事业的追求却难以让他止步，心比天大，求索不息，并以他惯有的勤奋活跃在科研一线。

翻开王乃彦的作息时间安排，早上 5 点半起床，晚上 11 点半睡觉，我们发现这位 80 多岁的老人一天根本无法睡够 8 个小时，而且没有一个周末是闲着的，他要参加各种各样的学术会议，要指导检查研究生的研究实验，同时还主持着多项核物理前沿课题的研究等。王乃彦至今仍奋战在科研一线，每天花费在专业研究上的时间并不逊于工作岗位上的年轻人。“有人觉得我该淡出了，连大学生都叫我爷爷了。”王乃彦笑言。更有人将他称为“永不停歇的发动机”，他只知道工作，像一台永不停歇的发动机，转动，前进，再转动，再前进。王乃彦表示他乐于接受这个称号。

从未离开过科研一线

“863 计划”是国家高技术研究发展计划的简称。这个计划是以政府为主导，以一些有限的领域为研究目标开展的一个基础性研究的国家性计划。

1980 年以来，科学技术迅速发展，对人类产生了巨大的影响，引起了经济、社会、文化、政治、军事等各方面的深刻变革。许多国家为了在国际竞争中赢得先机，都把发展高技术列为国家发展战略的重要组成部分，不惜花费巨额投资，组织大量的人力与物力开展高技术研究。1983 年美国提出的“战略防御倡议”（星球大战计划）、欧洲制定的尤里卡计划、日本的今后十年科学技术振兴政策等，对世界高技术大发展产生了一定的影响和震动。

1986 年，国家启动“863 计划”，王乃彦参加了“863-410”激光技术主题专家组，是“863”领域“804-6”专项计划高功率准分子激光研究项目的课题负责人。后来他又参加了“863”计划“416”专家组的工作，按照专家组的要求进行了百焦耳级六路氟化氪准分子激光器的物理设计，圆满地建成了激光器。

在国家“863”计划强激光技术主题组的支持下，王乃彦主编了《新兴的强激光》一书，这本书由原子能出版社在 1992 年出版。该书全面阐述了自由电子激光、X 光激光、化学激光、准分子激光、强激光和物质相互作用以及高功率激光的大气传输原理、应用及国外发展情况。除他之外，参加编写的有从事该领域研究的科学家周云翔、杨震华、彭慧民、庄琦、杨成龙等。

在国家“973”计划重要科学前沿领域中王乃彦参加了“超强超短激光科学中若干重要前沿问题”（2006—2009 年）的研究和“极端强场超快科学重要前沿与应用开拓”（从 2010 年起），并担任该课题中子课题的负责人，组织研究超强光场驱动的高性能高能粒子束的产生及其应用开拓。

王乃彦带领研究生开展了超短激光加速质子的实验，运用固体径迹探测器 CR-39 和汤姆逊谱仪测量了质子的产额和能谱分布，在质子静电加速器和串列加速器上对探测器进行了能谱响应的刻度，在低能端校刻了质子能量和激光强度的定标率，获得能量范围为 100 ~ 250 千电子伏特的质子，研究了双层靶对质子产额和能谱分布的影响。运用氟化氪准分子作为激光的放大介质，获得 1 皮秒、3 太瓦、248 纳米的激光，具有很好的对比度，是一个很有潜力的超短超强的激光源。

王乃彦与专家组一起制定了强激光发展战略和计划，并在有关物理规律和关键技术方面进行了系统性、创新性研究，在高功率氟化氪准分子激光及束靶相互作用研究、高功率氟化氪准分子激光振 - 放（MOPA）系统研究等方面获重要成果。提出并成功主持综合实验研究，并解决了多项工程技术问题。

2010 年以来，王乃彦担任中国科学院数理学部和基金委联合的战略研究组组长，组织制定了《未来十年中国学科发展战略—物理学》及《中国核物理与等离子体物理中长期发展战略》。

《未来十年中国学科发展战略—物理学》全面总结了近年来物理学的研究现状和研究动态，客观分析了物理学科发展态势，从物理学科的发展规律、现状和国家战略需求出发，前瞻性地思考了学科的整体布局，对未来 10 年我国物理学学科发展战略进行了系统论述，从物理学学科发展的自身规律，特别是物理学未来 10 年需要重点发展的领域、需要优先发展的领域进行了重点论述，并针对实际战略需求，提出了物理学的重要科学问题、前沿方向及我国发展该学科领域的政策措施等，对促进我国物理学学科均衡、协调、可持续发展发挥了积极作用。

近年来，随着核物理与等离子体物理领域大科学装置的迅速发展，人们对原子核与等离子体性质的认识更为深化，相关技术应用也得到了快速发展。王乃彦主持编制的《中国核物理与等离子体物理中长期发展战略》，其专业范围包括核物理及中子物理、高温高密度等离子体物理、原子分子物理、核反应堆物理及其应用技术、脉冲功率技术及加速器物理、激光物理及高功率激光技术、核测试及等离子体诊断技术、微靶制备和先进光学元件制造技术、X 光激光和强场物理、能源及其转换技术以及有关理论研究等。该战略研究从学科中长期发展趋势，全面深入地分析了核物理和等离子体物理领域国内外的最新发展动态、发展趋势和学科前沿，提炼出了学科发展中的一些重大科学问题，突出学科发展对国家安全和国民经济发展的重要性，结合我国学科发展和国家需求，提出了在今后一段时间内我国核物理与等离子体物理发展战略的建议。

北京师范大学核科学与技术学院暨北京市辐射中心成立于 1979 年，是北京师范大学和北京市科学技术研究院直接领导下的科研、教学和技术开发实体，还是国内最早具有理论物理、粒子物理与核物理、凝聚态物理和核技术应用博士学位授权的单位之一。其主要开展强流离子束技术和应用、离子束材料表面改性、新型半导体材料及器件、功能薄膜材料、X 光调控技术及应用、辐射物理及应用、核技术分析技术、核电子学和自动控制系统研制、微弧氧化技术等领域的研究和技术开发。

2008 年至 2013 年，王乃彦受聘担任北京师范大学核科学与技术学院院长及教授、博士生导师，此后，他还担任学院科学技术委员会和发展委员会主任、北京市辐射中心主任等学术教育职务。2008 年，王乃彦担任学院院长后，积极推动核物理学科的发展，经国务院学位办正式批准，在北师大核科学与技术学院设立了 4 个二级学科，即核能科学与技术、核燃料循环与材料、核技术应用、核环境保护，并实时进行了一些改革，把学院的研究队伍和教师队伍基本上按 4 个二级学科进行调配。同时，将北京市辐射中心作为核技术及应用研究所。在王乃彦指导下设有学术委员会、发展委员会。

王乃彦说："我们培养学生并不是简单地让他做些研究课题，而是必须真正对他的成长起重要作用，对他的思维起重要作用，甚至对他的人生观、价值观起作用。关键是培养学生逻辑思维和解决问题的能力，注意用科学的精神，用科学的发展观，用科学的方法去解决问题。具体到搞科学研究工作，科学工作者的思维方法必须符合辩证法，要善于学习老科学家是怎样解决问题、处理问题的方法，包括他怎样对待周围同志的。这些对青年科技工作者的影响可能比做一篇论文还要深刻。"

王乃彦带过的研究生普遍都有这样的感受：王老师有个极其发达的理性思维系统，什么问题，经他引导之后，总能茅塞顿开。尽管王乃彦从一线实验室退下来了，他仍然以自己渊博慎思的头脑为年轻人提供指导，仍然经常参加实验方案的讨论，年轻人也喜欢听他的见解，往往能从中得到一些有益的建议，他对科研的不懈努力和进取精神激励着后辈学子们。

核工业研究生部是经国家教育部和原国防科工委批准，于 1985

年成立的。它是中国核工业集团公司主办的教育实体，由原子能院管理。主要任务是为核工业的发展培养硕士和博士研究生，为在职科技人员提供继续教育与培训服务。王乃彦是核工业研究生部名誉主任。如今，他还在给原子能院的学生讲课，课程的名称是《激光核物理》，每学期 36 学时。

当高强度的激光照射在靶上时，可以产生许多由激光产生的核反应现象。超高功率超短脉冲激光技术的发展，在实验室中创造了前所未有的极端物态条件，如高电场、强磁场、高能量密度、高光压和高的电子抖动能量、高的电子加速度，这种极端的物理条件，目前只有在核爆中心、恒星内部、星洞边缘才能存在，在它和物质的相互作用中，产生了高度的非线性和相对论效应，产生了崭新的物理学领域，也为多个交叉学科前沿研究领域带来了历史性的机遇和拓展的空间。从强场物理到超短超强激光技术，到应用于各个领域，激光核物理在世界上是基础科学和技术进步相互推动、相互作用的一个范例。基础研究的需求，以及光学科学的基础、非线性科学的基础，促进了超短超强激光技术的发展，而高强度激光的发展又为物理学的发展提供了一个崭新的世界。

激光核物理是一门崭新的前沿学科，还是在上世纪 90 年代末，王乃彦偶然从一位日本学者那里看到一本关于激光核物理的会议论文集，意识到这个领域的重要性，于是他开始潜心探索激光核物理，牵头开展了这个课题的研究。他随手从书包中掏出一本厚厚的打印的资料本，“这是第 99 本。”原来，王乃彦从网上看到最新的研究资料都打印装订成册，随时关注国际学术界最新成果。“永远要做前沿的东西”，王乃彦说这是王淦昌说过的话。

“973 计划”是国家重点基础研究发展计划，旨在解决国家战略需求中的重大科学问题，以及对人类认识世界将会起到重要作用的科学前沿问题，坚持“面向战略需求，聚焦科学目标，造就将帅人才，攀登科学高峰，实现重点突破，服务长远发展”的指导思想，以原始性创新作为遴选项目的重要标准，面向前沿高科技战略领域超前部署基础研究。基于王乃彦的开拓性研究，激光核物理项目于2006年被列入国家“973”计划。

王乃彦教导他的学生，19世纪物理学所研究的内容、方法、态度跟20世纪是不同的。21世纪物理学发展的方向、研究的课题同20世纪也是完全不一样的。一个年轻的研究生最重要的一件事情是什么呢？其实不是要你学那些技术上的内容，而是要使自己走入将来五年、十年有大发展机会的领域，这个才是做研究生的时候所要达到的最重要的目的。

王乃彦虽然退休了，已经85岁的他却仍坚守在科研工作的一线，亲自带5个博士生。但他对于目前的退休生活和工作状态很满意，也很自豪，“做科研工作很有乐趣，但非常辛苦，我从来没有离开过科研一线。”

任职基金委副主任

20世纪80年代初，改革大潮涌动神州大地，为推动中国科技体制改革，变革科研经费拨款方式，激励科技创新，中国科学院89位院士（学部委员）致函党中央、国务院，建议设立面向全国的自然科学基金，得到党中央、国务院的高度重视。随后，在邓小平的亲切关怀下，国务院于1986年2月14日批准成立国家自然科学基金委员会（简称“自然科学基金委”）。其职责是根据国家发展科学技术的方针、政策和规划，有效运用国家自然科学基金，支持基础研究，坚持自由探索，发挥导向作用，发现和培养科学技术人才，促进科学技术进步和经济社会协调发展。

王乃彦于1997～2005年担任自然科学基金委副主任，工作了两期。第一期的任命书是时任国务院总理李鹏签发的，第二期的任命书是时任国务院总理朱镕基签发的。王乃彦的前任陈佳洱院士因为要到北京大学出任校长，所以他建议把王乃彦调到基金委去工作。王乃彦当时在原子能院担任科技委主任兼副院长，又在中国核工业总公司科技委担任副主任。

尽管核工业总公司、原子能院，包括王乃彦本人都没有意见，但王淦昌却意见非常大。他说，这样会把王乃彦的业务工作都荒废了。王乃彦解释说，到基金委工作需要处理很多事，没有那么多时间去开展业务工作，确实对自己的业务工作有影响，但还是值得的，因为那是为大家服务。把基金委的工作做好了，把我们国家的基础研究工作做好了，个人的业务有一些损失还是值得的。

在基金委，他承担的工作任务专业性强，涉及面广，事务复杂，不仅要关照数理学部的专业工作，分管国家重点实验室的评估，还要关照基金委的财务工作，成为基金委中的“多能”主任。

围绕中国科技体制改革，促进科学技术进步和经济社会协调发展，王乃彦全面参与了国家自然科学基金委的发展规划的实施，全面引入和实施了先进的科研经费资助模式和管理理念，确立了“依靠专家、发扬民主、择优支持、公正合理”的评审原则，建立了“科学民主、平等竞争、鼓励创新”的运行机制，建立健全了决策、执行、监督、咨询相互协调的科学基金管理体系，形成了“公正、奉献、团结、创新”的风气，充分发挥了自然科学基金对中国科学技术基础研究的“导向、稳定、激励”的功能，不断发展完善以学科体系为框架，以价值评议和绩效评估为依据的管理体系。同时，按照新时期中国科技工作的原则、方针和思路，根据全面建设小康社会的战略需求，从国家创新体系建设的总体部署出发，确定了自然科学基金在国家创新体系中的战略定位：“支持基础研究，坚持自由探索，发挥导向作用”。

自然科学基金坚持支持基础研究，逐渐形成和发展了由研究项目、人才项目和环境条件项目三大系列组成的资助格局。建立了面上、重点、重大项目、重大研究计划、联合资助基金、实质性国际合作研究等多层次相互配合衔接的资助项目系列；通过实施科技人才战略，架构了以国家基础科学人才培养基金、青年科学基金、地区科学基金、国家杰出青年科学基金、创新研究群体科学基金等较为完整的人才培养资助体系；完善了以科学仪器基础研究、国际合作交流项目、科普项目等专项构成的环境条件项目体系。同时，科学基金工作紧紧围绕实施源头创新战略、科技人才战略、创新环境战略和卓越管理战略，推出了一系列新的举措，在完善和发展科学基金制的实践中又取得了新的成绩。自然科学基金在推动中国自然科学基础研究的发展，促进基础学科建设，发现、培养优秀科技人才等方面取得了巨大成绩。为提升基础研究创新能力进行了有益的探索，积累了宝贵的经验，为中国基础研究的发展和整体水平的提高作出了积极贡献。

余增亮是中国科学院合肥分院离子束生物研究室主任、博士生导师。1986年他发现离子束注入生物效应，提出能量沉积、质量沉积、电荷转移“三因子”假说，不断得到实验证实，开辟了辐射生物学的一个新领域——低能重离子生物学，兴起了一个新的技术学科——离子束生物工程学，开辟了离子束在生命科学中应用的新的学科增长点。

通常玉米长出来是一节一节的，每一节基本上长一个玉米棒。经过辐照以后，玉米的遗传性能会发生突变，玉米的每一节会长出三个棒，甚至四个棒，这样就能使玉米的产量增加。对于余增亮的辐射育种研究要不要给予重点项目的支持，当时争论比较大，其通过辐照玉米种子实现玉米遗传性能改变的研究，受到一些农业和核物理方面专家的质疑。核物理学家认为，氮离子的穿透能力很差，玉米种子外面一个薄薄的壳都能把它挡住，怎么能够辐照到里面的胚胎呢？生物学家也不相信。

王乃彦说，我们专家不管是物理学家，还是生物学家，对它的机理不认识不理解都可以，但是不能够不承认。所以他说他必须自己去查看，看是真的还是假的，于是他亲自去合肥实地考察。余增亮介绍说，辐照穿透不进去没关系，它可以通过介导，将外部的变化传导到里面去。经过辐射育种的玉米都在田里长着，证实了余增亮的实验，玉米种子经过辐照确有遗传性能的变化，实验现象是正确的，应该给予基金支持。王乃彦说，对专家评审中出现的问题，要主动承担责任，纠正错误。随后基金委组织北大、北师大、中国科学院、合肥等离子体物理研究所联合攻关，取得了重大成果。后来又延伸到水稻辐射育种，产量提高很多。1998 年，时任国家主席江泽民视察中国科学院合肥分院，还专门了解了余增亮主持的离子束生物工程学研究。

中国科学院院士、中山大学校长、引力物理专家罗俊，从 1986 年开始的 10 年时间里，长期在华中科技大学喻家山人防山洞内的实验室工作。其引力实验的精密测量物理研究曾得到基金的支持，但后来因为他的老师离开国内去了英国，继续开展研究的重担压在了罗俊身上。当时有人提出要停止对罗俊研究项目的支持，因为他没有论文，也没有成果。

于是王乃彦去华中科大实地考察，回来后就跟数理科学部的领导说，现在虽然没有成果，但过几年一定会有成果，相信他会有成果。根据项目开展情况，在王乃彦的坚持下，基金委决定给予继续支持，罗俊研究项目最后取得的成果证实了王乃彦的判断。1998 年，罗俊团队取得了 105ppm（ppm：百万分之一）相对精度的测 G 结果。2009 年，团队将 G 的测量精度提高到 26ppm，成为国际上精度优于 50ppm 的七个结果之一。这一实验结果被国际科技数据委员会推荐的 CODATA 值所收录，并以华中科技大学英文缩写 HUST 命名为 HUST-09。10 年后，罗俊团队采用扭秤周期法和扭秤角加速度反馈法两种独立的方法测 G，给出了当时国际上最高精度的 G 值，相对不确定度优于 12ppm，实现对国际顶尖水平的赶超。王乃彦最后还成为了罗俊评选院士的推荐人之一。

数理科学是自然科学中的基础科学，是当代科学发展的先导和基础，具有很强的探索性和创新性。数理科学的研究进展和重大突破，不仅能够推动自身的发展，也可以为其他学科的发展提供理论、思想、方法和手段。

自然科学基金委数理科学部，是其学术性管理机构之一，主要负责组织拟定数学、力学、天文学和物理学领域的发展战略、优先资助领域和项目指南；负责受理、评审与管理各类相关科学基金项目；负责专家评审系统的组织与建设；承担重要科学问题的咨询。受自然科学基金委委托，数理学部还牵头负责“理论物理学及其交叉科学若干前沿问题”和“空天飞行器的若干重大基础问题”两个重大研究计划项目的组织实施工作。

数理科学部所辖数学、力学、天文学、物理学四大门类，与其他学部所属学科门类有着广泛的交叉，这种交叉一方面使得数理科学发展的理论、方法和手段有力地推动了其他学科领域的发展，另一方面这些交叉领域涌现出来的科学问题，又有力地推动了数理科学自身的进一步发展；数理科学部鼓励申请者提出学科交叉领域的研究项目，积极组织跨学部的交叉重大项目和交叉重点项目，组织有利于促进交叉的学术交流及相关预研究。数理科学部鼓励数理科学领域的研究人员积极参与国际竞争，开展广泛的合作与交流，支持高层次的国际合作项目。

在王乃彦的关心和帮助下，数理科学部不断加大力度，支持以推进学科发展、促进原始创新和培养高水平研究人才为主要目标的基础研究，并积极鼓励和支持具有创新思想的探索性研究。在重点项目的立项和资助方面鼓励竞争，促进具有创新思想项目的产生，使创新性强的项目及时得到重点项目的资助。根据学科特点和学科（领域）发展的需要，在面上项目资助中采取多层次资助方式，拉开资助强度，以适应科学研究的实际需要。对于有利于促进原始创新的实验设备研制项目，也视具体情况给予资助。通过自然科学基金的持续资助，在数理科学部所属的学科领域稳定了一支精干、高质量的研究队伍，从国家数理科学发展的战略层面，加速了重大项目的开展和高水平国际顶尖人才的培养，推动了这些学科持续、稳定、协调地发展，并逐步达到国际先进水平。

国家自然科学基金委员会数学天元基金（简称“天元基金”）是国家为支持我国数学在21世纪率先赶上世界先进水平而设立的数学专项基金，由国家自然科学基金委员会管理。在天元基金的使用上，王乃彦提出要增加对数学支持的强度，得到数学家支持。因为是学物理出身的，王乃彦平时十分注重与数学家们打成一片，向他们请教数学方面的问题，去了解数学这个领域到底最需要的是什么，让数学家们特别感动。

陈省身是美籍华裔数学大师、20世纪最著名的几何学家之一，是获沃尔夫数学奖的第一位华人科学家。1992年至2004年，陈省身任天津南开数学研究所名誉所长。1995年陈省身当选为首批中国科学院外籍院士。2000年他回到母校南开大学定居，亲自为本科生讲课，指导研究生。在天元基金的支持上，王乃彦提出数学没有诺贝尔奖，所以它的沃尔夫奖就相当于诺贝尔奖，要给陈省身和诺贝尔奖获得者一样的支持，曾任自然科学基金委副主任、顾问，数学家、南开大学数学所所长胡国定由衷地对王乃彦说：“你对数学的支持比我对物理的支持大得多啊！”

在基金委任职期间，王乃彦与2009年度国家最高科学技术奖获得者谷超豪院士、中国数学学会理事长张恭庆院士等数学家都成为了故交挚友。

2002年，第二十四届国际数学家大会在北京国际会议中心隆重举行。此次大会在世界上创造了四个第一：第一次在发展中国家召开；中国数学家和外国数学家参加人数最多的一次会议，来自世界各地101个国家的4000多名数学家（其中中国数学家2000多人，外国数学家2000人左右，包括1位诺贝尔经济学奖得主、6位菲尔茨奖获得者）参加了这次历时9天的会议；第一次在中国召开的国际数学家大会，并由中国数学家吴文俊院士担任大会主席；是发展中国家规模最大的数学会议，来自国内外的数学家向大会提交了1458篇论文。举办这届数学家大会，数理科学部及王乃彦为会议的筹备倾注了大量心血，彰显了中国数学研究实力的增强，是中国在国际数学界和科学界地位的体现，是中国数学和世界数学接轨的重要标志，是中国数学发展的新起点，是国际数学人才交流的盛会。

许忠勤是基金委数学学科主任、数理学部副主任，他评价当时的几位基金委领导，第一任主任唐敖庆，第二任主任张存浩，第三任主任陈佳洱以及副主任师昌绪、王乃彦，他们五人是科学大家，也是威信最高的领导人。王乃彦虽然是搞核物理研究的，但是他对数学、天文学、力学研究也非常关心，跟这方面的学科专家联系得最为紧密，关系也非常好。王乃彦常说，数学是最好的一个基础，做什么都是要从这个上面开始，包括物理学也是要掌握非常好的数学功底，然后才能一点一点做下来。

在20世纪末，单独拥有一部计算机是很不容易的事情，配备计算机对开展数学研究会带来很大便利。为此，王乃彦给每个有重点项目的数学家都配备了计算机，所以，数学家们都很喜欢他，也愿意与他交流沟通，有困难都会去找他。像数学大师、第一届国家最高科技奖获得者吴文俊，就不止一次跟许忠勤讲，王乃彦是非常好的，你要多向他学习。王乃彦调到基金委工作后与许忠勤交谈时说，我一来就听说你屁股坐在专家一边，我们基金委的领导都是支持你屁股坐在专家一边的，你一定要继续这么做，因为我们就是为专家服务的。

在自然科学基金委工作期间，王乃彦对基金评审中出现的问题，态度鲜明、坚持原则，敢于和不良现象做斗争。受基金委党组委托，他积极配合京津冀审计署对基金委的审计工作，与特派员成为了知交好友。审计工作结束撤离基金委的时候，特派员对王乃彦交待了一段话，他说，基金委的财务有很多漏洞，存在相当多的问题，你们一定要加强管理，要注意这个问题。审计结束后，基金委党组认为王乃彦在和审计署合作中，工作很有成效，于是在下一届基金委领导班子分工安排时，给他追加了分管财务的职责。

党组会上王乃彦说，“我不懂财务，怎么能管财务？”党组会上只有副主任周炳昆支持让王乃彦不能去管财务，其他人都赞成他管财务。就这样，王乃彦在第二期任职中，追加了分管财务的重担。

物理学家出身的王乃彦负责基金委的财务工作，是因为基金委财务管理上出了问题。一天上班的时候有人报告说，基金委一个会计在银行用提款单要提取 7000 万元时，被银行发现这个取款单是作废的。按照规定，作废的取款单必须报告给银行，在专人监督的情况下销毁。但是这张作废的单子出现了，并且要提取 7000 万元，数额很大。银行发现这个单子有问题，于是就给基金委打来了电话。因为基金委两位主要领导都外出办事去了，王乃彦当即作出了布置，安排人员将这名财务人员带回，并报告了北京市海淀区公安局和反贪局。经过突审发现问题相当严重，涉案金额很大。

这个管理财务的工作人员，平时看起来很憨厚，也很朴素，40 多岁了没有结婚。每次有项目申请下基金后，他总是把费用拖后发到项目的申请人手里，利用拖后的时间拿出去赚取利息。想不到有人会用这个办法来贪污挪用公款获取私利，这个确实是一个非常严重的问题。

这么大的涉案金额，办案人员怀疑这可能不是一个人做的。经过分析，他们发现一名女会计有作案嫌疑，就连她的丈夫也怀疑她，说她花钱大手大脚，钱怎么会那么多，从哪来的啊？被带到公安局后，这名女会计又哭又闹，因为没有确切的证据，只能释放。从公安局出来以后，回到家里，这名嫌疑人做的第一件事情，就是给她哥哥打电话，叫他立即逃跑。她哥哥出逃的时候，在北京大山子邮局投下一封信，说这些事都是我做的，不是他妹妹做的，信里面附了几张支票，上面盖有印章。但到了银行一分钱都取不出来，因为他在银行留的那个印不是这个印。嫌疑人归案后交代了作案的过程，以及赃款的去向。

在基金委将基金支票最后盖章的由专人负责，一天要盖许多章，工作量非常大。一次负责盖章的人员因为要去卫生间，嫌疑人就凑上去说，你歇一会儿吧，我帮你盖。如此偷偷地把应该作废的支票盖上章，由自己随意填写金额。经过努力，基金委终于追回了绝大部分的赃款，最后的损失是 100 多万元，这 100 多万元就是嫌犯哥哥逃跑的时候带走的。

在这场尖锐的腐败和反腐败的斗争中，王乃彦顶住压力，经受了严峻的考验。王乃彦想，自己参加土改时连恶霸都镇压过，如今怎么能斗不过腐败分子。在党组领导下，他严格执行中央指示，开展了破案的工作。工作紧张时，带着饼干、乳粉，住在基金委，积极协助配合公安机关和反贪部门破案，力求把国家损失减到最小，为此，王乃彦的头发也白了许多。

通过这一事件，王乃彦分析原因，思考为什么会出现这样的问题，在人事安排和制度上怎么避免。后来他发现计划的批准跟经费的到账没有闭合循环，根源是这里批准，那里发钱，两个环节没有关联，容易让人钻空子，甚至连审计都难以发现。他提出应该建立相应的管理制度，让学部知道批准的经费是不是到位了。从他找出这个问题的关键以后，问题就再没有发生了。王乃彦整理整顿财务管理，清理财务队伍，加强财务队伍建设，纠正重业务管理、轻财务管理的现象，运用信息技术于财务管理，把基金委的财务工作管理得井井有条。国务委员陈至立到基金委检查工作时称赞说：“在国家机关中你们是做得最好的。”

王乃彦在基金委工作了 10 年。10 年花费了他太多的精力，也使他的头上增加了很多的白发。

担纲学术组织亦如搞科研

中国科学院学部成立于1955年，是国家在科学技术方面的最高咨询机构。负责对国家科学技术发展规划、计划和重大科学技术决策提供咨询，对国家经济建设和社会发展中的重大科学技术问题提出研究报告，对学科发展战略和中长期目标提出建议，对重要研究领域和研究机构的学术问题进行评议和指导。中科院现设有数学物理学部、化学部、生命科学和医学学部、地学部、信息技术科学部和技术科学部六个学部。王乃彦是数学物理学部的常委，围绕学部发展，他对我国科技事业发展的重大决策提出建议，为我国数理学科基础研究发展奠定了重要基础，做出了重要贡献。

中国物理学会成立于1932年。新中国成立后，1951年中国物理学会在北京召开了新中国第一届会员代表大会。2003年，王乃彦当选为第八届学会副理事长，并担任《中国物理学报》主编。围绕物理学科及相关学科开展学术交流、科学普及、物理教学、名词审定、期刊出版和国际交流等，他在任职期内积极改革创新，开展了许多卓有成效的工作。

全球华人物理大会由1990年6月成立于美国纽约州的华人物理学会发起，是世界性华人物理学界的大型国际会议，每2～4年召开一次，与会成员包括在当今物理学前沿领域做出杰出贡献的华人物理学家，以及在物理教育方面做出突出贡献的教育工作者。1997年8月，为庆贺诺贝尔奖得主李政道、杨政宁的老师，著名物理学家吴大猷90岁大寿，世界华人物理学家在台北举行了第二次全球华人物理大会，中国科学院院士、第三世界科学院院士、复旦大学原校长谢希德任团长，王乃彦任副团长，率团出席了在台北举行的这次会议。除开展学术交流活动外，在团结台湾科学家等方面，王乃彦也开展了许多卓有成效的工作。

《物理学——物理研究：课题，重要性和前景》对于物理学的指导意义非常大，它是德国物理学会组织该国的科学家编著的。时任学会副理事长王乃彦阅读了这本书以后感觉非常好，于是跟德国物理学会联系，想把这本书进行翻译，介绍给中国的物理学同行。德国物理学会得知后非常欢迎，并同意将版权授予中国物理学会，同时还请他们专门出了一个对中国的读本。在这本书的前面，两个国家的物理学会理事长都写了前言，中国物理学会时任理事长是陈佳洱。它的中文译本《新世纪物理学》由王乃彦组织翻译和审校，于2006年出版。《新世纪物理学》一书，文字简洁、图文并茂地介绍了物理学前沿，涵盖面非常广。通过翻译这本书，王乃彦知道了他与德国物理学会理事长Saurbory博士还是同行，成为了好朋友，后来还与他一起在上海浦东组织了中国和德国的准分子激光研讨会。

王乃彦从1998年起，先后担任了第四届中国核学会副理事长，第五届、第六届中国核学会理事长的职务。中国核学会正式成立于1980年，是中国科学技术协会的组成部分，是发展我国核科学技术事业的重要社会力量。

王乃彦在学会工作中，以他常年从事科学研究工作的严谨细致和踏实认真的作风，组织开展一系列学术交流活动，活跃学术思想，促进核科学技术的发展和应用。在开展学术交流活动方面，注重组织跨学科的大型会议，围绕核电发展需要，组织国内外专题交流研讨会，推动核技术应用的发展，促进基础研究的发展，充分发挥国际与地区间的民间科技交流渠道的作用。其间，他先后组织了国际核工程大会、两岸核能学术交流研讨会、“三核”论坛（即核科技、核应用、核经济）、中国核学会学术年会、中国核电技术交流会等，活动效果好、收效大、社会评价高。同时，支持和鼓励各专业分会开展了大量的学术活动，来自科技工作第一线的科技工作者广泛参与，充分交流，为科技工作者特别是青年人成长提供了平台。此外，还参与政策研讨，参加了中国科协组织的“伊拉克战争后的能源形势及对策”、“2020 年的中国科学和技术”等课题研讨，举办了“全国核技术及应用发展战略研讨会”。

王乃彦在担任理事长期间，重点围绕学术交流、书刊出版、科普与公众沟通、服务核科技工作者和会员单位方面开展了大量工作，取得了丰硕成果。他十分注重刊物的出版工作，出版了《核科学与工程》34 期及 9 期增刊，支持各分支学会主办《核技术》等 11 种刊物，在促进学术交流和成果转化方面发挥了重要作用。

他积极开展社会科普，拓宽与公众沟通的渠道。组织“院士行”活动，先后举办了“院士上海行”“院士三门行”“院士湖北行”“院士田湾行”“院士海阳行”等活动。举办科普报告会，在上海、北京、浙江、四川、山东、广东等地为中学生和部队官兵组织了 10 余场科普报告会。组织核工展 4 届，参观人数约 8 万人次。召开科普咨询教育工作委员会会议（每两年一次）总结科普工作的情况，交流科普工作的经验，保证了科普工作的顺利开展。编辑科普图书和重视与大众的沟通交流活动。编写核科技图书（普及版）、《走近核科学技术》《核科学技术学科发展报告》等，翻译出版了国外经典科普图书《宇宙能源——聚变》。他热衷青少年科普，组织科技夏令营，开展“核能知识竞赛”活动。

围绕学会发展，他积极开展国际核科学技术的交流活动，发展同国外的核科技团体和核科技工作者的友好交流。举办了许多对社会发展和科技进步有重要影响的学术会议、研讨会和专题会，包括应用核技术寻找地下水源学术讨论会、核电站厂址选择标准讨论会、核电站辐射防护标准讨论会、切尔诺贝利核电站事故20周年专家座谈会、中国核电论坛、核能发展与核安全专家座谈会等。同时，大力普及核科学技术知识，推广先进技术，开展继续教育和青少年科技活动，举办核科学技术展览会，促进了核科学技术的繁荣和发展，促进了核科学知识的普及和推广，促进了科技人才的成长和提高。

总部设在日内瓦的CERN是世界高能物理实验研究的主要中心，希格斯玻色子就是在CERN的超环面仪器（ATLAS）和紧凑μ子线圈（CMS）上发现的，这里边都有中国人的贡献。CERN成立于1954年，成员国有法、德、英等20多个国家，美、日、以色列等国为观察员国。我国多年来以项目方式为主与其合作。现有来自80多个国家和地区、500多个研究机构的3000余位科研人员在欧州核子研究组织（CERN）工作。

上世纪80年代以来，我国一直与CERN保持良好的项目合作关系。中国也参与了其中的合作，充分利用CERN条件，发挥中国在CERN中的影响和作用，其合作成果受到CERN的高度评价。CERN负责人法比奥拉说，多年来，中国对CERN计划作出了非常重要的贡献，中国参与了许多欧洲核子研究项目，包括现在和最具挑战性的项目，欧洲核子研究中心非常重视中国的知识、技术参与及其贡献。

因为CERN是为高能物理学研究的需要，提供粒子加速器和其他基础设施，以进行国际合作实验的一个机构，相关设施需要各有关方面共同投资，台湾方面也参加了投资建设。借此，台湾《中国时报》

发表报道，号称突破了中共代表的阻拦，走出国门，进入 CERN。不仅如此，CERN 网站还把台湾的“国旗”与中国国旗并列挂在网上。国家有关部门感觉到了问题的严重性，通知王乃彦出面阻止。王乃彦告诉 CERN 必须到中国来面谈，为了避免曲解，我必须用中文讲话。王乃彦说，我要坚持中国立场，你们如果这么干，搞一中一台，我们中国政府可能会全面撤出。台湾若要参加，必须叫台北 -China，必须从网站撤下台湾“国旗”。在王乃彦的交涉下，CERN 领导非常紧张，他们考虑，如果酿成外交事件，事情就不会小，回去以后他们立即把台湾的“国旗”撤了下来。

布鲁克海文国家实验室（BNL）位于纽约长岛萨福尔克县中部，隶属美国能源部，由石溪大学和巴特尔实验室成立的公司——布鲁克海文科学学会负责管理。BNL 具有 50 多年杰出科学成就的历史，拥有 3 台开展研究用的反应堆、数台不同类型的粒子加速器和多种先进的研究装置，因为重离子碰撞里面会有很多核物理、高能物理的问题。BNL 开创了核技术、高能物理、化学和生命科学、纳米技术等多个领域的研究，取得多项令世界瞩目的重大成果，并数次获诺贝尔奖，已成为世界著名的大型综合性科学研究基地。

王乃彦带领基金委代表团去与 BNL 签订在 STAR 上的合作协议，在 BNL 实验室考察时，感觉怎么中国人出钱给美国人去搞探测器，这不对啊！发展中国家出钱去买光电倍增管叫美国人去做，这样不行，中国人必须要有自己的独立性。必须独立自主，由我们自己去做。在与 BNL 合作的过程中，通过以我为主与引进吸收结合，取得了很好的效果，也令合作方非常满意，推动了中美高能物理的进步，合作方评价中国的科学家在这里的贡献非常大。王乃彦积极开展与国际顶尖研究机构的合作，带领中国代表团和 BNL 签订的合作协议，促进了我国核科学技术的发展。

王乃彦在学会工作中，积极服务核科技工作者和会员单位，组织了两次“两院院士”增选推荐工作，推荐“中国青年科技奖”和“全国优秀科技工作者”候选人，推荐优秀论文参加“第一届中国科协期刊优秀学术论文”评选。组建教育与人才工作委员会，专门研究核领域人才的培养教育问题。

他积极开展学会组织建设和学会改革，根据民政部和中国科协的要求，开展了一系列的工作，经民政部审核后，全部通过验收。规范了分支机构管理方面，增设了分支学会，新增了团体会员。

中国核学会也是太平洋地区核理事会的成员单位，王乃彦在1999—2000年度担任了该组织副理事长，2001—2002年度担任该组织理事长，此后又担任选举委员会主席，在太平洋地区核理事会工作了8年时间。

太平洋地区核理事会是国际性学术组织之一。会员由曾支持太平洋地区核能大会或曾参加太平洋盆地核合作委员会活动的参与者，以及现在积极参与太平洋地区核理事会的核专业学术组织构成。包括中国核学会、美国核学会、加拿大核学会、加拿大核协会、澳大利亚核学会、中国台北核能协会、日本原产、日本原子能学会、韩国原产、韩国核学会、墨西哥核学会、印度尼西亚核学会等12个民间核组织。理事会自1967年成立以来，成为亚太地区各国核工业企业界开展核工业发展交流的国际论坛，并就太平洋地区基本的经济问题进行讨论和交流。

任职期间，王乃彦在理事会中广交朋友，帮助建立核能和核技术应用的科技工作者之间的联系，宣传中国核事业的发展和进步，并在理事会中进行一些制度改革，促进理事会工作效率的提高，使我国在理事会中成为积极活跃的一员。

1998年，时任中国核学会副理事长的王乃彦被推荐去竞选太平洋地区核理事会副理事长。理事会章程规定，成为理事长首先要竞选担任副理事长，两年之后才能自动升任为理事长。

到会场之后，会议主持人首先给王乃彦一个“突然袭击”：“请来自中国的核学会代表王乃彦讲话”。“这是显而易见的要考你啊。”同行的人士说。但有备而来的王乃彦紧扣主题，旁征博引，整整讲了 18 分钟，获得了与会者热烈的掌声。

讲完以后，大家退场，等待评议结果。这届副理事长的候选人有三个，分别来自中国、韩国、中国台北的核学会，最后要投票决定人选的时候美国核学会的秘书长讲了一段话。他说，你们如果要选美国人去当副理事长的话，我就建议你们应该选美国核学会推荐的，不要选芝加哥分会推荐的。意思是，要选就选中国核学会的代表，而不要选台湾地区的代表。其实台湾代表的英语讲的比王乃彦要好，他在美国工作生活了许多年。大家听明白了，那是外交家讲的话，其实美国根本就没有候选人。最后王乃彦当选了，他感觉压力非常大。他思忖，现在当副理事长，上面还有理事长，开会讨论时坐在理事长旁边，可以讲话也可以不讲话，讲一两句无关紧要的话也可以。等升任理事长后，人家讲话得做总结，你要听不懂那就麻烦了。于是他就开始突击英语，真正英语过关就是在这个时候练出来的。

当上太平洋地区核理事会理事长后，王乃彦做的第一件事是改革太平洋地区核理事会，并且花费了很大的力量推广核能和核技术的和平应用。他在理事会上专门强调，必须注意全球气候变化，必须注意保护粮食，尽可能地用核能取代其他能源，保证空气的质量。提倡用核能的方法保护农产品，通过核辐照等科学的方法保管粮食和其他农产品。理事会积极参加了世界核理事会关于核能和核技术应用在控制气候变化和保护世界粮食、减少粮食虫害方面的重要作用的研究，并组成一些小组专门作了深入的研究。

在理事会成员国的支持下，太平洋地区核理事会于2003年在我国深圳召开了太平洋地区的核能大会，国内外核能界的许多著名科学家和著名公司的董事长都出席了大会。在中国核工业集团公司的帮助和支持下，王乃彦和中国核学会的工作人员一起成功地组织了这次大会，国内外参会人员有600多人，其中有200多人来自国外，会议促进了太平洋地区的核能和核技术的交流和合作。

2004年，为表彰王乃彦为世界核科学事业做出的卓越贡献，世界核科学理事会授予他“全球奖”。这个奖项全世界也仅有4人获得过，而王乃彦是其中唯一的一位中国人，这是一项很高的荣誉。

当时颁奖的地点安排在美国，于是王乃彦提前到美国驻中国大使馆去办理签证，但使馆签证官告诉他，你的申请材料必须送到华盛顿去。然后又说，我们非常理解你很想参加这个会，一有消息就立即通知你，你等着吧。开会的时间已经临近，可是签证还是渺无音讯。直到会议召开的那天，才通知他可以去了，但其实等他赶过去，会议也结束了。签证官开玩笑地说：“你可以去那边玩一玩，我知道你还有女儿在那边。”王乃彦严正地回答：“我怎么能拿国家的钱去看我女儿！”

就这样，王乃彦遗憾地错过了现场颁奖。现场颁奖的奖状和纪念品都准备好了，因为王乃彦没有到场，世界核科学理事会最后决定到中国来授这个奖。其实这也不算是第一次了，有一次太平洋地区核理事会在美国召开会议，他是理事长，要到那里去主持会议，同样遇到了签证的麻烦，直到会议最后一天才赶到。

尽管西方国家不断对我国组织开展的国际核科学合作与交流设置障碍，但中国的开放却是坚定不移的。王乃彦是中国核学会的理事长，一次，他以中国核学会的名义邀请美国核学会理事长，也是太平洋地区核科学理事会王乃彦的前任理事长到中国来访问。那次是这位美国朋友在结束了对日本的访问后，乘日本的航班直接飞到中国来的，美国到日本是免签的，他以为他从日本到中国也可以免签，可是下飞机后被中国海关扣住了，按照规定要把他遣返。去接机的王乃彦知道这个情况后，明白外事工作的重要性，一边安抚他，一边找来他的护照，安排核学会外事部门的工作人员去外交部给他办理签证，结果不到五个小时就把签证办下来了。回到美国后，他逢人便说"中国伟大，王乃彦是美国人民很好的朋友！"

王乃彦在国内外学术团体任职众多，无论是担任中科院数理学部常委、自然科学基金委副主任的领导职务，还是中国物理学会副理事长、中国核学会理事长的职务，从未因为是学术团体而懈怠，他像做科研一样认真，去探索，去创新，大胆改革，完善机制，尽心履职，努力去开辟一片新的天地。

63 岁重新学英语

王乃彦说："一个人的成就核心在于毅力。所谓的毅力，就是要有吃苦、牺牲的精神，在最困难的时候再坚持一下，坚持到最后。"

当选太平洋地区核理事会理事长后，王乃彦做的另一件事听起来却是有点不可思议，那就是开始重新好好学习英语。这是一个有意味又贯穿了王乃彦从初中时期到如今的故事。

学英语，对于王乃彦来说曾经是个负担，但是父亲对他的英语学习却抓得很紧。福州格致中学跟英华中学都是教会学校，英语教学水平一流。王乃彦即将初中毕业的那年暑假，经济拮据的父亲还是从全家人的伙食费里省出钱来，给他报名参加了格致中学的英语补习。

请人为儿子补习英语，父亲的办法如今看来依然简单而有效。他买了两本原版的《鲁宾逊漂流记》，老师手上一本做教材，王乃彦手上一本做课本，他每天午睡以后到老师那儿去，由老师进行单独辅导，老师读一段教一段，并要求他作出解释。一个假期学完了这本书，王乃彦的英语总算入了门。后来《鲁宾逊漂流记》这本书跟随他求学、工作，一直带到九院，后来在"文化大革命"运动的时候被搜走了。

进入高中后，特别是抗美援朝战争爆发后，思想单纯的学生们出于义愤，喊出不学"美帝国主义语言"的口号，不想学英语。王乃彦记得教他们英语的是上海圣约翰大学毕业的女老师，圣约翰大学本身就是个教会学校，这位老师又是教会学校里面英语系毕业的，教学水平自然非常高。她非常爱美，很摩登，好打扮，穿得很漂亮，有时还穿着旗袍，涂口红。那时候人们时兴穿解放装，觉得很神气，很革命。老师穿半高跟鞋，在讲台上走来走去，同学们反感极了。王乃彦有一次在基金委做报告时曾说，“如果现在的老师要穿的太邋遢的话，学生还看不起他呢。”

老师在讲台上认真讲课，可是他们几个班干部却“不买账”，团支部为此还专门开了个支委会，团支部书记说，咱们今天给她较把劲！大家决定由团员带头，动员同学考试交白卷。同学们都说这个老师身上有资产阶级的香风臭气，也很反感她，于是一起交了白卷。

老师看着脸都发白了，气得把卷子一卷就去找军代表告状了，她气呼呼地把卷子交给军代表说，“同学们罢考了，你说怎么办？”

军代表是福建省民政厅的牛厅长，教政治课，王乃彦是政治课代表，跟军代表的关系比较好。于是，军代表打电话把王乃彦叫到了办公室，“你们老师告状了，说你们交白卷了，怎么回事啊？”

王乃彦回答说，“同学们都说了，学英语有啥用，没用，跟美国鬼子都打仗了，还学什么。同学们说，英语是美帝国主义的语言。”

牛厅长参加革命前正在读大学，因为搞学生运动，国民党当局要抓他，于是他大学没毕业就跑到解放区去参军了。

他说，“小王，你这就不对了，怎么能说英语是美帝国主义语言呢，英语是我们跟美帝国主义作斗争的工具，不是美帝国主义的语言，以后得好好学，不能瞎闹了。”

他还说，“我跟你们讲政治课的时候，给你们讲新民主主义论、论人民民主专政、论联合政府，你们怎么那么认真，怎么什么声音也没有啊？怎么一学英语就闹？以后再交白卷是不行的，上课不能闹。”

到了高中毕业，王乃彦比初中时的英语水平还不如，没有好好学。上大学，王乃彦学的是俄语，就没有再学英语。上大学时，俄语实际上也没有好好学，因为那时教俄语的老师没有那么多，学校就安排俄语系的四年级学生来教，俄语系四年级学生很多都是女学生，同学们很调皮，一到课上就捣乱，给女老师捣乱，俄语也没有好好学。直到大学毕业，王乃彦的英语依然是初中水平。大学毕业参加工作后他才知道，科技文献绝大多数都是英语，但他觉得能看得懂就行了，发音无所谓，实在不行就翻字典，口语一直不行。

“文化大革命”的时候看英语文献，只能拿一本红旗杂志盖在上面遮挡。一些同志为了能学英语，就拿英文版的《毛泽东选集》来作学习教材。改革开放初期，王乃彦在九院工作，九院在山沟里面，当时连中央台的广播都听不到，更别说听外国广播了。

再次拿起英语，是 1979 年王乃彦调到原子能院以后。原子能院的许多同事英语比他要好得多，他与外宾交流，讲话之前得准备很长时间，要想清楚讲什么，怎样用英语表达，准备好了才能去交流，但他的一些同事却能讲得非常流利。他知道英语重要，想学英语了，于是就报名参加了院里组织的英语学习班学习英语。学习班没有老师，大家都是坐在那里听磁带，听懂了没有？没听懂，没听懂再放，直到大家听懂为止。

参加学习班还没学几天，王淦昌就不乐意了，因为他每天晚上都要找王乃彦给他汇报工作，王乃彦那时候就住在招待所里，住在他的斜对面。王淦昌每天晚上回到宿舍都要询问王乃彦今天工作怎么样，有问题没有。如果找不到王乃彦他就着急，到处打电话找，后来打听到王乃彦去学习班学外语了，就说，“研究还做不完，哪有时间学英语，英语就别学了。”可是，平时会见外宾，王淦昌还是会经常让他一同去接待，但跟外宾谈话很尴尬，讲几句话就没词了，因为你想表达的外宾不一定愿意听，他不想听这些，外宾不是按照你要表达的什么就回应什么，所以这种交流深入不下去，不能成为深度交流。尽管这样，王乃彦想，老师不让学就不去学吧。

但是上世纪 80 年代初的一次经历深深刺激了王乃彦。那次，他到美国参加一个学术会议，邀请者请他做学术报告，但他却因为英语基础不好，语言表达能力有限，只能请美国人代讲。虽然以后的国际学术会议王乃彦可以用英文报告，但是因为英语水平的原因，他最害怕的仍是提问和交流。

当选院士后，王乃彦参加国际会议和开展国际交流的活动愈益频繁，他感到了掌握英语的重要性。1998 年，组织上委派王乃彦去参选太平洋地区核理事会副理事长，他说什么也不愿意去参选，理由竟是自己的外语水平太低，无法与其他国家和地区的同行开展交流。见劝说无效，负责谈话的领导告诉他，这是党组的决定，你去也得去不去也得去。王乃彦无奈，只好赴加拿大参加了会议，并当选为太平洋地区核理事会副理事长。

当选太平洋地区核理事会副理事长后，王乃彦知道要主持会议，要深入开展工作交流和学术交流，都离不开语言表达，一定要好好强化自己的英语表达能力。为此他买来了收音机、《空中英语教室》教材、光盘和磁带，这些成为了他学习英语的工具。

那一年他 63 岁了。每天早上 5 点 30 分至 7 点成了王乃彦固定的学英语时间，清早起床后他就带着光盘到室外学英语。中午有 1 个小时的午休时间，他就学 1 个小时。晚饭通常是 8 点半之前结束，饭后继续学英语，经常听着听着就睡着了，睡着的时候收音机还在响，直到第二天。平时上班从家里到办公室有半个多小时的车程，上了车，和司机聊几句之后，他又拿出录有英语的录音笔听，在出差的路上，在飞机上，他依然听着英语……只要有空闲，王乃彦就抱着英语不放，每天不少于 5 个小时，星期六、星期天更是要把自己关在屋子里学十几个小时。

在王乃彦家中，桌子上摆放着好多部各式各样的收音机，每个收音机都固定在一个频道上，打开电台都是英语节目。“主要听外语广播，哪有时间调台啊。”他解释道。收音机所有的开关线都连到他睡觉的床的旁边，以方便躺在床上收听。为了学英语，他已经用坏了好几台收音机了。

王乃彦说，直到现在，他每天还要花两三个小时的时间学英语，自己学英语是从必须开始，到有了兴趣，然后是喜欢，最后成为习惯和爱好。习惯成为自然，王乃彦走到哪儿学到哪儿，从不放松。他的英语水平飞速提高，很快就能用英语与交流对象自如地交流沟通了，学习英语的习惯一直保持到现在。

2002 年卸职后，王乃彦曾经想过，还需不需要继续学英语，毕竟自己付出了太多的心血。他说，他对于英语，已经有了深厚的感情。他还经常用自己的经历鼓励那些没有学好英语的人。有人向他打听学好外语的秘诀是什么，王乃彦的回答很简单，“多听，多练，任何质的变化都是量的积累。”

2000 年在汉城，王乃彦成为太平洋地区核理事会理事长，他要在这里接过太平洋地区核理事会的大印，并发表就职演说。他把写好的稿子交给外籍秘书修改，秘书仅仅修改了几个小地方。开会的前一天王乃彦就先到会场，他将演讲稿念给秘书听，秘书在旁边指点，这个发音还得改一遍，这个声音得大一点，这个低一点，这个慢一点，秘书像导演一样指导他，王乃彦把稿子的大部分都读得烂熟了，生怕就职演说时结结巴巴的。

正式演说开始了，王乃彦念了几句后就合上稿子，他发现不能念稿子，因为念稿子没有感情，演讲才有激情，有感情，必须眼睛看着与会者去讲。于是，他脱稿演讲了 20 分钟，现场发挥，侃侃而谈。王乃彦常说：“参加土改时，我在万人大会上都做过翻译，所以在什么场合下讲话我都不怕，跑到外国人面前讲话我也不怕，几万人我都讲了，我还怕什么。”他的精彩演讲与会者给予了热烈的掌声。秘书惊讶地说：“王，我不知道你还有这个本领呢，我看你还是个当外交官的材料。”王乃彦的投入、亲和力以及能力，赢得了太平洋地区核理事会的认可。他说，一个中国人任何时候都要想着为国争光。

做摒弃浮躁的科学工作者

王乃彦深知追求科学真理的工作是非常艰苦的，需要克服很多困难，经历很多次实验的失败，没有顽强的精神，坚忍不拔的毅力，是不可能攀登科学高峰的。

做科研要始终抱有好奇心，要能够沉得下自己的心绪，要摒弃浮躁心理。他认为，浮躁是一种消极的态度，这种态度是科学的大敌，但这种态度却恰恰是当前国内学术界存在的一个比较普遍的态度。他说，“浮躁是科学研究的大敌，现在评价一个科研人员的水平高低，贡献大小，往往有重论文轻贡献，重学历轻能力，重拿到几个项目，轻项目完成情况的毛病。这不利于科学工作者的成长，也不利于科学事业的进步。”对于这种现状，王乃彦建议要从一个正确的方向来引导科研人员，而不是单看文章，用数量来衡量他们。要给科研人员一个宽松的环境，要让他们能安下心来研究问题，而不是成天为经费、职称而奔波和花费心思。他说，当前我们缺的不是普通意义上的研究，而是高质量、有难度的攻坚。

王乃彦于 1997 至 2004 年担任自然科学基金委副主任时，在主任张存浩、陈佳洱的领导下，和基金委的同事们一起，就是基于这样的原则改革基金委的工作流程，注重源头创新，注重研究价值和成果质量，发展和形成了由研究项目、人才项目和环境条件项目三大系列组成的资助格局，用他们的公心和妥帖的办法做了很多值得称道的工作。

在很多场合，王乃彦给学生讲过这样的话，“浮躁是一种病态，是科学研究的大敌。生活的质量和水平，不仅和生活的物质水平有关，更重要的是与生活的思想境界水平有关。”他常以“宁静而致远，勤俭以修身”与学生共勉。

对于科研工作者自身素质的培养，在王乃彦看来，科研工作者也有一个人生观、世界观改造的过程。不图名利、不图地位，能自觉抵制外部诱惑埋头搞科研，这的确是一件不容易的事。如今国家高度重视科学技术的发展，给予科研人员的待遇已经不错了，虽然不是说多么富有，但生活是有保障的。“看看近年国家表彰的重大成果，大部分还是老一辈科研工作者的研究成果。”

“我现在很着急我们的政治思想工作跟不上。我们要帮助学生树立道德理想，应该给学生讲清楚，你现在是学习阶段，最重要的是学好本领，打好基础，将来要为祖国、为人民做更多的工作，自己才会有好的发展前途。你择业应该首先要看对国家有没有用，有没有好的发展前景，这里的环境对我成长是不是很有利。”

“我的老师王淦昌先生就做得非常好，他经常对我说，你自己做科研工作，能不能努力进入到世界上正研究的热点和前沿里，并把你的学生一起带进去。如果你做老师的都钻不进去，学生跟着落在后面，他能安心吗？他年轻，要有前途、要有奔头啊！”

王乃彦总是说，王淦昌对他的教育，无论是做人还是做学问，都深深影响了他一辈子。王淦昌家里的家具还不如他的司机，但他却把钱都捐给了国家去培养学生。所以王乃彦认为，一个科学家首先要做好人。做人都做不好，还当什么科学家。这不是说科学家有什么了不起，只是科学家所受的社会教育、获得社会提供的条件，要比一般人多很多。社会给你那么多的培养和投资，你就要有社会责任感，为社会做贡献，回报社会。

近年来，王乃彦一直参加中国科协组织的科学道德宣讲团的宣讲活动，这项活动是由中国科协和教育部于2011年9月联合发起的。通过开展科学道德和学风建设宣讲教育活动，引导科技工作者遵守学术规范、坚守学术诚信、完善学术人格、维护学术尊严，摒弃学术不端行为，努力成为优良学术道德的践行者和良好学术风气的维护者，推进科学道德和学风建设水平的进一步提升，为发展科学事业、增强自主创新能力、建成创新型国家作出更大贡献。

王乃彦是全国科学道德和学风建设宣讲团成员，常年在全国各地的高校、研究院所巡回演讲，他以自己从事科研工作几十年的亲身经历，以科学家爱国奉献的感人事迹，宣讲科学精神、科学道德、科学伦理和科学规范。他在宣讲中一再强调，“我们现在强调科学道德、职业道德，不能仅仅理解为不抄袭、不弄虚作假，这只是一个最起码的要求。其实科学道德最主要的标志就是，一个科学家要履行他对社会、对人民负责任的行为，必须要给社会更多的回报。你要追求完美，不要留下遗憾。如果你没有回报社会，你就是个不负责的人。王淦昌先生说过，科学家不能白吃人民的饭，吃着人民的饭不给人民干活，就是缺乏应有的社会责任感。像我们这样的老科学工作者，不仅要自己好好工作，还要培养年轻一代的科学家，其中社会责任感是必须要传承的。”

王乃彦曾担任中国原子能科学研究院副院长、院科学技术委员会主任。工作中，他始终致力抓学风，抓科学家精神的培育。他强调，对处于学习阶段的青年人，对其论文要有一定的量化要求，但我们考核更重要的是注重质量，注重真正的科学和社会贡献。

我国著名的核物理学家钱三强、王淦昌等，把一生都奉献给了我国的原子能事业，他们用自己辛勤的创造奠定了我国原子能事业的基础，不仅解决了当时国防工业的需求，至今我们还在享受这些科学家带来的成果。

王乃彦认为，科学来不得半点虚假，有其客观标准。我们做的工作，要真正经得起历史的检验。自然科学发现的规律应该是可以重复的，自然科学发现的规律在历史上有可能被发展，但不可能被根本否定。虚假的、包装的、拼凑的东西是根本站不住脚的，即便侥幸混过了评委会，历史也会还它本来面目。只有厚积才能薄发，我们应该要带头，站在国家民族利益的立场上，努力弘扬科学精神。摒弃浮躁情绪，真正追求真理，做好求真务实的工作。

王乃彦说，我觉得我们国家科学技术的发展主要靠年轻一代，因为年轻一代最有思想，最活跃，最容易发现一些问题，希望年轻的科学工作者最重要的，首先是要热爱祖国。

居里夫人发现放射性元素以后，全力以赴去寻找新的放射性元素，这里边有一个很重要的原因，就是她觉得波兰因为科学不发达，所以受到别国的欺负，她想通过科技发展来帮助祖国。所以，她发现的第一个元素，取的名字叫钚，就是波兰的意思。后来发现了镭，她把发现镭的论文首先寄到波兰华沙，当时华沙科技界还不知道这其中的意义，掂量不出来这个发现的重要性，没有重视，所以她只好在法国巴黎首先发表成果。

因此，年轻的科学家首先要热爱祖国，只有热爱祖国才会对科学研究充满热情，才能把自己献身科学。献身科学就意味着追求真理，科学实际上是讲的客观世界的规律，所以王乃彦觉得年轻科学工作者应该热爱祖国，献身科学，追求真理，造福人民。

我们有时候还会有一些焦虑，但是科学家和科学家身上的那些精神，会带给我们一些定力，让我们安定下来接受我们内心认为的最美好的事物。科学研究的确不能给我们带来物质上的富裕无忧，但却能丰富我们的生命。

王乃彦告诉学生，以前有位领导说过，“十年磨一剑，不敢露锋芒；再磨十年剑，泰山不可挡。”要耐得住寂寞，要有矢志不渝的理想追求，这是我们献身科学事业应该具有的一种精神境界。同时，科研工作者还要有敢为人先的创新精神，我国的核武器事业从无到有，从弱到强，无一不是老一辈科学家稳扎稳打、创新突破的结果。

王乃彦认为，创新要具备三个必要条件，首先要有创新的意识，第二要有创新的能力，第三要有顽强的创新意志，最后才能将自己的创新思想付诸实践。科学工作者不能老跟着自己的老师走，要具有青出于蓝而胜于蓝的创新精神。他说，“我希望我的学生都能超越我，做摒弃浮躁的科学工作者。”

第七章
奉献社会终无悔

在很多人眼里，王乃彦的成长道路是幸运的，一路遇到了许多恩师，也充满了各种机遇。王乃彦说，他一生中有三次最关键的选择。一次是中学时代，他放弃了就业的机会，而选择了继续完成中学学业，并考取了北京大学；还有一次是放弃了原本热爱的无线电电子学专业，转而服从国家需要，学习核科学与核技术专业，投身国家核武器研制和核科学事业；再有一次就是年老之后继续自己的初心追求，坚持不离开科研一线，继续投身尖端前沿基础科学研究，并选择参加更能回馈社会的公益活动。

1993 年，王乃彦当选院士后，需要出席、参加的会议更多了，有更多的机构邀请他帮助做事，搞科研的时间比以前少了，家庭生活上留给自己的时间就更少了。刚开始的时候，他感到有压力和困惑，压力在于怎样回馈院士这个头衔和公众对自己的期望；困惑在于怎样才能给自己更多的时间去搞科研。他认为，当上院士以后，人们对自己不论是在科研上，还是社会工作上的要求都更高了，这使他的社会责任感更强了，他开始更多地关注社会科普事业和青少年科技活动的开展。

王乃彦院士不顾年迈体弱，花费相当多的心血精力，常年奔波，尽可能地奉献社会，奉献科学，积极投入到社会公益事业，不辞辛苦地为我国科普事业贡献着自己的力量。

多年来，他频繁地为全国大中学生及公众作科普讲座、担任青少年科技竞赛活动评委，同时也积极接受媒体采访，传播科学理念。他不仅是北京青少年科技俱乐部活动委员会的副主任，还连续担任了多届“明天小小科学家”终评委员会主任等。究竟是怎样的一种信念支撑着这位老科学家，是什么力量使他在古稀之年仍自愿从事这些社会公益事业？王乃彦院士给出的答案是：一种社会责任感的驱动。

致力提高全民科学素质

在王乃彦看来，一个科学工作者回报社会有多种方式，一种是通过自己认真扎实的工作来回报祖国和人民，尽到自己的社会责任。另外，作为一个科学工作者，也有责任帮助年青一代成长。桃李无言，下自成蹊。如今，王乃彦尽管已经80多岁高龄，但仍坚守在科研工作的一线，并且亲力亲为地从事核科普工作，上到博士，下至小学生。“因为被老一辈科学家的一言一行所鼓舞，我现在也算是在扮演一个引导者的角色，就像大手拉小手那样。”

科普对提高全民科学素质会起到很大的作用，提高全民科学素质，是精神文明建设的重要内容，全民科学素质是一个民族、一个国家兴旺发达的重要标志。王乃彦目前是中国科学院院士、中国原子能科学研究院研究员、中国核工业集团公司科学技术委员会高级顾问，是国家核电发展和核能利用科普推动者。

有人说，公众喜欢看两种新闻，一种是把你吓得够呛，一种是把你气得够呛。正面科普挺难的，负面的所谓“科普”却很容易被传播。而“核科普”就正遭遇这样的尴尬。提到核，公众首先想到的就是原子弹、核事故，在“专业的声音大众听不到，不专业的声音反而不断冒出来”的怪象中，“邻避效应”更增加了公众对核的误解。老百姓谈“核”色变，根本原因还是不了解，这种误解让我国核相关科学研究、核产业发展严重受阻。

核科学本身因为涉及的知识深奥，相对难懂，公众理解涉核知识的能力不足，又缺乏生动的传播语言，增加了核科普难度。“但现在核科普走入了误区，专家的话没人听或者不被接受，非专家的言论反而容易被公众接受并广泛传播。”在王乃彦看来，这是不好的信号。他说自己是做核能研究的，也在核学会工作，很想去推动中国科学技术的发展和核科学技术的应用。国家提出要发展绿色、安全、经济的能源，要实施民用核能技术的发展，但是公众可能还有各种各样的顾虑和偏激的认识。怎样把科学知识原原本本、真实可信地告诉公众，这个很重要。以前叫做公众的“可接受性”，现在还有一种说法，叫做公众的“信任度”。就是说不仅要让公众“接受”，还要让公众“信任”。

核科普的使命，需要从知识科普，拓展到以增进社会信任和积极情感为目标的关系培育。这两者的关系，不是以关系培育替代知识科普，而是以关系培育补充知识科普，增进知识科普的成效，两者是互补关系。这一转向的本质，是从理性的核科学知识普及，扩展到以社会信任和情感为导向的关系培育。中国核能发展的关键不仅需要克服技术的难度，公众的可接受性也是一个很重要的问题。

王乃彦认为，在核科技知识难以相信或理解的时候，公众往往会更依赖于信任水平和情感倾向来决定是否接纳一项具有一定风险的技术。我们一定要把这些东西正确地向公众进行宣传，如果不正确、不科学地向公众做一些宣传，甚至在网上或者是报纸上登一些似是而非的传闻，就会出现问题。

王乃彦认为，科普要有正能量，要用正能量来影响网民。在网上，有一些不太规范、不太准确的文章，更准确地说，是一些不太科学的东西，我们要用正能量来影响群众、影响网民。网络有很强大的引领力，做得好的话一定会为科技强国、人才培养等各方面起到很大作用。他一再强调，我们讲“大众创业 万众创新”，这个也需要民众对科学的了解，对科学的支持。因此，我们每做一件事都要以得到公众的支持、公众的信任为要旨。

近几年，核电和核技术利用项目的舆情事件，甚至是社会安全事件时有发生，这说明我国公众对“核”知识的了解仍然匮乏。公众和核科普之间的鸿沟到底有多大？为什么做了很多努力仍然效果不明显？究其原因，核领域知识因其技术的复杂性，因知识本身的晦涩难懂，且涉及范围广、专业小众化等特点，虽然科普工作者已经有意识地将内容做到通俗化，但对于缺乏核相关专业背景的普通公众来说，仍然很难理解并对其产生兴趣。

随着核技术的更新换代，核科普是不是也该跟着升级？王乃彦认为，一方面，科普要从应急式向常态化转变，不能等到项目建设的节骨眼上才启动，或是等到有事故发生以后才开展，这样效果会大打折扣。另一方面，在突出专业性和权威性的同时，更应注重通俗化和贴近性，注重科普与日常生活结合，让公众听得懂、好理解。

王乃彦在科普实践中体会到，要做好核科普工作，首先要努力改变科普环境，营造科学氛围。充分发挥公众的创造力和想象力，强调主动学习，提出问题，营造独立思考、理性认知风险的社会大环境；要改变现有科普单向传播、受众被动接受的方式，不仅做核专业知识科普，更重要的是普及科学认知的价值观、方法论，让受众学会在复杂的传媒新时代中，形成正确的价值判断方法和自己的感知体系，让公众认同认知标准后做出理性判断，达到人人既是科学的接受者、享受者，也是传播者、从事者的境界。

作为非动力的核技术还未被人们所认知，这部分技术的产值将比核动力技术大七八倍。核技术在很多领域都能得到应用，比如，粮食在生产、存储过程中会被害虫破坏损失约 15%，采用核辐照方式杀虫可以大大提高粮食存储质量。核技术在医学领域的普及应用意义也十分重大。但目前谈“核”色变、公众接受程度不高，仍困扰着核事业发展，这也说明核科普的重要性。

王乃彦利用活动、讲座、演讲等所作的一次次核科普，经过媒体传播，在社会引起广泛反响，取得了良好的社会效果。

热衷青少年科普事业

虽然已入耄耋之年，王乃彦的日常生活依旧十分忙碌，他说，“牛顿讲，给我两倍的生命都不够。我们要做的事情太多了，现在浪费时间多么可惜。”王乃彦除了搞科研就是做青少年科普和人才培养工作，几乎很难觅得片刻的清闲。他说，一个国家对青少年的教育和培养是极其重要的，青少年是祖国的未来和希望。作为参与过我国第一颗氢弹研制和激光核聚变研究的核物理学家，王乃彦频繁为全国大中学生及相关从业者科普核能知识，用轻松风趣的讲解，增进人们对核能发展和核安全的了解与认识。

回望过去的经历，王乃彦更多的是怀抱一种感恩的心态，他说自己的成功离不开党和国家给予的机会与平台。同时自己也很幸运，因为这一路走来遇到很多恩师，在他的成长和科研道路上给予教诲与关怀，有些人甚至改变了他的人生轨迹。

如今，80 多岁的王乃彦参与核科学研究，带研究生，热衷青少年科普工作，“我们必须让今天的青少年成功，明天他们才会让我们的祖国成功。”王乃彦认为，这个口号反映了他的心声。他说，其实不只他自己许多教授、专家对于下一代的培养都非常热心。

在王乃彦当选院士的时候，中国科学院有一个要求，院士不仅要做好自己的本职工作，还必须成为一个积极的科普工作者。当时有

100 名院士签字，承诺要在中国大力开展科普工作，他也是这 100 名科学家之一。王乃彦说，中国科学院、中国科协的同志们给了我很多的帮助，是他们把我引入了科普这个领域，我也做了一些科普的工作，参加了一些青少年、大学生的竞赛活动，我觉得科普工作很有作用，也很有意义。

科学是高大上的东西吗？“绝不是这样的，科学绝不是深奥的东西。科学家是聪明的人，但社会上各行各业都有聪明的人在做事。”王乃彦认为，不管学文、学理、学医还是进演艺圈，首先都要爱国，也一定要学好基础知识，打好人生底色。王乃彦是一名核物理学家、中国科学院院士，也是一位 20 年如一日热心关切青少年科技人才培养的慈爱老者。

热衷于追求探索和研究，这是科学家的一个特性，所以有人说科学家对科学的好奇心很像长不大的孩子。在王乃彦看来，好奇是青少年的天性，由好奇会引发探究，由探究发现了新的问题和新的矛盾，进一步引发思考和提出解决问题的方案。探究的内涵包括进行观察、提出问题，通过调研了解解决问题需要哪些方面的知识。“科学精神当中很重要一条就是理性的质疑，外国人把理性的质疑叫做批判性的思维，强调质疑，猜想、开放、求异和创新等。”它的核心是不轻信、善于反思、独立思考，“批判性就是并非全盘接受，并非全盘否定”。在王乃彦眼里，孩子天生热爱探索，“要保护青少年的好奇心，要激发他们学习科学的主动性，激发他们的想象力，扩展思维，这能成就他们终身学习的兴趣和创新的能力。”

科学教育的核心就是培养学生的科学思维的能力，具有科学地认识世界和改造世界的能力。西方发达国家在基础教育中要求对每一个学生从小就进行科学的思维方法的教育，使得社会中的每一个成员都具备一定的科学素质，科学教育的目的就是使科学思维方式能够变成社会上更多人的思维方式。

要培养青少年的科学思维方式，就要培养他的动手能力，给孩子“实验室”而不只是“参考书”。王乃彦说，曾经有一个美国朋友很高兴地带他到家里的地下室参观，发现地下室就是一个“实验室”。“家里给孩子买了好多设备、仪器、无线电元器件等，而我们的家长更多是给孩子买参考书，从书本到书本。”

王乃彦认为，大力开展素质教育，提高青少年的科学素质，就要进行新的课程改革。2019 年 5 月，中国平安发起了“AI 不孤读 - 科技素养提升计划”，计划在全国 1000 所乡村学校实行课程改革，课程有机融合科学、技术、工程、数学等（STEM）具体学科知识。每一主题的课程设计均面向真实生活的现实情境、立足学科融合的知识逻辑，并遵循学习进阶的发展规律，培养学生对工程科技兴趣，提升科技素养。他得知后夸赞，“中国平安提出的科技素养提升计划非常好，将创新的教学模式引入中国中小学课堂中，大大地提升了教学质量，提升了学生对学习的兴趣。”在王乃彦看来，满堂灌的传统教学方法要改，“一旦涉及科学实验，也是老师在课堂中讲解、演示，学生只是在旁边看，这样的课堂教学方法，不利于提高学生对于科学技术的兴趣和爱好，不利于提升创新能力。”

现在国际上一致推荐的是 STEM（科学、技术、工程和数学教育的总称）教学理念，这种教育理念就是采用启发式、互动式的先进的教学方法去激发和培养学生的兴趣。“中国平安委托南京师范大学编写的课程，就是 STEM 教学理念跟中国的情况相结合，我们教育部也是提倡的。”

香山科学会议是科技部和中国科学院、中国工程院、国家自然科学基金委于 1993 年正式创办的，会议以基础研究的科学前沿问题与我国重大工程技术领域中的科学问题为主题。王乃彦还希望在 9 月份举行的香山科学会议上，科技素养提升计划的项目组能去做一下汇报，这对中国青少年科技素养提高会有很大的帮助。

王乃彦强调学校教育千万别把孩子培养成书呆子。他说：“我们中小学功课压得太紧，书包太重了。我们的教育最大的问题是因为升学的压力，更注重知识的传递，但不够注重思维方法的传递。我是近视眼，小时候读书做功课时用的是火苗跳动的油灯，但现在光线这么好，活泼可爱的孩子们却和我一样都戴着近视镜。”对比今昔，王乃彦言语中透着无奈。

回忆自己的求学经历，王乃彦会感慨，我从小学到高中，虽然物质条件不好，但是文体活动还是丰富多彩的。学科教学和文体活动安排恰当的话，并不会产生矛盾。学校应该营造条件让孩子们德智体全面发展，让他们真正能够在学校释放天性，打打篮球，歌唱跳舞，学校可不能把原本天真可爱的孩子培养成书呆子。

王乃彦说，小提琴曾经伴随爱因斯坦一生，钱学森也爱好美术，喜欢拉小提琴，科学家并不都是书呆子。“我认为，开展青少年的科技活动，更多地要培养青少年对科学技术的兴趣爱好，让他们觉得科技活动很有趣。我当年在北大物理系学的是无线电电子学专业，还参加了课外科技小组，自己去做科研。其实这是我的一贯兴趣，我在高中时就喜欢自己动手摆弄收音机。所以，我觉得培养青少年对科技的兴趣爱好非常重要，只有爱好了才能去做。”

王乃彦认为，作为学校老师，最关键的是要呵护好每个孩子的自尊心，要用心培养出既谦虚又自信的孩子。“我相信一个人越谦虚越自信。”目前，一些大学拥有先进的光学、电学、力学的设备，他建议中小学的校长要走出校园，创造机会，让大学教授到中小学走走看看，加深了解，并通过建立合作机制，送一些优秀的孩子去大学参观实验室，甚至动手去做实验。“我们不能在课堂上把科学讲得枯燥又死板。其实，科学技术本来就是活生生的，有趣味的。”他建议在游戏、实验中把科学的内容生动地展示给活泼好动的中小学生，激发他们探究科学的兴趣。

在京城媒体曾经热传过一条新闻：院士变身网红直播，核能科普玩出新花样。谁会想到院士和网络主播这两个风马牛不相及的角色，就在第四届“魅力之光”全国中学生核电科普夏令营上，融合出别样的科普玩法。作为该届科普夏令营的压轴之作，王乃彦通过熊猫 TV 的网络直播间连线正在海南的“魅力之光”夏令营的 51 名营员，为小伙伴们带来了一场由院士担任主播的趣味核能科普。

王乃彦不仅分享了自己关于发展核能的观点，还即兴回答了营员们各式各样的提问，有趣、有料的直播间被上千人同时在线观看，网友、营员纷纷点赞、送礼物，弹幕纷飞。他还为“魅力之光”核电科普活动做了题词：魅力之光点亮青春梦想！王乃彦希望通过网络直播，让核能变成一粒种子，埋在有趣有料的土壤中，在孩子们的心中发芽生长，点亮核能科普的魅力之光。

科学技术本来就是活生生的，“魅力之光”核电科普活动由国家核安全局、国家能源局、国防科工局、中国科协牵头指导，中国核学会与中国核电联合主办，各核电集团支持参与，通过网上答题赢取奖品和核电科普夏令营结合的方式，向社会公众宣传普及核电科普知识，提升公众对核电和核安全的认识。自 2013 年首届活动举办以来到目前已举办了 7 届，100% 覆盖全国 34 个省、自治区、直辖市，影响力越来越大。“魅力之光”已成为了名副其实的全国性的核科普品牌活动，通过活动，激励广大青少年志愿投身核科技事业，为核电科普知识的传播和核电事业的发展营造了良好氛围。王乃彦就是活动的发起者、推动者和积极参与者。

科技进步是人类社会进步的巨大推动力，人类需要用科技来推动社会发展，而实现科技进步的科技队伍的壮大则需要大批后继科技人才，科技苗子成长需要沃土。

王乃彦任国家自然基金委副主任时，就一再强调科技人才培养需要从娃娃抓起。为此，我国著名天文学家、中国天文台名誉台长王绶琯院士于1998年发起、61名科学家联名倡议，成立青少年科技俱乐部，王乃彦也是联名倡议者之一。在政府及有关部门支持下，1999年6月北京青少年科技俱乐部成立，为培育杰出科技后继人才铺路搭桥，王乃彦成为该俱乐部的副主任，这一做就是20年。

“现在的科研工作者很忙，但是一想到我自己的成长也曾受到老一辈科学家‘大手拉小手’的帮助，每年我都会抽出时间，去科技竞赛的现场观摩。”从“明天小小科学家”奖励活动、“全国青少年科技创新大赛”到全国大学生“挑战杯”竞赛，多年来，国内各大重要青少年科技赛事，他都积极应聘担任评审委员会主任或顾问，竞赛现场都有着他的身影。

这些在全国开展的活动使得王乃彦经常要在各个城市辗转，紧张的评审时间和巨大的工作量让他疲惫不堪，但他仍乐在其中。“每一次的活动都给我很大的启发和鼓舞。和学生在一起，似乎自己也变得年轻了。”王乃彦说，“在竞赛中，我看到很多很有潜力的选手，他们的参赛作品很有想象力和创新性。他们是科技创新的‘雏鹰’，具有创新的素质，只要我们给予一流的教育和引导，他们将来一定会成为国家的栋梁之才。”

王乃彦说，“在青少年中进行科普非常重要，这会影响他们对科学最初的认识。”他希望通过影响青少年进而让每个家庭成员科学认识核技术。这些年，王乃彦的足迹遍布全国各地，每到一处都深受青少年们的欢迎和喜爱。

“比我聪明的人有的是，我能走到今天，要感谢老师对我的启发、学校环境对我的熏陶。”王乃彦说，他的科学启蒙与学校教育密不可分。他相信，农村也有很多聪明的孩子，但由于社会发展尚不平衡，一些孩子从小没有得到启发而被埋没。因此，抓好学校教育对于科技人才的早期培养至关重要。

2001 年，王乃彦参加了教育部和科协共同发起和推动的“做中学”科学教育实验项目，在幼儿园和小学中进行基于动手的探究式学习和教育，以此促进我国幼儿园、小学科学教育发展，推动实现素质教育，取得了很好的效果。王乃彦参加这些活动，通过言传身教大大地激励了青少年对于科学的热情，也培养出了一批优秀的、生气蓬勃的、富有创新精神的青少年。

王乃彦反复强调，在小学阶段，最重要的是要教育小孩子热爱祖国、热爱人民。他说，在此基础上再进行学科教育、科技教育和音体美教育，让孩子爱知识、爱劳动。如今，社会进入人工智能时代，学校教育需要与时俱进，增加相关的教学内容。

王乃彦始终认为，科学教育的核心就是培养学生具有科学思维，具有科学的认识世界和改造世界的能力。西方发达国家在基础教育中要求对每一个学生从小就进行科学的思维方法的教育，使得社会中的每一个成员都具备一定的科学素质，科学教育的目的就是使科学思维方式能够变成社会上更多人的思维方式。教育是个人、家庭、民族和国家在未来发展中最重要的事情之一，教育在为国家的安全、繁荣和昌盛奠定着最重要的基石，青少年的科学教育又是教育中的一个重要方面。我们重视青少年的科学素质的培育和提高，是因为我们坚信科学技术是第一生产力和人才资源是第一资源的思想。在迎接新的工业革命挑战中，最重要的事情就是做好人才培养的工作，只要我们坚持做下去，我们的国家就大有希望，中华民族伟大复兴的中国梦就一定会实现。

2015年8月，第30届全国青少年科技创新大赛在香港举行，王乃彦作为大赛的评委会主任感触颇多。他在致辞中说，我发现有很多当年的年轻的同学，当年很多的选手现在已经成长起来了，有的已经成功创业，有的成为各行各业科技创新的中坚力量。比赛当中我也发现很多很有潜质的选手，他们的参赛作品很有想象力，也很有创新点，他们是科技创新的“雏鹰”，这些“雏鹰”具备创新的品质，他们需要我们教育工作者、科技工作者进行很好的引领和培育，需要我们把这些青少年带进科学的大门，给予最好的教育、给予一流的教育，我相信只要我们将这些工作做好，他们一定会使我们祖国的明天更美好。我们的教育事业还必须关注关于创业的教育，因为这也是时代和社会发展的要求，也是当代大学教育的重要内容，是服务于国家加快转变经济发展方式、建设创新型国家和人力资源的战略举措，也是深化高等教育教学改革、提高人才培养质量、促进大学生全面发展的重要途径。

2015年12月30日，云集了科学界与科普界众多“大腕”的“典赞·2015中国科学传播”主题发布会在清华科技园阳光厅隆重举行，在当晚公布的2015年度“十大科学传播人”中，白发苍苍的王乃彦显得颇为引人注目。就在几个月前，连续10年担任全国青少年科技创新大赛评委的他，因对青少年科技创新工作的杰出贡献获得了“终身成就奖”。同年，他获得了“十大科学传播人”荣誉称号。2016年，他又获得九部委联合颁发的“全民科学素质行动计划纲要实施工作先进个人”称号。

“不要人夸颜色好，只留清气满乾坤”。年纪越来越大，但王乃彦从来没有想过从科研一线退下来。他就是这么不遗余力，不管多大年龄，信仰不变、激情不灭。

推动核能事业发展

在我国核电发展中，核电厂的合理布局和建设内陆核电厂的问题已成为一个必须考虑的问题。建设内陆核电厂首先要回答能不能建，以及安全性的问题，其次还要考虑其对环境有多大影响，特别是对周围水资源的影响。

从全世界看，有一半以上的核电厂建在内陆。美国 65 座核电厂（104 台运行机组）中，有 39 座核电厂、64 台机组位于内陆地区，占所有核电机组的 61.5%，有超过 2000 堆 · 年的运行经验。法国有 19 座核电厂，共有 58 台运行机组，其中 14 座核电厂、40 台核电机组位于内陆地区，占其核电机组的 69%，有超过 1000 堆 · 年的运行经验。俄罗斯、中欧、东欧等国的核电厂也多数分布于内陆，因此在选择核电厂的厂址时，主要是考虑核厂址的地质、水文、厂址安全、环境保护和电力需求、能源布局，而无沿海和内陆之分。

目前，核电厂流出物放射性核素的排放已经控制在很低的水平，对周围公众产生的辐射照射低于天然辐射照射的百分之一。实际上，核电厂排放的放射性核素所产生的辐射剂量也远低于燃煤电厂排放的天然放射性核素所产生的辐射剂量。国内外压水堆核电厂运行实践也表明，内陆核电厂运行时液态流出物对接纳水体实际造成的积累影响极小，是完全可以接受的。

王乃彦十分关注我国核电事业的发展，他在多个场合对社会大众科普时都指出，大可不必谈“辐射”色变。在一次中国科协科学家与媒体面对面的活动上，王乃彦就谈到，“我们生活中每天都离不了辐射。”他说，一个人1年受到的辐射剂量大概是2毫希沃特。希沃特是辐射的剂量单位，一千分之一的希沃特是1毫希沃特。从北京到欧洲乘飞机一个来回受到0.02毫希沃特的幅射剂量，胸部做一次透视是0.3毫希沃特，每天看两个小时电视则每年有0.01毫希沃特。“‘福岛核事故’那些工人，最大的剂量是200毫希沃特。”王乃彦说，在注意做好防护和控制剂量的前提下，辐射是安全的。

如今的同位素和辐射技术已经进入大众生活，实际上与我们“很近”，在工业、农业、环保、医学等方面已广泛应用。在医疗诊断和治疗中，就可以用核技术帮助医生准确地为每个患者“定靶”。通常情况下，一个人的体内有60万亿个细胞，每个细胞当中有90万亿个原子，想在当中找到一个靶，也就是某种疾病特定的分子，是非常困难的。而通过放射性标记物，可以标记出靶的位置和性状，为临床治疗提供依据，改善病人的临床治疗。

在先进国家癌症的治愈率已经可以达到70%～80%，主要的原因是采用了一些先进的医疗技术，包括先进的核医疗技术，在癌组织很小的时候就能够发现。由于我们在这些方面的技术比较落后，也由于社会公众对于用核技术、放射技术来治疗癌症还有一定的顾虑，所以很多癌症病人转到先进治疗当中，已经进入晚期了，中国癌症患者的平均治愈率只有30%。王乃彦表示，核能利用“这个价值已经被证实，还将继续被证实”。

对于核能在城市供热中的应用，王乃彦十分关注。他的观点是，核能可显著减少污染排放，将有效改善我国能源结构，缓解日趋严重的能源供应紧张局面，前景可观。

我国在巴黎气候大会上承诺，将于2030年达到二氧化碳排放峰值，同时非化石能源占比升至 20% 左右。然而，当下我国北方每年采暖范围遍布 17 个省、自治区、直辖市，采暖人口达 7 亿以上。而集中供热的热源仍以热电联产和区域锅炉房为主，使用的燃料也仍以煤炭为主，每年供暖消耗煤炭已超过 5 亿吨，造成很大的污染，能源结构和产业升级形势严峻。核能作为一种安全、清洁的能源，是当前较为成熟的替代一次能源的方法之一。在利用核能为区域供热方面，科研人员已进行了大量的研究。与传统热源相比，核能可显著减少污染排放，而且供热安全性有保障，积极推广核能供热，将有效改善我国能源结构，缓解日趋严重的能源供应紧张局面。

我国从 1981 年提出低温核供热堆研究倡议，经过核能科研工作者 30 多年的研究，已掌握了能工程化应用的核能供热技术。核能供热可在常压低温下运行，具有安全性好、可靠性高、技术成熟、系统简单、运行稳定等优点，并且建造成本低、运行维护简便，更适合于城市居民区。目前，国内已建成多座池式堆，如王乃彦积极推动的中国原子能科学研究院的 49-2 堆、微堆等，累计运行近 500 堆·年。为进一步提高供热温度，清华大学提出了深水池式低温供热堆，通过增加水池深度，利用水层静压力提高堆芯出口水温，使其向热网供水温度达到 90 摄氏度以上，满足了热网需求。

民用非动力核技术（辐射科学和技术）是我国战略性新兴产业，自上世纪 90 年代步入产业化阶段以来，发展速度很快，年产值已突破 3000 亿元，年增长率保持在 20% 左右，形成了具有一定规模和水平、较为完整的体系。目前，辐射科学和技术已广泛应用在工业、农业、医疗、环保、国家安全等国民经济领域，取得了良好的社会经济效益。据业内专家推算，中国辐射科学和技术产业有望在未来十几年内突破万亿元规模，成为中国新的经济增长点。

民用非动力核技术也称辐射科学和技术，指利用同位素和电离辐射与物质相互作用所产生的物理、化学及生物效应来进行研究及开发的技术，包括以带电粒子加速器、放射性同位素为辐射源的辐射技术应用和以放射性同位素为载体的辐射、示踪技术应用。

中国辐射科学和技术起步于上世纪 50 年代，历经科研开发起步阶段、应用开发产业化阶段以及快速发展三大历史阶段，现已步入高速发展期。截至 2016 年 12 月底，中国已有 400 多家单位直接从事辐射科学和技术研发与生产，相关应用单位数千家，辐射科学和技术应用年产值超过 3000 亿元，是 2010 年的 3 倍，年增长率保持在 20% 左右，为全社会提供近 10 万个就业岗位，在提高人民生活水平、促进社会经济发展中发挥了不可替代的重要作用。

与工业化发展阶段相适应，中国辐射科学和技术的应用领域不断拓展，已形成一定的产业规模。随着辐射科学和技术应用产业的规模不断扩大，国家重视程度的提高，相关产品的性能和技术水平提升很快，得到国际同行越来越广泛的认可。电子辐照加速器、钴 -60 放射源及其辐照装置、大型集装箱检测系统等许多产品已走出国门，销往东南亚，乃至欧美。

截至 2016 年底，中国从事辐射科学研发的科研机构和高校约有 80 多家，取得了丰硕的成果，据不完全统计，国内外论文年发表量万余篇，专利拥有量近万件。辐射化学、辐射物理等辐射科学领域在大型科研设施的支撑下蓬勃发展，为辐射科学和技术的产业化发展奠定了基础。在我国，加速器、反应堆、同辐光源等一批科学装置的建成和投运有力支撑了辐射科学和技术的发展。

目前我国核技术产业发展驶入快车道，核技术应用作为绿色环保的产业，随着工业化进程的加快和人民生活水平的不断提高，民用核技术应用不仅越来越广泛，而且与老百姓生活更加密切。核技术应用已在国防现代化建设、工业、农业、生命、材料、信息科学、环保和人类健康等方面发挥着重要的作用。数据显示，美国、日本的国民经济总产值中，核技术贡献约占3% ~ 4%。但是中国与其相比，从国内需求情况来看，核技术应用情况却存在着明显的差距和不足。

为此，2011年6月，发改委、工信部等在《当前优先发展的高技术产业化重点领域指南（2011年度）》中，明确了辐射科学和技术属于优先发展的先进制造领域。2013年2月国家发改委在其《产业结构调整指导目录》中，将“同位素、加速器及辐照应用技术开发”列入鼓励类，并通过民用非动力核技术高技术产业化专项给予产业化支持。此外，国家科技部在历次的国家科技攻关计划和科技支撑计划中均给予研发支持。

除了中央政府以外，各级省市政府也出台了许多促进行业发展的政策，将辐射科学和技术产业列入高新技术产业给予扶持，造就了一批成长迅速的优秀龙头企业，它们引领中国辐射科学和技术应用的产业化发展，创造出巨大的经济价值和社会价值，为中国辐射科学和技术应用的发展树立了典范。

传统技术的升级改造和人民生活水平的提高在很大程度上依赖于辐射科学和技术，中国有三分之一的行业与之密切相关。辐射科学和技术对传统工业技术的高度渗透性、产业关联性及其本身的技术优势为其发展提供了广阔空间。在政府的大力推动和业界的不懈努力下，中国辐射科学和技术有望被打造成为继核电之后，中国核技术“走出去”的第二张“国家名片”。

在王乃彦担任太平洋地区核理事会理事长、国家自然科学基金委员会副主任、中国物理学会副理事长、中国核学会理事长等职务期间，积极履行职责，亲自参与或推动了我国辐射科学和技术产业化发展，在和平利用核能方面也受到国际社会广泛好评。中国辐射科学和技术行业的蓬勃发展离不开王乃彦长期以来的重视和推动。

道是无情却有情

外人评价王乃彦两口子叫男才女貌，孩子们说他们的妈妈长得非常漂亮。王乃彦的妻子郑守钧早年在福建团省委工作，后考上了北京师范大学，在俄语系学习。大学快毕业的时候，王乃彦认识了郑守钧。1962 年，他们携手走进了婚姻的殿堂，1964 年迎来了他们的第一个宝宝。因为王乃彦要去苏联杜布纳工作，所以婚后时间不长他们就分开了，从此这一辈子多数时候他们都是两地分居。第一个孩子诞生，王乃彦远在苏联杜布纳，埋头于他的核子研究。第二个孩子出生时，他正奋战在戈壁滩，潜心于国之重器的研制。第三个孩子出生时，他忙于核武器实验，依然不在妻子的身旁。

王乃彦为膝下的三女分别取名为王冬梅、王咏梅和王雪梅。梅花很坚毅，也很美丽，爸妈可能希望孩子们继承梅花独有的这些特点，给她们取的都是梅。因为工作和事业，王乃彦经常不在家，孩子们基本上是妈妈带大的。妈妈在北京师范大学工作，是一名老师。孩子们的小学初中都是在北师大附小、二附中度过的，基本上是在北师大大院里长大的，跟普通的孩子可能还不太一样。

当年，王乃彦在青海的时候，他们一家一直住在北师大 12 号楼一间 15 平方米的教工宿舍里，三个孩子睡一张大床。有一年北京闹流感，大女儿先感染发烧，接着又传染给了二女儿和小女儿。三个孩子一起发烧，但家里又没有大人，等妈妈回家后，三个小孩已经烧得很厉害了。那时候都是筒子楼，一家一间屋，邻里之间的关系非常和谐，谁家有什么事全楼知道。因为孩子们小时候实在有很多事情，邻居给王家的帮助很多，可能比亲人的帮助还要多。当时妈妈无法带着三个孩子去医院，都是靠邻居帮忙才送去了医院。医生告诉郑守钧，三个小朋友的高烧体温加起来有 120 度，这么高的温度再送来迟一点会出大事的。

有一次，在青海工作的王乃彦接到爱人的电话，说女儿一直高烧不退，她已经不知如何是好了。王乃彦马上向单位请了假，乘上绿皮火车，两天后，从青海赶回北京的家里，发现女儿已经不烧了，体温只有 35 度，还责怪孩子的妈妈小题大做。后来发现孩子不正常，呼吸困难，于是赶紧往医院送，到了医院才知道，原来是高烧时间太长，孩子已经没有体力了，所以温度就下来了。医生责怪他，“你做父亲的，怎么连这点医学常识都不知道！”

还有一次，小女儿生病，王乃彦刚好在家休假，孩子的妈妈上班前叮嘱他别忘了给孩子吃药。结果喂药的时候，把药瓶上说明的 1/3 片看成了 3 片。晚上孩子不舒服了，他连忙抱起孩子就奔医院。他们家附近的医院对面是劳改所，他怀里抱着孩子，心里着急，加上眼睛又不好，慌慌张张地就往劳改所里冲，结果被哨兵厉声拦下，情况问清楚后，他赶紧掉头奔向对面的医院。

1976 年，唐山地震，王乃彦不在家，妈妈抱着老三，邻居的叔叔抱着老二，穿着背心裤衩就下了楼，搭帐篷都是邻居帮忙，孩子们从小长到大，妈妈的付出实在太多，邻居叔叔阿姨的帮助也占有很大成分。

王乃彦的二女儿咏梅说，我小时候基本上没见过爸爸，10 岁以前很少见到爸爸，爸爸更多的是过年的时候回家。我记得我有同学说，你好像没有爸爸，因为他们从来没有见过，我们自己都很少见，所以家里其实也就习惯了爸爸不在家的日子。但是过年的时候他会回来，回来的时候他确实会努力帮妈妈做很多家务，所以过年的时候其实还是挺快乐的，因为爸爸有一些其他家里小朋友得不到的东西给我们。

她说，我们家每年过年都会炸虾片，然后做芋泥，我爸爸做芋泥有一套特别的方法。里边会特别地加一点儿猪油，糖、小瓜子摆成各种各样的形状，放在盛芋泥的碗里蒸出来，非常好吃。家里每年过年会玩扑克，就我特别特别小的时候，过年熬夜打扑克。我们家五个人，我自己一拨，我妹妹跟我爸或妈一拨。记得第一次打扑克的时候可生气了，我会给我爸写大字报，因为他在我的下家，我出每张牌他都会知道，他会逼我把牌出出来，那时候太小了不会玩。还有比较有意思的是，那时过年，我们会经常去洗照片。那时候他从苏联杜布纳工作回来，带回一套能够洗照片的设备，我们会通宵洗照片，所以挺好玩的，就是有一些特别的东西。

但是基本上平时爸爸是不在家的，我们的事都是我妈妈管，我们会尽力帮忙，也习惯了爸爸不在家的日子，也没觉得爸爸不在家有什么不正常。我们会很羡慕其他小朋友，爸爸妈妈会跟他们在一起做很多事情。尤其是我上大学的时候，我同学跟他们的爸爸妈妈非常亲近，在一起有很多话可以说，我没有，但是也习惯了，习惯了这就是我们的家，也没觉得有什么不对不好的，小时候其实也挺幸福的，就这么长大了。

王乃彦从苏联回国后，先后在青海、四川工作了 15 个年头，直到 1979 年才从位于四川绵阳的中国工程物理研究院调回北京，在中国原子能科学研究院工作。原子能院虽在北京，但因工作地点远离市区，他依然回不了家。当时每周要上六天班，只有星期六下午才能回家，星期一一早又要坐班车返回单位。所以全家人在一起的时间很少，基本上还是不在家，夫妻两地分居时间非常久，从现在的家庭观念来讲，这几乎是不可思议的。但那个年代的人不一样，那个年代的人是有精神的，妻子也没觉得非常艰苦，她觉得这是一个应该的事情，这个也是一个别无选择的事情，所以日子就这么过过来了。

中国的女性难能可贵的奉献牺牲精神，在郑守钧的身上得到了充分的体现，是她成就了王乃彦，成就了中国核物理事业的一代巨匠。每每谈及此，王乃彦的孩子们都异口同声，这点真的是无可置疑的，我们觉得需要向妈妈学习，但是不一定能学得到。

尽管那个年代带孩子跟现在不一样，会有许多邻居帮忙，但是一个女人带三个孩子的辛苦是不言而喻的。郑守钧自己还需要工作，还需要学习，一边学习一边工作一边带孩子，最不容易的就是丈夫经常不在身边，生活困难只能独自承受。他们的孩子印象中，好像从来没有听过妈妈的怨言，最多的怨言就是来家里的访客太多，收拾不过来。

王乃彦他们那一辈人，夫妻之间的情感表达非常含蓄，也不太容易听到甜言蜜语，但他们的挚爱不是来自表面，而是发自情感的深处。如今老两口年纪都大了，孩子们有时候会看见妈妈帮爸爸剪脚指甲，这虽只是件小小的事情，却能够体现出他们之间的柔情关爱。

郑守钧很早就退休了，但她每天仍然非常忙碌，她要为老伴配药，还要采买食材、准备饭菜，她虽然不用工作，但比工作的时候还要忙。上班工作时，她能够协调事业与家庭之间的平衡是非常不容易的事情，退休后，她更是将自己的身心全部奉献给了家庭，她认为这个奉献是有意义的，因为她觉得自己丈夫做的工作对国家非常有价值，尽管一些事情可能并不是说非他不可，但是这些事情不是一般人能做的，她为丈夫自豪，她感到自己这些贡献没有白费，她为此非常欣慰。

王乃彦现在虽已 80 多岁的高龄，但仍经常出差，老伴非常担心他的身体，到了目的地以后他总会第一时间给老伴打个电话，让她不要担心。这种互相之间的体贴，互相之间相濡以沫的关怀，可能就是他们多年一直相爱相伴的基础吧。

对于孩子的教育，王乃彦的确顾不上，但也并非不操心。据王咏梅回忆，她天生是学习的材料，就是现在人们所说的学霸，不需要别人管。她说，妈妈比较喜欢参加她的家长会，因为别人总问，你是怎么教育孩子的，妈妈说我啥也没教育。确实妈妈什么都没管，但是爸爸回来的时候，还是会检查一些功课的。有时候，老师布置的一些习题会比较难，爸爸会给她一些独特的思路。王咏梅高中的时候是几何课代表，几何题有时候挺难的，这时候她会跟爸爸讨论一下，爸爸会在能够帮助的情况下提供一些思路，给一些启发，可能因为爸爸是物理学家，孩子们的数理成绩都比较好。

王咏梅说，在一个孩子成长的过程中，家长教给孩子的不应是一个简单的知识，而应该是一个方法、一个思路，一个思维的过程。比如说我爸爸讲一个数学题或者物理题时，他会从最基本的知识基础来帮你分析，他不是直接告诉你，1+1 等于 2，而是告诉你为什么是这样。然后给你举一个例子，从不一样的角度来帮你解题。这个我觉得是最重要的，但是现在的孩子动不动就上补习班，完全是为了应付考试。真正能够思考，能够理解，才能掌握知识，才能够解决问题。我们实际上跟爸爸接触很少，我觉得我爸爸的学生是最幸运的，他与学生在一起的时间比我们多很多。她说爸爸有很多值得学习的地方，再小的事情他也不会马虎，一定要搞清楚到底是为什么，这些其实就是治学最重要的精神。

王咏梅说，因为跟爸妈的接触时间很少，一路就是自己走过来的，包括后来出去留学，自己在美国生活了 20 多年。我觉得我们成长的那个年代是一个很单纯的年代，很多社会知识都是长大以后才知道的，很多学科几乎是不知道的，也不知道什么叫硬件，什么叫软件。

王咏梅高考后报了北京大学无线电系，她是学校的高考状元，高考成绩在北京大学哪个系都可以上，哪个学校都可以去，但是自己不知道学什么专业。现在的孩子不一样，现在孩子知识面都非常广，对很多学科领域都有很多的了解。但是她不知道，去请教邻居叔叔，邻居叔叔告诉她，选择清华大学吧，学工科应该上清华。她一想清华大学要上五年，就报了北京大学，也没有特别清晰的方向。现在的孩子不一样，现在的孩子都知道以后要追求的方向，包括这个领域以后可能的发展，以此决定自己的兴趣，决定自己以后想做的事。她当时就这样稀里糊涂地上了大学。

据王乃彦的孩子们回忆，爸爸从苏联回来的时候，带回了一个电唱机。上世纪六七十年代中国的文化生活是非常贫乏的，那个唱机可能是北师大 12 号楼教工宿舍全楼唯一的唱机。爸妈都喜欢唱歌，以前爸爸是北大合唱团的。那时的唱片都是大的胶片唱片，爸爸以前的工资也不高，但每次发了工资都会去买唱片，然后带着全家一起听，所以我们很小的时候，都能听到很多古典音乐。因为爸妈是学俄语的，他们俄语组里有很多老师，也都喜欢一些外国歌曲，尤其是苏联歌曲，有的时候爸爸会邀请这些叔叔阿姨一起来家里听音乐。这对我们来说，是一个很特别的经历，就是能给我们一个对古典音乐的认识，一个能够走进古典音乐入门。

孩子们说，父亲唱歌唱得很好，他 1980 年第一次公派去美国访问，到了美国以后心情舒畅，情不自禁地一展歌喉，还录了一个自己唱的歌曲串烧，大概唱了有半个多小时，俨然是一台小型独唱音乐会的排场，录音带带回来后我们全家都欣赏了。到现在我们都非常喜欢音乐，父母潜移默化的影响对孩子一生有重要的作用，他们最喜欢苏联歌曲，就是那个时候浪漫的革命歌曲，前几年孩子们还会带着他们去歌厅唱卡拉OK。

一个男人，在年青的时候几乎会把所有的精力放在工作上，但到了老年会突然间特别爱孩子。王乃彦有时会自责，最愧对的还是自己的三个女儿。因为工作，他在苏联6年，在青海、四川15年，回北京后又在远离市区的郊区工作，在女儿们的成长过程中，自己几乎没有尽责。王乃彦说，自己其实是很喜欢女儿的，觉得女儿跟爸爸更贴心，只是当时工作的原因，不能在她们身边。他说，自己的大女儿最懂事，不仅要带着两个妹妹，还要为妈妈分担家务。他从四川调回北京时，大女儿已经去复旦大学读书了。做姥爷的他现在对小外孙女特别亲，总想拿出更多的时间陪伴她，陪她看书，陪她练琴，陪她玩跳棋……看着爸爸的变化，小女儿不无感慨，“爸爸，我怎么感觉你对外孙女比对我们还亲啊，这难道就是隔代亲？”其实，王乃彦不愿意跟女儿们讲，到了他这个年龄，越来越觉得自己对孩子们的愧疚，但也只能把爱多放一些在第三代的身上了。如今，外孙女就是他的天！

对于父亲，女儿们表示，以前不了解他，现在还是没有了解他，因为他经常不在家，学生的事、工作的事可能就是他的事。以前因为保密，很多事情他不能讲，工作的事情更不会讲，所以我们大概知道爸爸是做什么工作，但是具体的就不知道了。现在很多东西都公开了，所以他给我们讲了一些事情，觉得挺有意思的。人是要有点精神的，那个年代，他们没有觉得什么是苦什么是累。从另外一个角度来讲，他们确实有很多创造，确实做了很多了不起的事情，是跨时代的，很多东西都是靠人工演算出来的，能够把这么伟大的事业创造出来确实很伟大。

她们深感父母对自己人生的最大影响是他们做的事情和他们怎么待人接物，也就是对自己事业的追求、敬业精神、努力和奉献。她们觉得父亲确实喜欢自己的工作，热爱自己的事业，他一直非常投入，一直非常努力，这种精神是非常可贵的。也就是说一件事情不是说因为它有多难，或者说因为它离我们实现它有多远，就放弃，就不去做了，他会为了自己的理想，为了自己的信仰，一直去努力，而且会一直坚持。就像他学英语，每天 5 点多钟就起床，听广播，一直坚持了很多年，非常努力。事情虽然非常小，但这种坚持不懈的精神是非常值得我们学习的。

第八章

和蔼可亲的“王老师”

德国哲学大师康德仰视星河时曾这样感慨：“每当我静静地伫立仰望那浩渺深邃的蔚蓝色的天空时，一种永恒的肃穆和生命的崇高庄严便油然而生——仿佛上帝在扣响自己的额头，一股神秘而伟大的力量如波涛般汹涌而来。”

世间的许多事物都值得我们去仰视，比如大师，因为他们像深邃的星空一样，需要我们满怀敬畏之心去仰望、去感受、去热爱。仰视是生命追求向上的本能，仰视是生命体重高性的自然呈现。树木仰视蓝天白云而奋力向上生长，飞鸟仰视九霄长空而展翅搏击。仰视的过程，其实就是发现崇高的过程，究其实，它是一种精神昂扬的生存态度。仰视中，我们会感受到激情奔涌、热血沸腾；仰视中，我们会感受到超凡脱俗、空凌神痴，难抑仰视中的情感冲动与亢奋、遐想与放逐。

历史的长河奔腾不息，它每一时段所激起的浪花，都留下了一个个动人的故事……那山、那水、那人、那一切动人的故事，都将成为美丽的传奇，伟大的中华民族史正是由浪花般的一页页历史篇章汇集而成的厚重的民族文化史册。人的一生虽然很短暂，但精神文化传播的力量却恒久持远，自古帝王知多少，几个留得李白名？“长风破浪会有时，直挂云帆济沧海”，“中国式”的科学家即使身处困境、面对困难的时候，也总是怀抱信仰，也总有希望在心间，并且为之奋斗。对一个时代产生过广泛影响的人，这就足以称为大师，我们仰视大师。

与大师为伍，我们的视野才能豁然开朗，才能看到事物背后的事物，揭开答案深处的答案。王乃彦在核科学道路上一路追寻的起伏历程，如一幅波澜壮阔的人生画卷，悄无声息地在每个人内心深处漫卷开来，煽动起震撼心灵的力量。

学生眼中的王乃彦

汤秀章：（曾任中国原子能科学研究院核技术应用研究所副所长、准分子激光研究室主任）

王乃彦院士是我的硕士和博士导师，而王院士给予我的，又何止是导师这么一个称呼能穷尽的。

在我的眼里，王院士是一个完美主义者。对工作他总是一丝不苟、精益求精，也正是他的这种“苛刻”，才能不断推动我们向前。比如，对我们的论文，他总是逐字逐句非常认真地修改。还记得硕士论文答辩前，我把论文初稿送给王院士修改，没想到他改得那么仔细，几乎每一页都有，特别是最后他还把实验数据仔细计算处理了一遍，并且在坐标纸上用铅笔画出实验数据点和拟合曲线。我博士答辩的时候，因为请了一位德国人做评委，王院士要求我用英语答辩，以便让每位评委都听懂。当时我真是出了一身汗。一次，为写好一个会议纪要，王院士亲自到实验室里花了两个半天跟我们一起把一篇不到三页纸的纪要修改好。印象中，似乎我们总也达不到他的高要求，偶尔能得到他的表扬我们能高兴好几天。

在他的带领下，我们研制建成了国内最大型的氟化氪准分子激光系统——“天光一号”装置，王院士亲自设计了装置中的激光主放大器。这套装置运行非常稳定，而此前美国劳伦斯·利弗莫尔国家实验室的奥罗拉（AURORA）激光装置，因为不能稳定运行而下马。“十五”验收评估的时候，由多位院士组成的专家组来原子能院，我们现场连续放了四炮，有位院士说这是他看到世界上最稳定的准分子激光装置，也正是王院士一贯的精益求精，才使得天光装置“达到了国际同类装置的先进水平”，并应用于开展激光惯性约束聚变研究。

王院士有太多值得我们学习的地方，他知识渊博、治学严谨、忘我工作，而我感受最深的，是王院士不断追求、不断创新的好学精神，这也是我们做学生自愧不如的。他长期坚持学英语，每天早上5:30起床，听收音机和录音机，这也使得他能很好地胜任太平洋地区核理事会主席一职，并且荣获世界核理事会颁发的全球奖。

王院士特别注重学习新知识，并且坚持做读书笔记。近年来随着激光技术的迅速发展，强激光粒子加速技术受到国际关注，王院士敏锐地抓住了这一热点，率先在原子能院开展了激光加速质子的研究。他亲自查阅了大量文献资料，申请了国家973课题，带领我们拟定研究方案，指导我们开展实验。他常说，我们不能总跟在美国人的屁股后面跑，要有创新。

我之所以喜爱读书，很大程度上也是受到王院士的熏陶，每当打开一本新书，阵阵的书香总是让我激动不已。我们实验室也成立了学习小组，经常开展学术交流，我们把“读书是乐”作为室里的文化传承。

王院士的口才非常好，又因为他见多识广，讲起话来条理清楚、抑扬顿挫，很是吸引人。我们都很爱听他讲故事，有时竟忘了吃午饭的时间。但是，他对我们说得最多的，是要做好自己，只有自己有本事，自己足够强大，别人才会尊重你。而潜移默化的影响使我们能够在遇到困难时挺起脊梁。

王院士对于工作总是亲力亲为，却又淡泊名利。有一年，室里有两项科研成果通过鉴定，需要报奖。王院士是我们课题组的带头人，我觉得理所当然应该把他排在第一的位置，但王院士坚决不同意，一定要把具体干工作的科研者排在前面，让年轻人打头。王院士特别关心年轻人的培养，我们知道他培养了许多硕士、博士，但我们不太了解的是他多年来还为我国的核科普事业做了很多事情。北京市青少年科技俱乐部还推荐了他为北京市科普先进工作者，以表彰他对青少年科普工作的贡献。

能成为王院士的学生，是我们的荣幸。跟我年纪差不多的师兄弟大多出国了，而我一直留在室里。每当师兄弟聚会，我总是自嘲："我笨啊！"其实，在我内心一直有一个声音，就是王院士以前时常会说的一句话："在中国你是主人！"这句话让我既自豪又激动。2001 年我在德国工作，经常会感到很失落，在这里干得再好也是别人的。如今，我自己也从学生成了研究生导师，但我更愿意听到师弟们叫我师兄，王院士的人格魅力也使得我们这些人愿意追随他。

对王院士，我最佩服的是他的知识渊博，最愿意听到的是他的笑声。每年年底的春节联欢会，是我们最开心的日子。每次我们都要邀请王院士和他的夫人郑老师一起聚餐联欢。晚餐之后的卡拉 OK 才是真正的大戏上演，高潮部分是王院士、郑老师唱歌。许多人不知道，王院士一直是院合唱团的成员，但也只有这时，我们才有机会听到他悠扬的美声。独唱、合唱，一首首中文、英文、俄语歌曲，把我们带到红河谷、阿里山、莫斯科郊外，这时，我们眼前已不再是老师平日严肃的样子，徜徉在我们心头的是一个忘不了红河谷故乡那个心爱姑娘的少年，是一对呢喃依偎在莫斯科郊外迷人夜晚的恋人，是一片片冬季的晨曦里飘飘扬扬的雪绒花……

对我们来说，每年最期待的是春节期间去王院士家拜年，因为"王老师家有好吃的水果"，这话是谁说的我忘了。每次，郑老师都特别热情地端出冬天里很难吃到的樱桃，还有王院士老家福建的特产，我至今也没搞明白，王院士家的蜜桔为什么特别甜、特别好吃。

每当这时，王老师家里总会充满欢乐，充满笑声……

黄永盛：（中国原子能科学研究院核技术应用研究所副研究员）

在科学技术迅猛发展的今天，科学创新固然重要，但科学道德建设更为迫切。王先生不仅仅在我国核武器研制、激光聚变研究等科研领域取得过重大成果，做出过重要贡献，而且其秉承的严谨为学、诚信为人的治学为人之道，包括其为人为学的精神值得我们所有的科技工作者学习和尊敬。

记得第一次和王先生见面是在2005年的春天，那时正是我在清华大学准备本科毕业论文的时候，有幸成为王先生的学生，得到王先生的亲自指导。那天，我独自骑着自行车来到北师大核科学与技术学院王先生的办公室，敲门进去一看，一间不足20平方米的小单间，里面摆了两个书柜，一张沙发，一张办公桌，两把椅子，基本就没有多少地方了，十分简朴。我想，这就是院士的办公室啊，和我想象中的相去甚远。王先生开门后，连声说："请进，请进，这里简单了一点，你先坐下。"随后老先生就要去给我倒茶。我非常感动，赶忙抢过水壶自己倒水，然后王先生给我递来了茶叶。我一个普通大学生生平第一次和院士接触，居然是院士给我倒水，当时被王先生的和蔼可亲、礼贤下士所感动，不禁肃然起敬。接下来，王先生开始给我介绍我毕业设计要做的题目——《"超短超强激光轰击固体靶获得脉冲中子束"及其重要性》。

虽然时间很短，但是王先生深入浅出地给我讲明白了我这个课题的重要性，并且给我找了几篇最新的国际著名期刊发表的学术论文和参考资料，要我认真研读。在这个过程中，王先生拿出了他整理的很多文献，我发现王先生读文章非常认真，重要的文章，他都会逐字逐句，从头到尾，认真研读，并且在全文翻译的基础上做读书笔记。我顿时感到王先生严谨认真的学习态度和工作精神，不正是作为学生最应该学习的地方吗？这个习惯，我是从做研究生时开始践行，一直受益匪浅。

在读研究生一年级的时候，王先生已经70岁高龄，对于很多老年人来说，已经是在家养老、含饴弄孙的时候了，但是王先生仍然坚持在科研一线，指导着七八个研究生，并且在中国核工业研究生部为研究生开了一门64学时的课程——《激光核物理》。在指导研究生的过程中，王先生一直坚持亲力亲为，亲自指导。王先生经常会告诉我们一些非常重要的学术文献，要我们认真阅读，然后大家一起讨论。其实，王先生已经提前研读过了，并且都做了厚厚的阅读笔记。记得有一次，王先生拿了上百页的阅读笔记和我们说，是他读的一篇《Review of Modern Physics》的文章，这篇文章长达60多页。他每天都坚持至少阅读三页，然后做好阅读笔记，就这样一直坚持把这篇十分重要的综述文章读懂了。

王先生身兼数职，他既是中国原子能科学研究院副院长、中国核工业研究生部主任，又是北京师范大学核科学与技术学院院长，当时还兼任《物理学报》主编、清华大学近代物理实验室名誉主任等等，而且还要参加很多学术成果鉴定和基金评审。对于王先生来说，在百忙之中能够坚持阅读科学文献，而且还认真做阅读笔记，这一点我们学生都自愧不如。在大量阅读文献的基础上，王先生还为我们研究生制定详细的实验研究方案，并且监督我们认真完成，绝对不能弄虚作假。可以说，王先生把自己的全部精力都用在了我国的科研工作和人才队伍建设中，他不仅仅是一名战略科学家，而且还能够坚持工作在科研一线，孜孜不倦地为自己热爱的科研工作奉献着自己的全部精力，在当下物欲横流的社会风气中十分难能可贵。

记得在清华大学工程物理系研究生毕业典礼上，我作为优秀博士毕业生代表讲话，我将王先生严谨治学的态度和工作精神讲给大家听，很多学生都觉得不可思议。

王先生从来不会夸大自己的研究成果或者是学生、下属的研究成果，从来都是实事求是，客观公正，所以很多学术成果鉴定、杰出青年基金评选等重要的报奖审批，都会请王先生当主席。对于很多报奖评选的资料王先生都会亲自核实查看。记得王先生和我们说，有的年轻的科研人员，故意夸大自己成果的国际影响力，以期获得评委的支持。但是王先生都会通过查找原始的引用或是评价文章，逐一验证。如果确实存在故意夸大的情况，他会坚决指出，绝不纵容。

王先生说："纵容他们，等于害了他们，我要对他们负责。科学研究是一项神圣的工作，来不得半点弄虚作假，一定要有良好的学术道德。"这一点，我们做学生的也是谨遵教诲。我从来不敢夸大自己的研究成果，这不仅仅是对科学工作的不尊重，更是对自己的前途不负责任。科学工作做得不太好，可以继续努力，但是一旦科学道德出了问题，就很难挽回了。

还有一件小事能够说明王先生在对一些不正之风坚决予以纠正的同时，还十分惜才爱才。有一年，王先生作为全国挑战杯竞赛的主席，收到了一位参赛学生的家长寄来的材料，里面还有一些财物。王先生作为主席，如果公事公办就应该直接把这个东西交到学术道德委员会去，那这个学生也就完了，竞赛资格会被取消，而且还会受处分。考虑到小孩子还是很优秀的，而且家长的这个行为，小孩子完全不知情，小孩子是无辜的。王先生思索再三觉得不能这么做。于是他把这个材料原封不动地又寄回给了这个学生的家长，就当做什么事都没有发生过。后来，在公正严格的评判标准下，这个学生取得了一等奖。这个学生家长后来非常感动，也十分羞愧，给王先生写了一封很长的书信，感谢王先生对这事的妥善处理，并且为自己的行为道歉，表示十分羞愧。后来，王先生说，他这么做完全是惜才爱才，希望广大家长能够自重，千万不要行不正之风，这样不但不能够帮到孩子，反而害了孩子，害了自己。

在和王先生一起的学习和工作中，我们学到了很多为人为学的道理，这些都是从书本上学不到的。

兰小飞：（现任职于四川师范大学物理与空间科学学院）

我是 2004 年到 2009 年作为清华大学联合培养直博生入学，来到原子能院的，王老师是我的博士生导师。之后我在原子能院参加工作，也是王老师在指导我的工作。所以我跟王老师从相识到现在应该是足足有 15 年了，我学习和跟他一起工作的时间加起来也有 12 年之久。

我跟王老师最初的相识，是在 2004 年 10 月份。那时候我作为博士生入学，他是我的导师，他需要确定我的培养方向。那是我第一次见到王老师，能够读王老师的博士，对我来说是莫大的缘分。

因为 2000 年到 2004 年我在清华工程物理系，是核科学与工程专业的定向生，按照当时定向培养协议，在本科毕业以后，需要去核工业集团的下属单位工作或者学习。当时我们的条件是这样的，学习排名前 1/3 的同学，可以继续保研读博士，前 2/3 的同学是可以保研读硕士。我当时专业排名在我们班上是第八名，所以我是可以保研读博士的。我的想法就是本科学到的知识还不够，还要继续读下去，把博士读完，所以没有想过毕业后要去核电站，或者其他的单位参加工作，我们同学本科毕业参加工作的也很多。按照学校规定，在大四第一个学期的时候就要决定，以后到底去哪里读研或者参加工作，时间只有一个上午。这是决定我未来命运很重要的一个时间节点，那个半天，虽然我对于可能继续求学的学校有一定的了解，但了解也不是很多，需要在短短的半天之内做出决定。我已经打定主意，就是要继续读研究生，读博士。

于是，我对原子能院专门了解了一下。原子能院是个综合型的研究机构，有反应堆工程、放射化学等，但是我对这些不是很感兴趣。我想做纯基础的研究，这个时候恰好来到了核物理所。原先我以为核物理所就是做核技术应用的，与我理想中想读的基础研究专业有一定的差别。于是，61 室的主任专门给我介绍了该室，讲核聚变，说这个室是王淦昌先生建立的，是中国最早做惯性约束聚变的，你来这里可以跟着王乃彦读博士，你可以继续做一些激光前沿的，跟物质相关作用这些前沿的研究工作。我一听很感兴趣，当时就决定了读王老师的研究生。

但我第一次见到王老师中间隔了将近一年的时间，因为那时候我忙着大四要毕业，要做毕业设计，没有真正跟王老师见面。当我 2004 年作为博士生入学，第一次见到王老师的时候，知道了导师在核领域是很知名的大科学家，我感到很惊喜，没有想到我会跟这么一个著名的大科学家做博士研究。

我跟王老师正式接触比较多的时候，是我在清华大学读完了第一年的基础课程之后，2005 年 6 月份，我就到了原子能院的 61 室。从那个时候开始，王老师就正式指导我的研究生学习了。当时我对我们要做的研究工作，王老师给我们确定的课题并没有一个很直观的了解。

到了原子能院，王老师给了我一份资料，是他去日本开会时带回来的，叫激光核物理。那上面讲了激光在核物理领域各种各样的应用，是一份英文材料。当时是我第一次完完整整地去看一份纯英文的资料，第一感觉就是这个研究方向很重要，也很有意义。但对它的难度，没有一个足够或者充分的认识。王老师当时说，通过做大量的调研，认定我们要做激光加速，要做激光加速质子。

我是到原子能院作为王老师的博士，读激光核物理方向的第一个学生。后来陆陆续续我们来了很多同学，因为我是直博要读 5 年，还有普博读王老师博士的，就是读 3 年的普通博士，那一届我们一共有 6 个博士生。我们做的事情是激光加速质子，随着学习研究的深入，对课题了解得越深，就越觉得它难。现在回过头来再看看我的博士课题的时候，觉得又很欣慰，初生牛犊不怕虎，就是这么蒙着头给做下来了。

61 室有很好的激光研究的基础和条件，但是这个基础研究条件和当时我们要干的激光加速是不相干的。这是个全新的课题，而且当时我们这个室做激光加速质子实验方面的研究是国内最早的。最早意味着什么呢？没有经验，什么事情都要去摸索，所以要不停地试错，要花大量的精力去做实验，这是件很烦琐的事情。在这个过程当中，做的都是前沿的研究。王老师经常说一句话，别人都做过的，你要是再做一遍，就没有前沿的意义了。

当时王老师还兼着北师大的核学院院长，还担任一些其他的行政职务。刚开始读博士的前期阶段，他到原子能院来直接指导我们的次数不是很多，大概半个月会来一次。但是到了后期，他基本上每天都会在原子能院，跟我们一起做研究，做实验。不管他多么忙，他到室里来的第一件事就是把学生召集起来，讨论一下最近工作怎么样，有什么问题。他听取我们汇报的时候有一个要求，就是要说做了什么事情，存在什么问题，困难在哪里，有没有什么解决的思路。有，他就跟我们探讨。没有，他会跟大家讨论一下，给我们一个建议。或者当时没有意见，离开以后也会琢磨这个事情，然后他会很快地给出一个建议方案。

当时61室做超短激光的就是我们这一批博士，我们需要把实验平台一点一点地搭建起来，一切都是从零开始。这是一个全新的平台，我们实验室有国内很好的激光研究的条件，“天光一号”做准分子激光是全国做得最好的，这里有一个很大的激光装置，也有大量的相关的光学的，还有脉冲的工具，有很多的专家。具体到我们这个课题，就是用激光来加速，超短激光，与物质相互作用加速质子，对所有人来说，是一个新鲜的东西。从创造实验条件来说，王老师、61室给我们提供了他们能提供的最好条件。

与王老师讨论课题的时候，王老师通常都会让我们先讲，然后他再讲。一般情况下，他对你的方案不认可会直接告诉你，对你的方案哪个地方有疑问会直接提出来。在学术讨论的过程中，没有出现过他凭着院士和导师的身份不让你说话的事情。作为学术研究这个是很重要的，让所有人都能够平等地表达自己的想法，他允许大家试错。对于我们的博士研究来说，最大的问题就是要突破以前的认知习惯，去接触一些新鲜的东西。正因为如此，在王老师的鼓励下，我博士研究的大量工作，就是通过对质谱仪的改进，做了许多开创性的研究工作。现在国内做质子加速，几乎所有激光加速质子用的条件，基本上都是沿用我们的结果。

一次，王老师让我做一项实验，实体部分有两种选择，一种是用磁体，一种是电磁体。我当时的第一想法就是用永磁铁去做，因为永磁铁简单，不需要加高压，而且很小。但是有个问题是它的磁场不可调，定好就定好了，这是个很大的问题。王老师告诉我，你应该去找真正做磁铁的专家，他会告诉你怎么来解决这个问题，因为在真空里面，磁铁的散热是个大问题。我说那找谁？王老师说原子能院就有，他很快帮我联系到了专家。我告诉专家，我们这个东西最大的问题，除了对磁场的均匀度有要求之外，还需要它的体积足够小，因为我们要放到真空靶室里面去。专家告诉我，如果你想这么做，就要把靶室进行一个大改，把磁盒放到里面去。磁铁本身不能抽真空，磁铁放在真空里面散热散不出去，确实在原有靶室情况下，如果不做大的改动，是不适宜的。经过改进，最后问题解决了。

我们能够想到的所有问题，王老师都能够或至少能找到相关的专家给我们指导，在原子能院就基本上能够解决我们所有的问题。跟王老师读博士，我个人感觉就是，事情很难，但是收获很多，问题总是有办法解决。CR-39 探测器的探测下限是 100 千电子伏，100 千电子伏以下是没有的，但是我们另外一个同学做了标定，明显是很矛盾的。怎么办？这个问题怎么解决？跟王老师探究，最后得出结论，应该是用于临界角的问题。按照这个想法，我们把探测器后面的摆放方式改变以后，果然很快就测到 100 千电子伏以下的那个质子，这个是我博士论文里面最重要的一个创新点。因为我们用 CR-39 测到了 100 千电子伏以下的质子的能谱，全世界都没有。所有做激光的人，他不会去关心，他觉得别人说 100 千电子伏就是 100 千电子伏，没有想到 100 千电子伏以下行不行。王老师一贯的要求就是，标定了，还要看它到底能不能验证。

王老师的治学态度非常严谨。有一次做质谱仪，王老师要求我们做一个设计。对于做设计，我的理解就是画个示意图就可以了。但是王老师不认可，要求我们做到规范制图。我不理解，问王老师，做这个仪器又不是自己去加工，是别人去帮我加工，只要加工方明白就达到意图了。王老师说，你这就是典型的凑合，现在你不留好基本的资料，过一段时间就会忘掉，自己的设计忘了之后你还去问别人吗？而且有一些细节在做设计的过程中才知道为什么要做。他批评学生的时候，一定是学术问题哪个地方出现问题或是学术态度不严谨，回过头再来想一想，你会发现他说的是对的。

有一次，王老师带的一个研究生需要做一个实验，他想用高分子探测器做一个激光打铜板的X线的采集工作，但他怎么实验也做不出结果来。当时王老师也是快80岁高龄的老人了，他与这名研究生还有我，在实验大厅现场一直将实验做到晚上10点多钟，王老师甚至亲手操作，给设备、仪器接线，直至把结果试测出来。作为院士和高龄导师，人们绝不会想到他会躬身一线与学生一起做实验。王老师就是这样的人，跟他这么多年，导师每天看的文献比你多，想的问题比你多，他对自己要求是那么地严格，真的是严于律己、宽以待人的典范。他经常用实际行动来告诉我们应该怎样做学问，这就是无形的鞭策，他做人做事的态度，真正使我受益匪浅。

王老师哪怕再忙也坚持看文献，他会追踪最新的研究方向。王老师有一个习惯，就是把相关的文献打印出来，装订成册，加以编号。他看过的文章，甚至比我们学生还多。当我博士毕业的时候，他收集的关于激光核物理方面的文献资料的编号已经到了38册。你真的不能不佩服这样一个老人。他告诉我说，他每天早上四五点就醒了，醒了就看文献，因为怕影响小孙女休息，经常是小孙女起床后他再起床。也就是说每天起床之前他会看两到三个小时的文献资料，雷打不动，每天都是这样。

我的博士论文也是饱含了王老师的心血。初稿提交因为时间很紧张，我甚至只是写了一部分就交给了王老师，王老师耐心地替我完善，整个过程迭代了多次，王老师改完我再改，我改完再给王老师改。王老师看论文看得很仔细，包括符号，包括表述准不准确，包括结论，全部都是一字一句的审校，所以我的论文从开题到提交，改了很多版本。我的博士毕业论文的评审被确定为盲审，盲审就是评审专家不知道是谁的论文，凭论文质量加以评判。评审专家们的结论是，我的工作很有创新意义，很有研究价值，而且该生做的一些工作在国内具有突破意义。所有的评审专家给我的修改意见仅仅是对论文的某一页的文字描述错误的改进，没有一个置疑论文的内容部分不合理或者有错误，得到最高评价 A。

王老师严谨求实，对待科研工作一丝不苟。我们当时实验室有一个同事，做实验要用光电倍增管，他拿过来就直接用了，该加高压加高压，也没管它是负压还是正压。直接加上去了。因为这个问题，王老师发现后就询问我，为什么要加高压，为什么要加正压，或者为什么要加负压。我完全不知道，觉得这个还是问题吗？实验中只要加上能测到信号就行了。但是王老师不同意我的观点，王老师说，这如果在核物理实验时就要犯大错。为什么？因为光电倍增管加压加错了，不仅可能得不到实验数据，还会对生命安全造成危害。从此以后，我们对高压倍增管的应用特别仔细。我们给王老师作的工作进展汇报，也都会把做的所有的事情给他讲清楚，而且绝对不会有一丝的侥幸，因为王老师能够通过我们的汇报发现一些很小的细节，对这些细节他都了解得很清楚。

王老师给我留下的印象是勤奋、严谨、踏实、目光长远。他在指导你、规划你的科研路径时，有的时候你会觉得很矛盾的一些事情会集中在一个人身上，比如说他经常教育我们不要好高骛远，把自己的事做好就行了，但是他给我们指定一个方向的时候，又会站在整个行业或者说整个学科领域的前沿角度来制定你的研究方向。我现在从事的研究工作方向，仍然是我的博士方向的延续，我还在王老师给我指定的方向里面继续奋斗。

王老师对学术不端的行为是零容忍，是绝对不允许的。当时，我们发的所有论文的署名，他都要求不是你的不要在上面签名。他对这个要求极其严格，甚至我们觉得我们做的一些很不错的工作，要去跟他汇报，要写文章的时候，王老师都会说，这不是我的工作，你不要写我的名字。所以你会发现，我们很多学生发的论文，他认为不是他的工作，是绝对不会把自己的名字加上去的。

王老师有一个底线他没有明说过，但是我能感觉到。我跟王老师做的所有的事情，仅仅限于工作，仅仅限于学术交流。在与王老师交往的10多年的时间里，他从来没有让我去帮他做私人或家里的任何事情，甚至是一直到快要毕业的时候，我才知道王老师的家住在哪里，他不会要求我们做学术之外的其他任何事情。你就是做你的工作，你就是做你的学问，仅限于这样。这跟现在一些导师自称老板相比，王老师的人品鲜明独特。

谭志新：（现任职于深圳大学）

我是2006年从吉林大学考到原子能院核物理所（61室）的，跟随王老师攻读博士学位，2009年毕业后又工作了一年，到2010年5月离开原子能院。

我的研究方向是激光核聚变，这是一个非常前沿的课题。以前是做电子加速，后来做质子加速，质子加速是非常难的，在当时那个条件下，还是最后坚持把它做下来了。质子加速是当时最前沿的，实验结果能做出来是非常不容易的。王老师认为质子加速是未来的方向，他坚持让我们去做最前沿的课题。他指导我们从核物理的角度去看激光，做交叉研究，希望在学科交叉方面能够带来一些新的启发和推动。为此，我们做了个实验小装置，那个装置没有办法跟国际上的大装置比，用小装置做出物理结果确实很难。但是王老师没有让我们放弃，而是鼓励我们去做物理机理的实验，看能不能在小装置上做出一些成果。他说，能够做出成果才是你的能力体现。他告诉我们，要注重理论，更要注重实验。比如说你提这个物理想法，他会首先想到这个实验怎么去验证，理论要跟实验形成模型，就是说理论与实际结合起来，才会最终形成自己的一套科学研究体系。

我做王老师的博士生是考过去的。当时考试的题目只有 5 道题，我可以感觉出来这些题目都是王老师精心挑选过的。考试题目当中比较难的一道题是第 4 道题，一个热平衡的题目，就是考核学生物理思想的题。当时我很开心，因为那个题我解过，印象比较深。但是第 5 道题是做速度的，我因为不是学核专业的，所以对这个不太关心，我知道这个速度接近于光速的时候会产生的现象，但是我确实把握不准，最后没有算出系数来。考完之后，王老师看了看，看第 4 道题做出来，觉得还是不错的，很满意。

王老师学术敏锐度很高，对研究工作非常投入。他教给我们的其实是方法，是研究方法和研究思想。他会从自己研究实践的总结，几十年的研究体会中，教给你一些研究方法，为你指明一条从事科学研究的路径。我印象最深刻的就是王老师讲的一个词：量级。我们当时学习的是等离子物理，这是一个实验学科。王老师说，他会把整个研究生涯里比较精髓的东西教给你，让我们避免走弯路。而当你在方法上获得了长进，你的研究量级就不一样了。

老师对我们学生的教导有的时候是潜移默化的，跟着王老师你就会觉得，他用他的标准去看这些问题，用他的思想去看这些现象，然后就是你会看到的是一些世界性的。比如说世界前沿这种课题问题，你去考虑这些科学问题，然后去思考。即使你离开了这个领域，他也会影响你的选择和思考。王老师对我的影响非常大，包括对学术观点、学术问题的考虑，包括选择什么样的科学问题去做，做到什么程度才能体现整个问题的价值。我觉得这些东西会潜移默化地影响到我，有时候你可能感觉不到，但是毕业之后会发现，我们在选择的时候，好像会习惯性地往学术上去考虑，往科学问题上去考虑。

科研过程中遇到问题是经常的，因为做研究肯定是会遇到很多问题，尤其是前沿的探索性课题，会遇到很多不可预见的问题。我读博士时压力很大，因为做激光核聚变这个课题确实很难，最主要的压力还是在于实验上没有取得突破。王老师是一个注重基本功的科学家，他的想法会影响到你。他比较偏重机理，他当时的想法就是，我们不可能跟国际上先进的大装置比拼，所以就要想办法找一些自己能够做的物理方面的一些机理研究，才能拼过大装置，我们感受到了王老师这种物理思想的培养。

王老师比较注重实际能力。王老师做这么多年大科学家，到处去看，他非常看中实际的成果。就是你这个研究成果，你发了模拟文章，其实他也知道没什么太大的直接的应用，但他看中的是你即使做一个很小的事情，做成实事这很重要。所以我觉得王老师非常注重实验，重视实际的事情。我们当时做了一个实验，但结果不太理想，王老师却认为这个结果是非常不错的，因为是你实际做出来的。当时国际上对这方面的认识还有些偏差，有些误区，我们解决了这些问题，所以他认为我们做得非常好。

有一次王老师到深圳大学讲激光核物理，80 多岁的年纪一口气讲了两个多小时。激光核物理本来我是学过的，我觉得王老师讲得非常丰富，我学了三年。后来发现这就是王老师以前的讲义，只不过在我毕业了之后他的讲义又增加了很多新的内容。这就是说，他一直站在激光核物理整个学术的前沿。王老师讲课的时候只拿一个讲义，他的讲义非常有特色，都是手写的，给我们讲课的时候，他嫌做 PPT 麻烦，用的都是投影，幻灯图片都是自己手绘的，可以看出王老师非常认真。他一直都在追踪科研的前沿，一直保持高度的敏锐性。激光核物理是一个很好的方向，王老师整个人的心愿就是想发展这样一个方向或者概念，他坚信激光的能量达到一定程度之后会出现一些新的现象，这些现象应该是一些激光物理现象，非常具有研究价值。

王老师等老一辈的人始终认为中国人在科学创造方面一定能够做到国际领先，但是目前来看，社会上还是比较浮躁的，所以我感觉这种氛围不太正常。我觉得老一辈科学家坚持自己的理想信仰，包括科学研究，坚定不移地走自己的路，对我有很大的启示。

我博士期间在原子能院做研究，做完博士之后可能大家觉得我们不太成功，但王老师认为我们还是非常不错的，非常努力，但是外人评价我们感到成果不太够，特别是有影响的成果不多。所以我当时想，得要在科研上去做出成果来证明自己。后来我就换了一个领域，一个全新的领域，重新再做，我看我能不能做出成果来。博士后期间，跟以前研究的领域表面上看起来一点联系都没有，但是我凭着跟随王老师学习打下的基础和自己的基本素质，去解决这个领域的尖端问题。解决了问题，就证明了自己，才能给自己找到信心。就是你知道自己能解决问题了，你已经知道自己是一个合格的比较不错的科研人员，你才能找到自己。

虽然离开了原子能院去到一个新的研究领域，但我依然会经常跟王老师汇报工作，比如说我取得一点科研进展，都会写个邮件跟他说一下，包括我2018年研究发表的理论模型，发完之后我告诉王老师，现在这个模型把我以前学的东西接上来了，我做的这个模型，大家也都认可了，现在已经取得了突破。其实王老师是知道的，他对学生科研生涯的关注一刻也没有停止过。

黄建微：（现任职于中国计量科学研究院）

我2009年从南华大学毕业到北师大读直博，2008年的时候，到北师大面试第一次与王院士见面。正式的接触是在2009年研究生报到之后，跟王院士有一个正式的见面。与王院士见面，给人的感觉就是他很有气场，他在学术上给我们的自主性很高，征求我们的意见，无论是选课上还是研究方向上，他在他的学术研究范围内给我一个意见，第一次见面，我就确立了自己的研究方向。跟王院士读直博，学习工作了 5 年的时间，2014 年毕业。

研究生阶段，我已经从本科生以班为集体的状态跨出来了，它是以团队为集体，或者是叫以导师为核心的团队为集体。这团队相比班级的那种团体要小，而且方向比较一致，共同话题比较多，氛围很好。到了工作单位以后，就是以部门为核心，或者是以部门为一个团队的形式在工作，与研究生阶段的情况是比较像的，就是方向比较一致，共同的话题比较多。研究生阶段相当于我到工作阶段的过渡，是比较顺利、比较好的，整个团队的氛围也是比较好的。在做论文的过程中，给我印象最深的是，我的研究方向从基础条件来说北师大的研究条件要相对差一点，很多事情要自己做，无论是团队建设，还是硬件条件，都要自己去完成。

我是直博生，2009 年的直博生，我还有一个师兄，他从 2008 年到 2011 年，硕士研究生毕业了，还有一个是 2010 年毕业的一个大师兄，2012 年之后，由于我们的研究方向比较新，就没有人再带着来做了，什么事情都要依靠王院士，相当于是我跟王院士之间去沟通。王院士给我们一个方向，给我们一些建议和意见，然后我们去执行。我们当时要去做一个探测器，从整个团队上来说，我上面没有师兄带，下面还有师弟，我对这方面的基础知识当时了解得还不是很全面。王院士亲自带着我们去做，无论是从技术上还是从理论上，还是在动手操作上，他都是一步一步带着我们去做。2012 年夏天的一天，他带着我们在实验室里做实验，从上午一直做到晚上 8 点多，不顾高温，不辞辛劳，言传身教，给了我们很大的帮助。

这个过程中我有一个思想的转变，就是从学生到研究工作者的转变。但是转变的过程让王院士费了不少心，尤其是在 2012 年，前面没人带，后面又有师弟，这个时候相当于给了我一个机会，就是完成了从学生到研究工作者的转变。

我做博士研究报考的专业是粒子物理与原子核物理，与我现在的辐射计量学专业很接近，也就是通过加速器去测一个能量波，它对加速器是一个很重要的工艺，要解决如何对它来进行测量的课题，最大的困难就是辐射源。当时北师大有一台加速器，但是那是 20 世纪 70 年代建的，经过 50 多年运转，状态不是特别好，而且它的工作方式是扫描式的，对我们的实验测量，造成了很大的困难。还有就是场地的问题、计时的问题等。这个问题从 2011 年到 2012 年，困扰了我们一年。

当时原子能院新建了一台加速器，建完之后还没验收，这时有个空档期。于是，王院士就与原子能院技术所、计量站方面进行沟通，请他们为我们的实验提供帮助。这台加速器，无论是它的指标，还是整个的状态，都能够满足我们的实验，给我们解决了第一个大的问题。还有一个问题，就是实验探测器的问题，这方面还是王院士亲自带着我们去做实验，从原理上给我们进行指点。给我印象最深的，就是在王院士那里学到了，做什么事情要从最基本的原理出发，这样才能把问题看得透彻。

为了指导我的论文，王院士费了很多心思。我的论文形成初稿后，王院士因为工作很忙，为了不影响我毕业，他会连夜，有时候甚至通宵来看我的论文，第二天一早就会把我叫过去，提出修改意见。可以说我的论文能够完成，都是王院士的功劳。我的论文最大的问题是语句的严谨，王院士是很严谨的一个人，尤其是在逻辑上，他要求是很高的。因为我当时学生心态比较重，喜欢稍微夸大一点，但是在王院士看来，1 就是 1，2 就是 2，他把不严谨的或者夸大的成分，全部去掉了，在整个的逻辑上给出建议。

按照王院士的说法，我们的工作是从无到有，工作很艰苦，反映到研究成果上，当时发表了两篇论文，集中在实验探测上，一个是实验探测过程，还有一个就是实验结果。这两篇论文对我现在的工作打了一个很好的基础，我现在的工作可以说就是在那两篇论文的基础上再来开展的。

王院士在学术问题上非常的严谨。2012 年，在选课题方向上，因为我没有完全静下心来做实验物理，想做理论物理，理论物理相对来说轻松一点，动动脑子，动手相对少一些。王院士问我，你是怎么看理论物理的？我回答他说，理论物理是走在实验物理前面，可以为我们的实验物理提供很好的基础和很好的指引。然后王院士给我讲了一个例子，他说，美国的激光核聚变点火就是实验走在了理论的前面，他们的理论是不完备的。王院士说，理论在成熟的情况下，是能够指引实验的。但是在当理论不成熟，或者实验走在前面的情况下，实验是可以给理论提供一个很好的依据，能够指引理论的研究方向。他批评我，你不能光想着做理论物理，你要做实验物理，实验物理是踏踏实实的。他告诉我们要求实，求实就是要踏实。

对于学生来说，王院士是很负责的，无论是工作，还是生活，哪怕在你毕业找工作方面，他都是一个很负责的老师。在学术上，他是一个很严谨，很踏实的人，从整个研究工作上来说，王院士也是非常负责的，他这个负责，不仅体现在对学生、对课题上，更体现在对国家的负责上，因为这是老一辈科学家的一个传承。他经常给我们讲，做一实验工作，最重要的是要测得准。王院士经常给我们举他在上学时候的一个例子，说是彭恒武先生说，用一个尺子，你首先要保证你的尺子准，你才能去测量，测量出来的东西才会准。他做工作对国家负责，一个是体现在学术上认真踏实求实，不夸张。还有就是在经费执行上，他能省就尽量为国家节省，他的工作原则就是要花最少的钱，做最多的事。这也是给我最深刻的一个记忆，他是我们学习的楷模。

王院士跟我们聊得最多的是王淦昌先生，讲述他隐姓埋名、以身许国的事迹。还有就是经常提到钱三强先生，在钱老的领导下，他是怎么去工作的。包括他讲氢弹爆炸的时候，他是怎么冲到前线去测量，去拿到第一手的数据。他还经常讲中国人要有自信，只要有条件，中国人做出来的工作不见得比外国人差。他告诉我们，要踏实、求实，不要马马虎虎。

在王院士的团队里，首先影响到的是我对科研的认识，就是要严谨、踏实。我想，在带学生的过程中，我也会把这些传下去。从王院士那儿学来的带团队的经验，一个是信任，一个是在关键的时刻，能给出一个大方向。在给方向上，一定要找准方向，不能偏，从团队上来说，就是要做好分工协作。

我工作之后，有时候教师节，我们也会去看王院士，一开始他还让我们去，后来就不让我们去了。春节、中秋、教师节，我会发个短信，因为电话老打不通，后来知道他忙，也理解了。他一般都是晚上八点以后才会看到，然后会回复我。有一年，我给王院士发信息告诉他，明天教师节了，我和同学们一起去您那儿拜访您一下。王院士跟我们说，别来了，你们现在工作也挺忙的，等到我什么时候有时间你们可以再过来，但是王院士一直也没时间。

同事眼中的王乃彦

陈佳洱：（核物理学家、加速器物理学家、教育家，中国科学院院士、第三世界科学院院士，曾任北京大学校长，北京大学物理学院教授、博士生导师。1999 年 12 月至 2003 年 12 月担任国家自然科学基金委员会主任、党组书记）

朱光亚老师是我的恩师，是北大六组这个班的副主任。1955 年 5 月，朱光亚老师让我到各个学校，包括北大，把最好的三年级学生调到当时的物理六组。物理六组不在北大校园，当时王乃彦也好，我也好，都在科学院里面，是中央委托钱三强先生的现代物理研究所来协助。

我到北京时只有 21 岁，我去报到，工作人员看我像个小孩，说你这个小孩，快走快走，我们还要办公，后来我说我是来报到的，我是朱光亚先生的学生。他看了一下我的报到证，才热情地说你赶快坐，赶快坐，原来是光亚老师的学生。那时候王乃彦也跟我差不多，他只比我小一岁。

北大六组实际上后来是一个系，我们刚到北京时，没有办公的地方，钱三强先生就把他的办公室 306 房间让出来，让我们筹办六组，所以这个组在现代物理所里面叫物理六组，在北大叫物理研究室。我负责实验，我记得当时好多实验都需要盖格 - 缪勒计数管，所以我负责在一个房间里专门组织生产计数管，各种各样的，有 α，β，γ 的，还有复合计数管。当时王乃彦就在这个班上，我们是师兄弟，朱光亚、王淦昌都是我们的老师，他学习很努力很认真，他的学习成绩是很优秀的。王乃彦院士在九院参加了氢弹的研制工作，后来来到 401 所（原子能院）做惯性约束聚变方面的研究，大家都认为王乃彦是王淦昌先生的传人。

我跟王乃彦相处最多的是在基金委的时候。我当时在北大当校长，基金委要换届，就把我从北大调到基金委担任主任和党组书记。那时候我组班子，就想到了王乃彦，我们班子 5 个人，王乃彦主管外事、数理学部和财务。我们跟财政部汇报了这个分工，财政部还批评我怎么让一个院士去管经济，我说我们的副主任都是院士。让王乃彦主管财务，是因为那时候基金委财务上出了一点问题。他积极找原因，分析为什么会出现问题，在人事安排和制度上应该怎么避免。王乃彦非常严谨，为规范基金委的财务管理做出了重要的贡献。

当时我还是物理学会的理事长，他担任的是核学会的理事长，为中国核事业的发展，他做出了贡献，不光是在国内，国际的、太平洋地区的核学会的理事长他也担任过。为推动国际交流合作，王院士在基金委也做出了很大的贡献。

我觉得我们国家科学的发展主要靠年轻一代，因为年轻一代最有激情，思想最活跃，最容易发现一些问题，所以我希望我们年轻的科学工作者首先要热爱祖国。居里夫人发现放射性元素以后，全力以赴地去找新的放射性元素，里边有很重要的原因，就是她觉得波兰因为科学不发达所以受欺负，她想通过科学的发现来帮助祖国。所以她发现了第一个元素，名字叫钚，就是波兰，因为波兰，所以它叫钚。后来她又发现了镭，她发现镭的论文首先寄到华沙，当时华沙不知道这个发现意味着什么，掂量不出它的重要意义，她只能将论文在巴黎发表。所以年轻的科学工作者首先要热爱祖国，只有热爱祖国才会对科学的研究充满热情，才能把自己献身科学。献身科学就意味着追求真理，科学实际上讲的是客观世界的规律，所以我觉得年轻科学工作者应该热爱祖国，献身科学，追求真理，造福人民。

傅依备：（1963年调中国工程物理研究院工作，曾任研究室主任、二所副所长、所长和院科技委副主任。现为院专家委员会成员、中国核化学与放射化学学会副理事长、四川省核学会名誉理事长）

我认识王乃彦是到了位于四川绵阳的九院以后，原来在青海核试验基地那边时叫作31室，后来到了四川绵阳后叫203室。203室主要是做现场核爆测试，核爆测试任务非常艰巨。我开始是在205室，1972年从室里面调到所里面，担任副总工程师，负责203室，1973年任副所长。

我是在1975年进行第二次地下核试验的时候跟王乃彦认识的，他是第二次地下核试验203室组织物理测试项目的负责人。在核试验场，我们住的是帐篷，一顶帐篷里要住十几个人，我们两个人的铺在一起，紧挨着，因此我跟他平时交谈得就比较多，既有工作交流，也有人生经历交流。

测试中很重要的一个项目就是核爆产生的伽玛谱，这个谱是核爆很重要的信号。就相当于人的指纹一样，通过伽马谱分析，就可以判断核爆的机制，以及核爆之后的效果。测伽马能谱，是比较难的，当时在国内是第一次，我主管这个实验。磁谱仪需要设计加工，原来计划是在外面加工，但由于加工难度太大，外协加工方承担不了这个任务。王乃彦就负责这个项目，他当时是领导之一，根据这个情况我们决定自己做磁谱仪，动员我们的车间、设计部门一起来做，王乃彦亲自上手设计。最终我们凭借自己的力量完成了磁谱仪的设计加工，并用它进行了测试。对于磁谱仪的研制，王乃彦的贡献非常大。

地下核试验要在平洞里放探测器，因为电缆传输、电信号传输是弱电传输，信号都是比较弱的，所以要屏蔽，而且还要防止干扰。比如，核爆以后产生的电磁波，就会对它造成干扰，使传输信号发生畸变。进行屏蔽的时候，测试人员非常辛苦，一天到晚在平洞里面。洞内地下土壤里面都残留有铀，铀分布得很广，主要是含铀的气体，像氡气等放射性气体，对身体有害。

探测器安装调试的工作也是一天到晚都在地下进行，工作时间很长，不仅要铺设电缆，还要反复地做实验，检验它的工作稳定性。不仅要做单向实验，还要将许多项目放在一起做联试，并且一直要让设备保持在工作状态，如果不是工作状态，核爆后数据就拿不到了。拿不到数据那就是大的失误，没有数据这个核试验就白做了，所以大家都非常认真。

王乃彦他们这些搞测试工作人员，夜里都会跑回去看一看，特别是在临试前，大家都提心吊胆，就怕到临试的时候仪器设备坏了，拿不到数据。临试之前的夜里还要摸到里面去检查，看状态怎么样。王乃彦的责任心很强，所以每次测试都是成功的，而且全面成功，中国人做到这一点真不容易。

王乃彦还是一个很善于学习，对待自己的工作非常认真的一个人，他是一个非常好的学习榜样。

刘忠礼：（中国工程物理研究院激光聚变研究中心研究员）

第一次跟王院士见面是在九院。1965 年我从哈军工毕业以后就直接分配到九院，分到了 31 室。这个室是做核武器热实验核测试的，就是现场核测试，后来叫作近区物理测试，在离爆心很近的距离，直接对核武器的过程进行观测。对理论设计进行验证，就需要通过现场测试来实现。因为核武器的复杂性，当时如果完全靠理论模拟还是有困难的，所以理论预先设计，再把这些数据反反复复地核对，然后根据实测数据对程序做一些修正，以保证核武器的研制。所以核测试实验室是非常重要的一个实验室，室里的领导都是当时我们国家非常优秀的科学家。

31 室一共有 5 个组。1 组是搞加速器的，就是提供加速器运行，提供实验室标定刻度。2 组是做冷实验的，就是打炮实验。3 组是搞现场核测试。4 组也是搞现场测试的，效应观测。5 组搞微观参数。我到了 31 室以后分到了 3 组，王乃彦从苏联回来后，也来到了 3 组。王乃彦在 3 组当组长，负责快中子的鉴定，这是热核反应的一个特征产物的测量，包括中子还有高能伽马。

我的工作是负责研制闪烁探测器，因为中子鉴定用的是飞行实验法，在不同的点布置，布置它就需要探测器，选择合适的闪烁体，然后标定。我和王乃彦两个人共用一张办公桌前后有 5 年时间。那时候基地配发的办公物资不是很丰富，核武器研制需要的人又很多，办公桌只能共用。

我们那时候的工作环境非常艰苦，实验准备完了以后，王乃彦带领我们来到场地，在场地工号也准备了一个多月。工号在地下，就是地下试验室，23、24、25 工号，三个工号三个点，工号上面有将近一米厚的钢筋混凝土，再覆盖了一两米厚的沙土，我们把探测器放在里面，然后再采取一些措施加以保护。

氢弹原理实验完了以后，剂量特别大，原来预计当量是几万吨，结果是十几万吨。我们那个实验工号，整个上面的保护层全部被冲击波扫光了，探头铁管、尘土都掉到工号里边的仪器上了，但是要抢数据，必须冲进去回收。核弹爆炸后第一批进去的是工程兵战士，做了很大的牺牲。他们进去后要把工号门口堵的沙袋搬掉，打开铁门后，我们才能冲进去。王乃彦戴着眼镜，穿防护服很不方便，但不戴眼镜又看不清楚。当时剂量非常大，真的就没顾及自己，直接就都冲进去了，把胶片拿起来放在铅罐里边。后来我们把对比的胶片拿来一洗一片漆黑，说明实验工号里边的确有很强的剂量，胶片我们还是用铅包起来的。

那时候我与王乃彦住在一个宿舍，他这个人，大家都感觉有点学究味道，做事情非常细致，他对做科研要求很高，工作非常严谨。他是朱光亚先生的学生，我看过他的笔记，笔记本上记录的是朱光亚先生给他们讲授核物理课程方面的内容，王乃彦字写得非常工整、记录得非常仔细。氢弹原理实验完成以后，因为对整个武器物理过程了解得比较透了，我就提出，有没有可能在实验室进行模拟，用激光来进行实验室核爆模拟，这样就可以有更加充裕的时间和条件把问题搞得更细一点。但是要实现它是非常困难的，那个时候激光研究刚起步，连激光是什么我们都不清楚，后来我才知道王淦昌先生在 1964 年就已经提出了这个设想。王乃彦对此兴趣很高，也很支持，我们经常进行一些讨论。

31 室到了四川绵阳后改称 203 室，开始做激光核聚变研究，我也从实验室转到激光核聚变实验项目，因为条件限制，激光核聚变研究放在我们室要再继续做下去会有很多困难，所以王乃彦找我们商量，是否把激光核聚变实验课题分到 207 室。后来我便从 203 室调到了 207 室，继续做激光核聚变研究，这个项目分到 207 室以后，才慢慢发展起来，直到国家“863 计划”立项。现在激光核爆模拟领域研究规模已经非常大了，如今九院的“神光”做得非常好、非常大，就是从那个时候一点点发展起来的。

在那个年代，那么不容易的情况下，我们能完成这么重要的工作任务，真的是付出了很多，但既然在这个岗位上就要把这个事情做好。

许忠勤：（国家自然科学基金委数理科学部原常务副主任）

王乃彦到基金委后任副主任，分管数理学部。王主任是我的老上级，而且对工作特别的认真，特别的负责任，我们基金委的干部都很喜欢他，我也特别喜欢他。

基金委全称叫国家自然科学基金委员会，是1986年2月份成立的。当时成立基金委的时候，国家的宗旨是，为了支持基础学科的发展，所谓基础学科包括数学、物理、化学、生物、工程材料学，现在又发展到管理科学，后来还成立了医学科学部。基金委当时的数理科学部，包括数学、物理1、物理2。物理1就是凝聚态基础物理，物理2就是理论物理、高能物理，还有就是天文学这些学科。

我1964年从北大毕业，毕业就留校，做1964级新生的政治辅导员。1980年调到中央民族学院当老师，搞教学科研，教了5年多的课。1986年成立基金委时，基金委希望配备的第一批干部最好是从北大、清华和科学院这三个单位选的。所以我的老师丁石孙和程民德先生就想到了我，把我从民族学院先调回北大，然后从北大去基金委，他们还专门给基金委写了推荐信。丁石孙把我叫到他家里去，找我谈话，他说，我们大家都希望你到基金委去工作，去管数学学科，把全国的数学管起来。就这样，1986年我到了基金委工作。

有一个基金委的干部，在一次委务会上批评我说，许忠勤这个人，屁股总是坐在专家一边，不是站在基金委的角度去考虑问题。没想到这句话一说，我们基金委的领导就不赞成了，有一个领导叫师昌绪，是搞材料科学的院士，师老听了这话以后说，屁股坐在专家一边有什么不对？我们基金委的十六字方针要求的就是要依靠专家，为专家服务。师老后来专门找我谈话，说屁股就是要坐在专家一边，你坐对了，你没坐错，以后就是要坐在专家一边。这样我就出名了，王乃彦1997年到基金委，见到我就说，你这个依靠专家做得很好，他说他知道这些情况。

基金委有几个领导威信非常高。一个是第一任的主任，叫唐敖庆，是个化学家、院士。第二任主任张存浩，第三任主任陈佳洱，他们都是院士，分别是化学家和物理学家。然后第一届、第二届当了副主任的师昌绪，是个工程材料学家，也是院士。再就是王乃彦。他们五人是基金委大家公认的威信最高的。为什么是他们几个呢？首先，他们一心一意想把基金工作做好。王主任到任以后，我们学部的每次会议他都会参加。他是分管数理学部的，经常会把我叫到他的办公室去谈工作，了解情况，他跟我们的数学家关系都特别得好。我们基金委有一个十六字方针，是第一届主任唐敖庆提出的，依靠专家、为专家服务，做到公正合理。他们都坚持这十六字方针。

王乃彦主任虽然是搞核物理方面的，但是他对数学、对天文学、对力学也非常关心，跟这些学科的专家关系也非常好。所以我们的数学家都很喜欢他，有困难也都会去找他。像数学大师吴文俊先生，第一届国家最高科技奖获得者，就不止一次跟我讲过，王乃彦是非常好的，你要听他们的话，多向他们学习。在数学界，王乃彦主任威望是很高的，大家很欣赏他，赞赏他就是因为他做得好。

我们数学界的许多事情，他都特别支持。基金委刚成立的时候非常困难，经费太少，财政拨款只有 8000 万元人民币，却要支持全国的自然科学基础研究。8000 万元人民币分到数学学科只有 80 万元，仅为 1%。经费太少，这是一个问题。再一个就是两个老化，一个是学科老化，一个是队伍老化。学科老化是什么意思呢？ 1986 年是“文革”结束刚 10 年，许多基础研究之前都停了，“文革”结束以后才开始重新做的研究，而选的那些研究课题都是在几十年前国外就做了，学科已经非常落后了。再一个，人才老了，比如说我们支持的重点项目、重大项目，年轻人的比例非常低。数学学科的重点项目，

30 岁以下的年轻人只占到 4%，50 岁以上的占了 50% 以上。

为了实现数学大国的梦想，吴文俊先生提出，最重要是抓学科建设，抓人才培养，把这两个抓好，还要不断地改善条件。程民德先生提出分“三步走”，第一步与国际接轨，用 10 年左右的时间，国外有人做的，我们都要有人做，不能像现在这样。再一个就是赶上日本，用 20 年左右的时间在亚洲领先。第三步用 30 年左右的时间，赶上美苏，世界领先。王主任到基金委以后，很快就知道这些事了，他拍着我肩膀说，你看你多好，这么多数学家，这么关心中国的数学，他们有这么高的威望，你以后就要听他们的话，把事情做好。他说，我一来师老就跟我讲过，说你屁股坐在专家一边，我们基金委的领导都是支持你屁股坐在专家一边的，你一定要继续这么做。

王院士总跟我们说，数学是基础的基础，做什么都是要从这个上面开始，包括物理学也是要掌握非常好的数学功底，才能一点一点做下来。我们做什么事情王乃彦都特别支持，不仅支持，还给我出很多主意，所以我很敬重他，很佩服他。

为什么说数学能够率先赶上世界先进水平，不是说数学家比物理学家更聪明，大家一样聪明。就是数学家不需要那么多客观的条件，不需要那么多钱，但即便是这样还是需要有一点钱，因为做数学研究，搞应用数学需要计算机。王主任特别支持，给每个有重点项目的数学家都配备了计算机，拿天元基金的钱。王乃彦说，钱不够，主任基金再拿出一点钱，保证每个有重点项目的数学家都有一台计算机。在那个年代有台计算机是很不容易的，后来我们数学家使用计算机的能力比一些物理学家都强，因为自己家里都有计算机。王主任说，你们这方面条件现在比我们其他学科都要好。

我国数学学科的发展能够走得这么快，跟基金委领导的支持和帮助是分不开的。可以这么说我们做的所有的事情他们都很支持。比如说当时我们在经费很少的情况下，申请的人又多，怎么办呢？基金委有个规定，一个人可以申请两项课题基金，数学界当时有人就提出了质疑，我们获得基金支持的钱这么少，你还搞两项，那得到基金的人就更少了。所以我们当时的学科评审组的组长提出来，是不是不要批准两项，我们只批准一项。老一辈的数学家都支持，但是到了基金委，有人就不同意。有的数学家在科技部拿了攀登计划，在基金委一项都没有，说攀登计划那么多钱了还要什么。结果他们就不服气，就到基金委告我的状，说我搞土政策违反基金委的决定。但是王主任说，别在意那些，你做的是对的，把基础打厚一点。这个事情后来也没有遇到困难，一直做到现在，我听说数学界还是一个人只能申请一项。

我们采取各种措施来提高整体水平，支持年轻人。我们有一个很重要的措施，王乃彦非常欣赏，那就是办暑期学校。我们的高校教育水平差距太大，有一些学校的教授水平还不如北大助教的水平，原因是他们的教学基础很差，水平太低了。于是我们就创办了暑期学校，选了 10 所学校轮流办。请国内最好的老师在暑假期间讲课，学生就在西部地区条件差的学校去找。到现在已经办了几十年了，这些地区的教学水平、师资力量有了很大的提高。王乃彦主任说，以后不仅你们数学办，我们物理也要办暑期学校，把基础水平都提高，我们因为有了天元基金，暑期学校就用天元基金的钱来办。我觉得王主任这些方面对我的支持帮助是非常大的。

北京大学有个院士叫张恭庆，在数学界他得过国家二等奖，很早就当上了院士，王乃彦主任跟张恭庆院士的关系特别好，他们俩经常有一些交流。对基金委的有些工作，张恭庆也会提一些意见建议。比如说首都师范大学有一个年轻人，叫孙善忠，在数学研究方面做得非常好，可是连续四年都没能拿到杰出青年基金。在这个领域里面，有拿到杰出青年基金的人根本都不如他。张先生对我讲，你们现在不知道怎么评的，真正做得好的评不上，做得不怎么样的倒评上了。王乃彦知道这个事，是因为张恭庆院士跟他也说过，他告诉我说这样的应该支持。这件事说明什么了问题呢？依靠专家，这是最基本的，但依靠什么样的专家，一定要是真正的同行，好的专家，评得才准确。王主任后来还用这个例子跟我说，依靠专家这是很重要的，但依靠什么样的专家更重要。

与王乃彦共事，我感到很幸运，这些老一辈的科学家他们真的很好，对我的影响特别大。

张丰收：（现任北京师范大学核科学与技术学院院长、教授，博士生导师）

王乃彦是为中国核科学与技术做出巨大贡献的科学家。认识王乃彦院士是 1997 年 9 月份，在中国科协组织的亚洲太平洋地区物理学大会上，亚洲太平洋地区很多著名科学家参加了会议。王院士是核物理和离子物理分会的主席，我当时在会议上作报告，于是有了和王先生的第一次正式接触。因为王先生担任基金委的副主任，同时他在原子能科学研究院还有些领导职务，平常也很忙，真正直接和王乃彦院士接触是 2004 年 8 月份，我调到北京师范大学，在王院士的领导下从事科研教学工作。当时王院士是北京师范大学低能核物理研究所所长、材料科学与工程系主任，同时还是北京市辐射中心主任。

在现代教育中，如果中学老师都不懂现代物理、近代物理，教出的学生怎么会懂？因此北师大在 1958 年就建立了核物理研究室。1975 年正式由北京市和北京师范大学共同建立了低能核物理所和北京市辐射中心，这是到目前为止北京市和北京所有在京高校里唯一一个实体。王院士是 2004 年到北师大来的，为振兴该校核科学技术学科他作出了巨大贡献，这也是北师大核科学与技术学科发展最好的一个时期。王先生到北师大以后，因为他掌握国际上核科学技术发展的动态和前沿，同时在基金委工作很多年，也了解国内核科学技术发展的状况。基于此，他结合北师大低能核物理所和北师大整个核科学技术的学科特点采取了一些措施，对内改革，对外争取各方的资源，在人才培养、科学研究和社会服务等方面做出了突出的贡献。

王先生的特点有几个方面。在研究生的培养方面，他全部都亲力亲为。不像有的教授或者院士，因为名气放在那里，他们的学生可能不会自己直接带，只是挂个虚名，而由其他专业老师或者课题团队来带。但王院士的学生都是他自己亲自来带，每一个学生从培养计划、论文工作阶段性考核一直到答辩，包括学生论文的投稿、发表等事情，王先生都是亲力亲为。王先生对学生特别关心，他带了很多学生，对科研工作，王先生因为把握了核工业技术发展的前沿，能够把学生带到最前沿的研究领域。学生在就业方面，他积极推荐到核工业集团和核工业相关单位，在核工业测试专业他有很多学生。

在争取各方面的资源方面，他发挥自己在核科学领域的优势，通过国家层面或者是核工业行业，力推核工业和自然科学基金委建立联合基金，致力推动整个核科学技术得到基金委的支持，使北师大也能积极参与这方面的一些项目。王先生知道核工业技术不仅在国防和核工业有着重要的作用，在民用领域也有很广泛的应用，因此，他对核技术应用也非常重视，积极推动国内核工业技术和核能的应用发展。比如说核技术应用在辐射育种方面，在他的积极推动下培育了新的品种。特别是在农业、林业和微生物等方面，像一些木材的加工品质不好，通过核辐照以后，可以获得一些高品质的木材等等。

王先生对年轻人的培养特别重视，尤其是年轻教师队伍建设。从2004 年王先生来了以后，我个人的成长也受益于他的培养。年轻老师各方面不成熟，遇到困难的时候有可能有一些不如意，但王先生及时做一些指导工作，我觉得做这件事特别好。他知道核科学技术的特点，不仅仅要有一批好老师，设备装置对学科发展同样特别重要，他在力推北京师范大学对现有的设备进行升级改造的同时，也积极推动建设新型加速器。

王院士现在 80 多岁了还一直身体力行站在科研一线，坚持亲自做实验，有时候晚上还和学生一块熬夜做实验。王先生抽空还会写一些笔记，翻译国外一些专著，他一直在一线工作。王先生在事业上的这种追求和优良作风非常值得我们学习。

王院士最新主编的《核物理与等离子体物理学科前沿及发展战略》出版以后，第一时间把书送给相关的老师，给我也送了一本，王先生很客气，非常谦逊。这本书主要是基于我国核科学技术发展的需要，对一些重大问题提出的战略建议，能够指导国家核物理与等离子体物理学科前沿的发展，国内现在很多重大项目或者一些项目的立项，都是基于这些战略提出的。

2008 年，我作为王先生那一届的副院长，分管研究生培养和本科生的教学工作，到 2013 年那一届快结束的时候，北师大党委组织部按照教育部和北师大关于干部任用改革的要求，决定全球招聘核科学与技术学院的院长，王先生鼓励我积极参加招聘，把核科学技术学科继续开展下去。

我从 1997 年认识王先生，2004 年和王先生一起共事，认识大概 22 年，共事也有 15 年多，各方面都得益于王先生的教诲。有一些事王先生会直言不讳，但更多的时候王先生会通过一个事情、一个例子来说明一些道理，我是深有体会的。比如王先生跟我讲他如何跟国内其他专家和科学家交流，如何凝练一些东西，事情有很多个，但是怎么凝练重点的事情，王先生通过一些例子浅显易懂地讲给我们，很快就能掌握精髓。我受益于王先生的教诲，这么多年很幸运能与他共事。

有一种精神激励我们前行，就像王乃彦这样的一代又一代的科学家，怀着深厚的爱国主义情怀，凭借着深厚的学术造诣和科学精神，为祖国和人民做出了重大的贡献，走前人没走过的路。今天，我们要练好本领，努力实现我国在关键技术上的自主创新，任重而道远。

杨大为：（中国原子能科学研究院核物理所研究员）

我于 1958 年入学北大技术物理系，读了六年，和王院士是一个系的，王院士 1956 届毕业，他是技术物理系成立以后的第一批毕业生，我是 1964 届。

谈到王院士，就要谈到王淦昌先生，他是 1978 年到原子能院任院长的，当时我们还是原子能研究所，后来才改成原子能院。他当院长以后，做的第一件事是在阶梯教室做一个报告，大家一听是王老要做报告，走廊里都挤满了人。王老谈了一些到这里开展工作的设想以及他的考虑，其中谈到了原子能两个方面的能量，一个是裂变能，反应堆利用的就是原子核裂变的原理，再有一个就是聚变能，太阳能够发出这么大的能量，靠的就是核聚变。聚变是轻的原子核聚合在一起，变成质量更大的原子核，放出更大的能量。所以原子弹和氢弹，他们之所以威力不同，是因为原理不同，原子弹是裂变，氢弹是聚变。原子能院不能单搞裂变，王老提出原子能院要开展惯性约束聚变的研究，他认为这个方向很有发展前途。他说，大家如果谁感兴趣，可以报名，我要成立一个研究小组，大家一听都非常振奋。

按照王老提出的设想，1978 年 11 月份，原子能院正式成立了惯性约束核聚变研究室。王乃彦院士当时负责总体工作，相当于总设计师或者是总工程师的角色，负责项目整个进程，从物理方案的设计到工程方案的制定，直至施工，包括设计、加工、安装、调试。他对每一个环节都亲自过问、参与，随时掌握工作进程。像王乃彦这样做基础研究的科学家，既会动脑还会动手，实在不多见。

研究工作首先要收集文献，调研惯性聚变研究国际发展的现状，看国际上先进国家的科学家是怎么研究的，已进行到什么程度，我们如何起步。再就是研制高功率电子束加速器，这个加速器主要用于电子束聚变研究。因为王淦昌先生年事已高，研制工作具体的领导者就是王乃彦院士。加速器有好几个部分，每一个部分他都确定了课题负责人，充分发挥各个课题组的作用。他抓工作抓得非常细，非常紧，把每一天的工作进度做到哪一步，都排到进度表上，每天检查考核。我们从学习开始，用了两年的时间，完成了加速器从设计、加工、调试，最后到出束的所有工作。

储能电容器是加速器重要的部件，用于能量储存。但这种电容器国内没有现成的，国外又禁运，它要求 100 千伏，耐压 10 万伏，国内现有的最高电压就是 5 万伏。我们就把院里原有的 5 万伏的电容器拿来进行改装，将它变成 10 万伏。电容器改造能否成功，主要看能不能出束流，要用束流打靶。这个连电容器专业厂都不敢做，我们就自己做，从学习开始，经过设计、加工、调试、直至出束，最后成功了。这台电容器从研制成功，到目前已运行了 40 多年，从没有发生过故障，彰显了我们工作的严谨性，虽然是白手起家，但是这 18 条枪，真正是各个能打响。

出束以后，在王院士指导下，我们开始进行电子束打靶的一些实验工作，就是围绕电子束聚变开展的物理实验，当时世界各国对电子束聚变的研究非常重视，特别是日本发表了一篇文章，提出了反常吸收的吸收效率很高。我们通过电子束打靶实验，看存在不存在反常吸收，结果通过我们的实验，证明反常吸收效率很低，日本说有一百倍，我们实验的具体数据没有那么高，只有 2 倍左右，从而推翻了日本科学家的理论。在日本惯性约束聚变大会上，王院士在那次会议上发表了文章，得到了同行普遍的认同。

惯性约束聚变，可以用电子束或者是离子，还可以用激光。电子束质量轻，能量沉积打到靶上，被靶吸收的能量很少，这种方式只是把靶加热了，把热核材料加热了。用电子束是比较难的，需要更大的能量才够。离子比较重，聚焦要靠电子场，加热器要靠聚焦磁铁，电磁场到一定时候才能聚焦，离子聚焦也比较困难。最后考虑到激光，激光有更大的优越性，聚光的焦点可以聚的很小，容易达到高功率密度。现在的问题是激光怎么转变，现在我们用的是高功率离子束，怎么转成激光，固体激光。

王乃彦提出，我们可以搞气体激光，比如氟化氪。激光可以用放电来激励它，使它产生跃迁，还有一个用电子束泵浦，推动它产生激光。我们可以用电子束加速器搞气体激光器，也就是氟化氪激光器。这个激光器比固体激光器有优越性，它可以连续运行。散热问题可以靠气体循环解决。因为激光温度很高，功率的介质都会发热，一发热，固体激光器是玻璃或者是红宝石，高功率激光溢出以后，温度升高，升高以后体积膨胀，它的光学特性都要随之改变，所以它需要冷却以后才能重新工作。气体激光器可以通过气体循环，气体热了，来一个冷循环，可以重复运行，激光聚变必须是循环使用才有应用价值。所以我们就开始从电子束加速器改成氟化氪激光器，利用现有的条件。我们有这个条件，而且方向很明确，搞氟化氪，对我们来讲，既利用现有设备，又有人力物力，我们一下子就可以向前迈一大步。

当时国内搞氟化氪激光器，用高功率电子束泵浦推动产生激光，我们是第一家。氟化氪激光器就是用电子束激励氟、氪、氧等气体，将其激发后，再回到基态的时候，放出激光。将电子束加速器用在氟化氪机理上，又推动激光产生，然后打靶，这是非常巧妙的。在国内我们是超前的，是最领先的，因为之前在国内还没有人搞过电子束泵浦，一开始都是十几个焦耳，最后到百焦耳，我们这个激光能量一炮出去就能达到百焦耳，这是个创新，不仅在国内是首家，在国际上也是在先进水平之列。

虽然产生了激光，但是光束质量不好，聚焦就不好。如果说光束质量很好，焦点就可以做得很小，光束中有一些是来自自发辐射，光束不是很干净，打靶聚焦就不好。所以必须提高光束质量，我们把电子束加速器产生的电子束去泵浦氟化氪气体，作为一个放大器，用放电泵浦的氟化氪激光作为一个种子光源注入，注入以后经过放大。要用一个质量很好的电子束泵浦的设备，将光束质量很好的激光注入以后，可以经过一次放大，也可以经过二次放大，逐级放大。按照这个思想，王院士承担了主要的研制工作，提出了种子光源，再建一台加速器，叫预放大器，然后把种子光源放到预放大器放大以后，再经过总放大器，最后再输出，这样输出的光束质量就好，能量也高。

但是光是这样的话，功率密度还是低，为了提高功率，王乃彦提出了角多路系统的构想。角多路系统就是把一束光分成多束，经过放大器放大以后也是多束，但是它是有时间顺序的，光和光之间有时间间隔。我们做到了 6 束，把 1 束分到 6 束，这 6 束时间间隔都是固定的，经过预放以后，让它们同时打到靶上去，就等于这六束光叠加了，使功率密度提高了 6 倍。

在王院士的领导下，经过 20 年的艰苦研制，我们一步步向前进，先后取得了电子束加速器研制、百焦耳氟化氪激光、六路的角多路等多项科研成果。我们的激光打靶均匀度小于 2%，达到了世界先进水平。

王院士学习非常刻苦，阅读了大量的文献，并且在文献上做了很多批注，注明哪一部分是重要的，哪一部分是有问题的，而且他还把所有的笔记都装订成册，到目前为止不下 50 本，他的阅读笔记每一本都很厚。他说连文献都不阅读，怎么做科研？

我们在王院士的领导下，率先进行了激光聚变研究，在国内也相继开展了很多工作，我们是先行者，通过实验积累了不少经验，下一步应该怎么办？王院士又提出，用激光产生高能量的伽马射线。他的这些思想是根据国外最新的文献汇总以后提出的，就是用激光和电子束对撞，产生高能的光束。激光打靶产生高能量折射，和电子束对撞产生高能的伽马射线。高能伽马射线有很广泛的用途，特别是在国防上，比如做核爆模拟的闪光照相，靠高强度的伽马射线照出重物质爆炸过程中的形态。

王院士最大的贡献在于能够跟随世界核科技发展前沿，从战略层面作出决策，随时调整我们的科研方向，不断地追求创新。他花费心血，不断根据实际情况来调整我们的研究方向，把大家的积极性调动起来，我们一步一步都是在原有基础上向前走，利用现有设备产生高能伽马射线，利用高能所对撞机产生高能的电子，用超短脉冲的激光器和电子束对撞，产生高能伽马射线。这都是很新的视角，世界其他国家的科学家也都在做。王院士不断了解分析国外的研究动向，然后根据我们现有的情况，调整我们的工作。我觉得这是我们在王院士的带领下走向成熟，取得科研成果非常重要的因素。

朱少平：（中国工程物理研究院北京应用物理与计算数学研究所研究员，中国工程物理研究院九所原所长）

我是 1982 年从浙江大学物理系毕业分配到中物院九所，工作了两年以后，我们院成立了研究生部，然后我就去读了硕士，读完硕士又回到所里，1993 年到日本去攻读博士，在日本工作了几年。1998 年 4 月份回国，回到九所，参加了惯性约束聚变的工作，1998 年 12

月份担任九所激光核聚变研究室二室的副主任，此后我还担任过九所的两届所长。

我认识王乃彦院士的时候是1998年12月份，那时国家高技术“863计划”惯性约束聚变主题专家组在北京郊区开了一个会，会议的主题是专家组的年度总结。因为我是贺贤土老师的学生，贺老师是中国著名的理论物理学家，1995年当选为中国科学院院士，1996年担任国家“863计划”惯性约束聚变主题首席科学家，是贺老师介绍我认识王先生的，当时王乃彦先生是专家组的顾问。这是我第一次认识王乃彦先生，也是我第一次参加国家高技术“863计划”主题专家组的会议，所以印象很深刻。王院士是惯性约束聚变的专家，做一些指导性的工作，后来打交道就多了，各种各样的会议遇到王院士的机会就很多了。

1992年，对国家惯性约束聚变研究来说是一个非常重要的年份。当时国家计划把惯性约束聚变研究作为高技术主题来推动实施，进行了发展战略的认证。根据现在可以查到的资料可以看到，氟化氪激光是惯性约束聚变驱动器的技术可选途径之一，所以自然纳入到惯性约束聚变技术主题的认证过程中。惯性约束聚变研究纳入国家计划以后，我们国家的惯性约束聚变研究进步的速度非常快，质量也很高，研究工作做得非常有成效。

1993年2月9日，国家成立了高技术惯性约束聚变技术主题专家组，由包括贺贤土、王乃彦等在内的7个人组成，这7个人是我们国家第一届专家组的成员。专家组的成立，包括成立前期的认证小组做出了很重大的贡献。当时专家组编制的国家惯性约束聚变战略报告，今天去看依然具有指导价值，专家组提出的几个阶段目标，今天去看还是非常有前瞻性的。

那时候国家搞惯性约束聚变的基础还是比较薄弱的，专家组能够统筹布局，把惯性约束聚变大工程按照发展需要去布局每一方面的工作，这是非常了不起的。专家组在聚集人才方面，既靠培养又靠引进，经过几年的努力，聚集了一大批的人才。专家组还有一个很重要的贡献是技术攻关，这么大的科学工程，无论是理论方面、还是实验、技术单元器件等方面都有一些难题需要去攻关，哪些难题需要尽快去攻关，选择什么方法去攻关，这是非常重要的，专家组在此方面做出了很重要的贡献。

1997 年 12 月，第一届专家组到期改选，需要重新组建专家组，王乃彦是第二届的顾问。当时第二届专家组有三个顾问，这三个顾问都是大科学家，第一个是于敏，第二个是胡仁宇，第三个就是王乃彦。在接受第二届顾问委任以后，他是国防军口 863 领域专家委员会的委员，国家重大专项实施以后，王院士又是重大专项的评审委员。目前，中国的惯性约束聚变独立自主的研究体系已经建立起来，这个体系包括两个方面，一个是技术体系，一个是人才体系，在惯性约束聚变一些研究领域，我们已达到国际领先水平，这是非常了不起的。

王院士自始至终都非常关注国内外惯性约束聚变研究的发展状况。王先生基本上每次开会都会聊起氟化氪激光如何去发展，准分子氟化氪激光如何去发展，如何做实验，他在各方面都积极推进惯性约束聚变研究工作的开展。

1993 年 8 月 19 日是国家下文成立惯性约束聚变技术主题的日子，到 2013 年 8 月 19 日刚好是 20 年，当时主题专家组开了 20 年座谈会。为了回顾 20 年的成就，总结经验和教训，王先生在这个座谈会上有一个很长的发言，他说，遇到困难是正常的，实验上如果一路顺风反而有问题，在艰难的时刻我们要坚定自己的信心，信心不可动摇。实验遇到困难是正常的，关键是如何解决问题，我们要抓住这个机遇，不能动摇我们的信心。

他作为科学大家在战略层面给予我们一些鼓励这是非常重要的，他的判断在战略上是正确的，对推动我们国家惯性约束聚变研究是非常重要的。我对王院士发言的理解是，第一有感情，他对惯性约束聚变研究存有感情；第二有指导，他对惯性约束聚变研究的确有一些技术方面、战略方面的重要指导，虽然他在过去20年间，严格来讲不是第一线，但是他作为资深专家、有很深造诣的学者，对惯性约束聚变研究有指导；第三他有鞭策，第四他有鼓励。为什么他有鞭策有鼓励呢，取得成就时他会鞭策，遇到困难时他会鼓励，这是王先生非常重要的一个特点。

激光技术的发展，核物理研究也有一些应用的背景，两者结合起来这是很重要的一件事情。激光核物理是王乃彦院士最早提出并倡导的。这反映了王先生对核科学技术发展趋势的判断，对核物理激光技术领域发展的前景和前瞻性的判断，有着很独到的地方。

王先生是非常谦逊的一个人，我跟他接触比较多的机会主要是开会的时候。每次开会，王先生见到谁都很热情、都很谦虚，笑眯眯的。他发言的时候总说“我对你了解不多”，实际上他了解得并不少，他是一个非常和蔼谦逊的人。他能够跟很多人比较坦诚地去交流，在交流的过程中他贡献了智慧，同时也吸收了别人的知识。

王先生非常好学，编发展战略报告的时候，他这么大年龄把那两本挺厚的书都看完了，在做课题总结发言的时候，充分反映他每一本都认真看了。我参加过他组织的核能论证会，也是非常认真，一听就知道他自己去读了很多材料。

王先生善于自省，这一点印象也很深刻，他用自己几十年的科研经历说明自省对于科研突破的重要性，他一直鼓励年轻人，做课题研究要善于自省，要不断去问为什么，做成了也要去问一下为什么，做不成更要问一下为什么，只有不断自省才能进步、才能提高。

黄桂学：（中国工程物理研究院科技部战略科技发展处处长）

我跟王院士是1993年4月份认识的，跟他认识是由于惯性约束聚变大科学工程项目。惯性约束聚变是由王淦昌先生1964年在国际上首次独立提出来的，自此国家开展了一些前期的探索研究，包括中国科学院、光机所，主要是从激光技术方面开展研究，九院主要从事的是惯性约束聚变物理研究的一些探索。

1988年12月，王淦昌当时是九院的副院长，他带队到意大利参加战争与和平国际会议。会上，美国国家实验室的副主任宣布了一条消息引起了轰动，主要是说美国通过地下核试验，当时代号叫“百人队长”计划，实现了惯性约束聚变点火的试验，这个试验当时在国际上是非常大的突破。王淦昌先生回来以后把这个消息告诉了于敏先生，因为于敏先生当时负责核武器的一些研究。他们两位联合王大珩，三位科学家给中央写了一封信，建议在“863计划”中增设惯性约束聚变主题项目。

信交上去以后，得到了中央领导同志的高度重视，邓小平同志指示由李鹏总理来处理这件事情。1989年1月，李鹏总理很快便在中南海接见了王淦昌、王大珩、于敏、贺贤土、邓锡铭五位科学家，当面听取了他们的汇报，几位科学家把这个项目的重要性、必要性给总理做了汇报。因为这个项目近期可为国防服务，远期可为聚变能源服务，因此李鹏总理认为这个项目非常重要，但是考虑到中近期为国防服务，于是把这个项目放到了“863计划”416主题项目里。从1993年立项以后，项目取得了丰硕的成果，到现在我国惯性约束聚变的研究处于国际前列，应该说中央当时的决策是非常英明的。

1993年国家“863计划”把惯性约束聚变项目纳入进来以后，专门成立了一个办公室管理这个项目，我被调到这个办公室工作。1993年4月，416主题召开第一届专家组会议，主要是研讨惯性约束聚变主题发展战略，参加会议的有国防科工委科技委主任朱光亚，科学家有王淦昌、王大珩、于敏、陈能宽，还有主题专家组的各位专家，王乃彦院士作为专家组成员参加了这次会议。王院士给人的印象和蔼可亲，笑嘻嘻的，特别有亲和力，他在会上也发了言，我印象挺深，他有自己一些独特的见解。那次会议非常重要，会上制定了国家“863计划”惯性约束聚变项目的发展蓝图。

1995 年，主题专家组组织了一个考察团去德国和英国，主要是考察国际上准分子激光研究的动态和进展，王院士是团长，我是成员，我们一起相处了有半个月的时间。王院士给我的印象，一个是他的学术思想非常活跃，跟国外一些专家的交流非常深入，我那次收获还是挺大的。另外给我感觉比较深刻的是王院士能吃苦，按理说他这么大的科学家出去，一般住的房间会好一点，但王院士亲自订房，订的是标准间，我跟他同住在一个房间，他这个人非常节俭。另外他对吃的东西也不是特别讲究，出国时他带了很多方便面，平时他就吃一点方便面。记得有一次，我们在伦敦住在一个华人酒店里，王院士去超市买了只鸡，回到酒店他亲自下厨做饭，给我们改善生活。我开玩笑说，院士级厨师给做饭，我们的待遇太高了。王院士的厨艺还真的不错。从这些细节上看，王院士确实非常好相处，那次我们住在一起，工作生活在一起，有了深度的交流，他是大专家、大科学家、大领导，但是对我们这些工作人员非常和善，所以从那以后我跟王院士成了好朋友。

惯性约束聚变项目从一开始就立足于独立自主发展，416 主题刚成立的时候，主要开展激光驱动器技术的研究和关键技术的攻关。王院士作为第一届主题专家组的成员，任期一直到 1997 年 12 月。第二届主题专家组换届的时候，他不再担任主题专家组成员，而是作为主题专家组的顾问，当时的顾问还有于敏先生，还有九院的老院长胡仁宇院士。他们三位作为主题专家组的顾问，一直参加专家组的工作会议。2000 年换届以后，王院士作为“863 计划”八领域的专家，还是当顾问，再后来作为专项的一些专家顾问，二十几年一直没有脱离。而且给我印象特别深的是，我们组织的会议，王院士每次都参加，不像有的专家觉得不是特别重要就不来了，而且他每次在会上都积极建言献策，提出自己独到的见解，给主题专家工作很大的支持，对这个领域的发展非常重要。他非常有责任心，非常关心这个领域的发展。

416 主题项目研制的激光装置上需要一些关键的器件，比如 KDP 晶体，KDP 就是磷酸二氢钾，它主要用在激光的倍频上，激光通过这种器件由基频光转换成三倍频光，准分子激光是四倍频光。当时为了研制这种器件，一开始从美国尼日尔公司订了 20 块晶体原件，结果美国政府在审查的时候认为这个晶体涉及国家核心技术，出面干预。在 416 组的组织下，王乃彦院士立足于自主发展，通过全国大协作，到 2000 年彻底把晶体原件技术攻克了。这件事给我们一个启示，核心技术一定要立足于自主可控的发展，20 年走下来，应该说我们一些核心技术基本上都是立足于国内，一盘棋来布局，全国大协作，到目前基本全部都解决了。专家组的专家，包括王院士，他们在这方面有前瞻的眼光，这也是我们一条成功的经验。

王院士等老一辈科学家的爱国情怀尤其值得年轻人学习，除了艰苦奋斗，还有求实创新。你别看王院士平时笑嘻嘻的，但是他对科学的态度是一丝不苟的，非常严谨，而且对一些学术上的东西，包括他原来在基金委当副主任时，他组织的评审非常严格，只要认为有问题他就会指出来。说到创新，别看王院士是老科学家，但是他对前沿领域非常敏感，包括当时的超短脉冲激光、快点火，还有后来的激光核物理。王院士对激光核物理非常关注，他在专家组里就力主倡导做这件事情。因为激光发展到今天，相当于对核物理研究创造了前所未有的条件，这正好对学科的交叉发展提供了很好的契机，这方面王院士敏锐把握住了趋势。实际上提出时他自己已经在做这件事情，前期开展了很多实验方面的研究。

王院士的格局非常高，他在专家组里边主要是负责准分子激光，但专家组里主流激光是钕玻璃激光，现在做激光核聚变最主要的驱动器还是钕玻璃激光。准分子激光器当时是候选驱动器，尽管有其独特的特点，比如说短波长，但它能量特别大。王院士在讨论主题发展战略时，并不是站在准分子激光这个角度去思考问题，还是对钕玻璃激光工作给予了很多支持，这一点王院士还是很有格局的。

“416”主题项目是在老一辈科学家亲切关怀，包括国防科工委领导的大力支持下做的一个工作，我觉得这么多年我非常幸运，在这些老科学家身边工作，包括王淦昌、王大珩、王乃彦，在他们身边感受大师的风采，确实对自己的成长和各方面的工作有很好的帮助，特别是每次开会，朱光亚、王淦昌、王大珩、于敏，我们国家这些重量级的大科学家都会参加。“416”主题项目的开展一直秉承“863 计划”的精神，即“公正、献身、求实、创新、协作”。

要说体会的话，应该说“416”主题践行了“863 计划”倡导的这种理念，这方面做得非常好，王院士是这里面的杰出代表，“公正、献身、创新、求实、协作”，就是王院士言行作风的体现，这实际上也是“两弹一星”精神的一种传承和发扬光大，现在倡导的科学家精神实际上跟这个都是一脉相承的。

媒体眼中的王乃彦

2007 年 1 月 9 日《海峡都市报》：《永不停歇的核弹专家》

2006 年 12 月 29 日，北京，本约定在当天下午采访。到北京后，我给他打了个电话，他说，“实在抱歉，今天下午有个非常重要的会议。”采访时间推迟到晚上 7 时 30 分，他说，他一定提前在办公室里等我。晚 7 时 15 分，他果然先到了。他一开口就说，“你直接叫我老王吧”，他说，见到家乡的人，好像见到亲人一样，他给人的第一印象是：低调、客气。

记者翻开他的作息时间安排，发现他一天根本无法睡够 8 小时，而且没有一个周末是闲着的，各种各样的学术会议，主持着多项研究等，这就是一个七十多岁中科院院士的工作，有人将他称为“永不停歇的发动机”，王老乐于接受这个称号。

《新华文摘》2009 年第 1 期：《“中国式”科学家》

在原子能院工作的几年，不仅锻炼了王乃彦的工作能力，钱三强等科学家们严谨求实、认真负责的工作态度与高尚人格也无时无刻不在影响着王乃彦，指导着他之后的工作和人生。

谈起钱三强对自己的影响，王乃彦现在回想起来仍旧感慨不已。他认为钱三强这一代“中国式”的科学家往往具有一些常人所不及的品质，例如艰苦奋斗、无私奉献等，王乃彦将其归因于强烈的爱国主义和执着的科研精神。

他觉得所谓“中国式”的科学家，就是跟随着新中国，在党的教育下成长起来的一批人，他们有着强烈的爱国主义思想。“不管是钱三强先生，还是王淦昌先生，他们共同的特点就是非常爱国。”除了爱国，这些人还对科学有着十分执着的追求。“他们克服重重困难回国，为的并不是追求别的什么，只是为了祖国，为了科学。他们对生活享受看得很淡，唯一热爱的就是科学研究事业。”

在王乃彦看来，一个科学工作者回报社会有多种方式，一种是通过认真工作来回报祖国和人民，尽到自己的社会责任。另外，作为一个科学家，也有责任帮助后辈人的成长。桃李无言，下自成蹊。曾经的他受钱三强、王淦昌等人影响，如今的王乃彦尽管已经 80 多岁高龄，但仍坚守在科研工作的一线，并且亲力亲为地从事针对青少年的核科普工作，上到博士，下至小学生。“因为被老一辈科学家的一言一行所鼓舞，我现在也算是在扮演一个引导者的角色，就像大手拉小手那样。”王乃彦说。

伟大的历史进程背后，必然伴随着个人的奋斗与前进。从 1955 年踏入原子能专业的那一刻起，王乃彦的人生就与国家的命运紧紧相连。将前人的荣光品格镶嵌在自己的人生中，持之以恒地在科研这条道路上奋进，为祖国的发展贡献自己的一份力量，始终是贯穿王乃彦一生最坚定的信念。

2015 年 0 月 23 日《人民日报》：《王乃彦：从未离开科研一线》

王乃彦，核物理学家、中国科学院院士、中国原子能科学研究院研究员，参加建立了我国第一台在原子反应堆上的中子飞行时间谱仪，在国内测得第一批中子核数据。参加了核武器试验中的近区物理测试工作，为核武器的设计、试验、改进提供了重要的实验数据。15年里，从青海到四川，王乃彦说：“我一生最美好的时光都奉献给了祖国的核试验，那是一段非常难忘的记忆。

年纪一年一年大了，但王乃彦从来没有从科研一线退下。退休以后，他并没有歇下来，而是又选择参加更能回馈社会的各种活动。包括开展对社会公众科普核科学知识，参加中国科协组织的对科技工作者的科学道德宣讲，其中，尤为热衷对中小学青少年的科普工作和培养工作。“在青少年中进行科普非常重要，会影响他们对科学最初的认识。我自己的成长，也是老师的教导和帮助的结果。”王乃彦说。这些年，王乃彦的科普足迹遍布全国各地，每到一处都深受青少年们的欢迎和喜爱。

王乃彦还随时关注世界最新科技成果，他常常将网上看到最新的研究资料都打印装订成册。不管多大年龄，王乃彦院士始终对科研保持着很大的热情，他说，“做科研工作很有乐趣，我从来没有离开过科研一线”。

2015年10月24日《光明日报》：《王乃彦：“氢”色岁月》

王乃彦在我国开辟并发展了粒子束惯性约束聚变研究，并取得突出成就，是第一位获得世界核科学理事会全球奖的中国人。1965年，从俄罗斯回国的王乃彦到中国工程物理研究院工作，参加了我国第一颗氢弹的研制和地下核试验。

那段时间里，王乃彦时常不分昼夜地工作。只要是他参加的试验，几乎每次都不顾核辐射的危险去回收测试设备。在一次试验准备中，王乃彦受到了很严重的意外照射，被送到医院检查治疗，可治疗还没结束，他就又前往试验现场了。

如今，80 岁的王乃彦依旧十分忙碌，他带博士，做课题，并没有退下科研一线，不仅如此，还十分热衷于青少年的科普和培养工作。他总说，“我们必须让今天的青少年成功，他们明天才能够使我们的祖国成功。”

2015 年 12 月 30 日《光明网》：《为科技创新的“雏鹰”提供更多助力》

在当晚公布的 2015 年度“十大科学传播人”中，白发苍苍的王乃彦显得颇为引人注目。就在几个月前，连续十年担任全国青少年科技创新大赛评委的他，因对青少年科技创新工作的杰出贡献获得了“终身成就奖”。

虽然已入耄耋之年，王乃彦的日常生活仍旧十分忙碌，除了继续搞科研，就是做青少年科普和人才培养工作，几乎很难觅得片刻的清闲。这些年来，他的科普足迹早已遍布了大江南北。作为参与过我国第一颗氢弹研制和地下核试验的核物理学家，王乃彦频繁为全国大中学生及相关从业者科普核电知识，用轻松风趣的讲解，增进人们对核电发展和核安全的了解与认识。不仅如此，王乃彦还经常奔赴全国各地，长期担任各大青少年科技竞赛评委，例如全国大学生“挑战杯”竞赛活动，全国青少年科技创新大赛，“明天的小小科学家”竞赛活动等等。

这些在全国开展的活动使得他经常要在各个城市辗转，紧张的评审时间和巨大的工作量都让他疲惫不堪，但王乃彦似乎仍乐在其中。“每一次的活动都给我很大的启发和鼓舞。和学生在一起，似乎自己也变得年轻了。”王乃彦说，“在竞赛中，我看到很多很有潜力的选手，他们的参赛作品很有想象力和创新性。他们是科技创新的‘雏鹰’，具有创新的素质，只要我们给予一流的教育和引导，他们将来一定会成为国家的栋梁之才。”

2018年第7期《军工文化》杂志：《以国家需求为己任的科学家》

他是我国早期从事核武器研制的专家之一，为核武器的设计、试验、改进提供了重要的实验数据。

“以国家需求为己任”是他的人生信条。从大学选专业起，他的每一次选择都把对祖国的热爱放在第一位：遥远的苏联实验室里，得知我国第一颗原子弹爆炸成功的消息时，他振臂高呼；茫茫戈壁滩上，他冒着核辐射超量的危险冲在最前线回收实验结果时，他无怨无悔；上世纪80年代的日本，凭借着他的努力让五星红旗悬挂在大会会场上时，他无比自豪……他用自己的实际行动诠释了爱国的最高境界。

很多人称赞他是一台“永不停歇的发动机”，做科研、核科普、培养人才成为他耳顺之年之后所从事的主要工作，他将自己的一生都献给了为国奉献的伟大事业上。

王乃彦总说自己是幸运的。一路遇到了许多恩师，也充满了各种机遇。但他面对种种机缘，他的每一次选择都是饱含了以国家需求为己任的爱国情怀。年过八旬还奋战在科研和科普活动的一线，每天坚持学英语的习惯已经保持了二十多年，听坏的收音机就有十多台，这让我们对王院士心生敬畏。

建国初期，远赴大西北的科研人员条件艰苦，同时又处于国防保密阶段，很多困难都是今天的人难以想象和理解的，强烈的爱国主义精神，驱使着他和同事们在杳无人烟的恶劣环境中为我国的核事业默默无闻的奉献着自己大好的青春年华。

虽然已入耄耋之年，王乃彦的生活仍旧十分忙碌，除了搞科研就是做青少年科普和人才培养工作，几乎很难觅得片刻的清闲。这些年来，他的科普足迹早已遍布了大江南北。采访中，他还接到电话，调整出时间来去参加一个学术会议。他就是这么不遗余力，不管多大年龄，信仰不变、激情不灭。可以说，正是因为有和王乃彦院士一样的千千万万的中国核事业的“脊梁”的无私奉献、奋斗终身的精神，中国核事业才能在世界历史舞台上不断崛起!

2018 年 11 月 12 日《人民网》：《孩子是精神原子弹》

随着模型飞机和火箭从空中快速下坠，一群眼明手快的孩子冲了过去，接住了模型的孩子兴奋得手舞足蹈。这一幕深深触动了现场的一位 83 岁的科学家王乃彦，他是核物理学家、中国科学院院士、北京青少年科技俱乐部副主任。这位口齿和头脑一样清晰的耄耋老者，20 多年来一直关注着国内面向大学生和中小学生的多项重要科技赛事，并在紧张的科研工作之余，每年拿出近一个月的时间认真履行评委职责。

“孩子是祖国的希望，是精神的原子弹，把他们教育好可能比搞原子弹氢弹导弹更重要，因为将来研究出重大科技成果是人正是他们。今天在操场上去抢飞机和火箭模型的孩子，未来可能就是国之栋梁。”王乃彦说，教师是人类灵魂的工程师，肩负重任，要把天真可爱、活泼健康的孩子们培养成未来中国的中坚力量。活动现场，他还为新成立的“方庄教育集群青少年科技俱乐部”揭牌。

2018 年 11 月 22 日《人民网》：《学校教育千万别把孩子培养成书呆子》

科学是高大上的东西吗？“绝不是这样的，科学绝不是深奥的东西。科学家是聪明的人，但社会上各行各业都有聪明的人在做事。”王乃彦认为，不管学文、学理、学医还是进演艺圈，首先都要爱国，也一定要学好基础知识，打好人生底色。王乃彦是一名核物理学家、中国科学院院士，也是一位20年如一日热心关切青少年科技人才培养的慈爱的耄耋老者。

“比我聪明的人有的是，我能走到今天，要感谢老师对我的启发、学校环境对我的熏陶。”王乃彦说，他的科学启蒙与学校教育密不可分。他相信，农村也有很多聪明的孩子，但由于社会发展尚不平衡，一些孩子从小没有得到启发而被埋没。因此，抓好学校教育对于科技人才的早期培养至关重要。

20年前，王乃彦担任国家自然基金委副主任、数理学部主任时，他就通过设立相关项目，致力于让科技人才的培养从娃娃抓起。为此，他和其他几名科学家共同倡议成立了北京青少年科技俱乐部，这件事一做就是20年。“现在的科研工作很忙，但是一想到我自己的成长也曾受到老一辈科学家大手拉小手传统的影响，于是每年我都会抽出近一个月的时间，去科技竞赛的现场观摩。”从“明天小小科学家”奖励活动、“全国青少年科技创新大奖”到全国大学生挑战杯竞赛，多年来，他一直担任着国内各大重要青少年科技赛事的评审委员会主任和顾问。

2019年6月21日《中国科技网》：《培养创新能力要从娃娃抓起》

科学界对科学精神作了长期的研究，并把科学精神的内涵归结为客观的依据、理性的质疑、多元的思考、平权的争论、实践的检验和宽容的激励等内容。王乃彦院士认为理性的质疑应当包括两个方面，一是对青少年质疑的提出要审慎，保护好儿童的好奇心；二是要培养青少年理性质疑即批判性思维能力。

王乃彦说：“好奇是儿童的天性，我们要保护好他们的好奇心，激发他们学习科学的主动性、想象力，扩展思维。这不仅是为了增加他们在探索研究工作中的动力，而且也是在成就他们终身学习的兴趣和创新能力。”我们要使青少年学生对学习科学、工程、技术越学越有劲，越学越爱学，不能越学越烦恼，并丧失学习的兴趣。由好奇引发了探究的动力，由探究发现了新问题和新矛盾，进一步引发思考和解决的方案。李政道先生曾经说过“做学问，要学问，不学问，非学问”就是这个道理。

创新需要坚实的基础，王乃彦认为要从小培养青少年努力学习和工作的意识，让他们练好基本功，一定要有很好的、扎实的业务基础和解决问题的能力。基本功相当于金字塔下面的塔底，只有坚固的塔底，才能有辉煌灿烂的塔尖。

“创新能力就是从小要培养他创新的思维，从小就要用科学的方法去观察事物，然后去改造世界。除了创新思维外，基本功很差也是不行的，所以我们不要过早要求青少年什么都学，要一步一步来，扎扎实实来。”王乃彦说道。

如何培养青少年创新能力，王乃彦提到要学会批判性的思维：“中国人有句老话叫作举一反三，青少年不能读死书、死读书，要思考，学习好的地方，并且进行改进。所以我们教育不能过分强调传授知识，知识如果没有变成自己的东西，那就不是真正的知识。严格说来，知识是自己学到的东西，并且能够掌握它，应用它去解决问题，这才是你的知识。”

另外，王乃彦还提到一定要处理好创新和继承的关系。创新很多时候是在继承的基础上进行创新，把前人的研究成果学好掌握好，在前人的基础上更进一步。牛顿说过“我之所以做出这些成就，是因为我站在伟人的肩膀上”。因此告诫年轻人要青出于蓝更胜于蓝，长江后浪推前浪。

2019年6月24日《光明网》：《启发学生科学思维，要给“实验室”而非“参考书”》

“热衷于追求探索和研究，这是科学家的一个特性，所以有人说科学家很像长不大的孩子。”6月18日，由科技日报社、中国平安、中国下一代教育基金会联合主办的“青少年科技创新教育研讨会暨科技素养启动仪式”上，白发苍苍的中国科学院院士、核物理学家王乃彦语重心长地强调，在他眼里，孩子天生热爱探索，“要保护青少年的好奇心，要激发他们学习科学的主动性，激发他们的想象力，扩展思维，这能成就他们终身学习的兴趣和创新的能力。”

这个青年时被我国“原子弹之父”钱三强赏识的科学家说，他一生中有三次最关键的选择成就了自己。一次是中学时代，他放弃了就业从政工作的机会而选择了考大学；一次是放弃了原本热爱的无线电电子学专业转而学习核科学与核工程专业；还有一次就是年老之后继续坚持科研工作，并选择参加更能回馈社会的活动，十分热衷于青少年的科普和培养工作。连续十年担任全国青少年科技创新大赛评委的他，因对青少年科技创新工作的杰出贡献获得了“终身成就奖”。他总说：“我们必须让今天的青少年成功，他们明天才能够使我们的祖国成功。”

如今，已经84岁的王乃彦仍坚守在科研工作的一线，亲自带五个博士生，并且将极大精力投入到针对青少年的科普事业中去，上到博士，下至小学生。“我被老一辈科学家的一言一行所鼓舞，我现在算是在扮演一个引导者的角色，就像大手拉小手那样。”

据科技日报社的副总编辑侯萌说，本次邀请王乃彦来参加青少年科技创新教育研讨会，想着他已经84岁高龄，可能会拒绝，没想到他一听是科学素质的话题，激动得不行，连启动仪式和会后专访都答应了，并且在邀约的电话里，兴奋地聊了40分钟。

王乃彦认为要大力开展素质教育，提高青少年的科学素质，就要进行新的课程改革，“中国平安提出的科技素养提升计划非常好，将创新的教学模式引入中国中小学课堂中，大大地提升教学质量，提升学生对学习的兴趣。”在王乃彦看来，满堂灌的传统的教学方法要改，“一旦涉及科学实验，也是老师在课堂中讲解、演示，学生只是在旁边看，这样的课堂教学方法，不利于提高学生对于科学技术的兴趣和爱好，不利于提升创新能力。”

王乃彦感叹现在的学生太聪明了，但是，“我们现在的教育，往往是过度地教给小孩子基本知识，而不太注重启发他们的科学思维。要培养青少年的科学思维方式，就要培养他的动手能力，给孩子‘实验室’而不只是‘参考书’。但我相信这一点会慢慢改观的。”王乃彦说，“我们国家的青少年优秀的很多，我们年纪大的这一代要像对待自己的孩子一样，帮助这些小孩子成长。中国平安能够这样的关心中国青少年科技素质的提升，做了一个非常好的示范，对我们国家，对中华民族的复兴是具有重大意义的。”

历史是不会再现的，精神却不会凝固。无论它发生在怎么样一个历史时期，它都会从此超越时空获得不灭不改的永恒生命。

王乃彦先生这一辈科学家，学识如山，品格似海，虚怀若谷，性情如水，已经把这些奉献精神、爱国情怀“融化到血液中”，成为他科研人生鲜明的烙印。用最恰当的归纳，正如当下最流行的句式，他是一个为国担当的科学家。

王乃彦简历

1935 年 11 月 21 日　生于福建省福州市

1952—1955 年　在北京大学物理系学习

1955—1956 年　在北京大学物理研究室技术物理系学习

1956—1959 年　任二机部北京四〇一所研究实习员

1959—1965 年　在苏联杜布纳联合原子核研究所工作

1965 年　任二机部北京四〇一所助理研究员

1965—1974 年　任二机部核武器研究设计院助理研究员

1974—1979 年　任二机部核武器研究设计院二所 203 室主任、助理研究员

1979—1981 年　任二机部北京四〇一所副研究员

1981—1985 年　历任中国原子能科学研究院副研究员、研究员和激光与离子束研究室主任

1985—1986 年　任日本名古屋大学等离子体物理研究所研究员

1986—1988 年　任中国原子能科学研究院物理研究所所长、研究员

1988—1991 年　分别任中国原子能科学研究院科学技术委员会副主任、代主任、研究员及国家高技术强激光技术主题专家组成员

1991 年　分别任中国原子能科学研究院副院长、科学技术委员会主任、研究员、国家高技术强激光技术主题专家组成员

1991—1995 年　分别任中国原子能科学研究院科学技术委员会主任、研究员，国家“863”计划惯性聚变专家组成员

1995—1999 年　分别任核工业研究生部主任、核工业总公司科技委副主任、国家自然科学基金委员会副主任，中国核学会副理事长、中国物理学会常务理事，世界核聚变理事会理事

2003 年　分别任核工业研究生部主任、国家自然科学基金委员会副主任，当选为中国核学会理事长、中国物理学会常务理事，任核工业集团公司科技委顾问，当选为太平洋地区核理事会副理事长、理事长以及理事会选举委员会主席

2003—2008 年　分别任核工业研究生部主任、国家高技术强激光领域专家组顾问，当选为中国核学会理事长、中国物理学会副理事长，任国防科工委咨询委员会委员、总装备部科技委兼职委员

2008 年起　分别任中国原子能科学研究院副院长、核工业研究生部主任、核工业集团公司科技委高级顾问、国防科工局科技委核专业分委会副主任、总装备部科技委兼职委员

2019 年　退休

王乃彦主要论著

[1] Naiyan Wang, U S Yasveskii, et al. Neutron resonance research of praseo-dymium and terbium. Journal of Experimental and Thheoretical Physics, U. S. S. R 1964, 47: 43.

[2] Naiyan Wang, N Eliski, et al. Investigation of neutron resonances of ytterbium isotopes. Joumal of Experimental and Theoretical Physics, USSR, 19663: 48: Intemational Conference on Nuclear-Structure Research Using Neutrons. Antwerp, Belgium, July, 19-23, 1965. 572.

[3] Naiyan Wang, Naigong Zong, Ganchang Wang, et al. 80GW relativistic electron beam accelerator. Proceedings of the Fifth International Conference on High Power Particle beams, San Francisco, 1983. 60.

[4] 丁厚本, 王乃彦. 中子源物理. 北京: 科学出版社, 1984.

[5] Naiyan Wang, Runsheng Hong, Naigong Zeng, et al. Particle beam fusion research at IAE in Beijing. Laser and Particle Beam, 1987,

5: 89.

[6] 王乃彦, 周云期, 杨震华, 等. 新兴的强激光. 北京: 原子能出版社, 1992.

[7] Hualin Gao, Naiyan Wang. Possible damage mechanism of the dielectric coat. ing for a Krf laser Applied Optics, 1993, 132: 708.

[8] Naiyan Wang, YushengShan, GanchangWang, et al. Development of highpower Krf laser for laser plasmas interaction. Proceedings of the Fourth International Workshop on Krf Laser Technology, Annapolis, Maryland, May 2-5, 1994, Section 1.

[9] Naiyan Wang, Yusheng Shan, Ganchang Wang, et al. Development of high power Krf laser for foundamental research of IFE driver and laser plasma interaction. Proceedings of the Sixteenth International Conference on Fusion Energy, Organized by the International Atomic Energy Agency and Held in Montreal 7-11, October, 1996. Vol 3. IAEA CN-64/BP-3, 1997, 123.

[10] X T He, X M Deng, N Y Wang, et al. Status and progress in the ChineseICF program. Fusion Engineering and Design, 1998.

[11] Jiangfen Xiao, Naiyan Wanng. The influence of the focus position of broad. band and pump laser on SRS initiation processHigh Power Laser And Partile Beam. 1998. 10: 505: Fusion Engineering and Design, 1999, 89: 45.

[12] Naiyan Wang. The energy development and environmental protectionin China Fusion Engineering and Design, 2001, 54: 135.

[13] 王乃彦. 聚变能与未来. 北京: 清华大学出版社, 2001.

[14] Naiyan Wang, Yunsheng Shan, et al. Activities of developing high-power Krf Laser for Studying laser plasma interaction physics

at CIAE. Laser and Particle Beams, 2002, 20（1）: 119.

[15] Yusheng Shan, Naiyan Wang, et al. A six-beam high-power KrF excimer laser system with energy of 100J/23ns, Laser and Particle Beams, 2002, 20（1）: 123.

[16] Yongsheng Huang, Xiao-fei Lan, Nai -yan Wang, et al. Hot-electron recirculation in ultraintense laser pulses interaction with thin foils. Phys Plasmas, 2004, 14（10）: 103.

[17] Yongsheng Huang, Yuanjie Bi, Naiyan Wang, et al. Self-similar neutral plasma isothermal expansions into a vacuum. Appl. Phys. Lett. , 2008, 92: 031501.

[18] Yongsheng Huang, Xiaojiao Duan, Naiyan Wang, et al. Angular distribution ofnermal expansions of non -quasi-neutral plasmas into a vacuum. Ap. pl. Phys. Lett. , 2008, 92: 141502.

[19] Y S Huang, X J Duan, N Y Wang, et al. Time-dependent neutral-plas ma isothermal expansions into a vacuum. Laser and Particle Beams, 2008, 26: 671.

[20] Yongsheng Huang, Yuanjie Bi, Naiyan Wang, et al. Time -dependent energetic proton acceleration arnd scaling laws in ultraintense laser-pulse inter actions with thin foils. Physical Review E, 2009, 79: 036406.

[21] Yongsheng Huang, Yijin Shi, Naiyan Wang, et al. Analytical expressions of the front shape of non -quasi-neutral plasma expansions with anisotropic electron pressures. Physical Review E, 2009 . 80: 056403.

[22] Xiaojiao Duan, Xiaaolei Lan, Naiyan Wang, et al. Calibration of CR-39 with monoenergetic protons, Nuclear Instruments and

Methods in Physics Research Section A: Accelerators, Spectrometers, Detectors and Associated Equipment, 2009, 609（2-3）: 190.

[23] Yongsheng Huang, Yuanjie Bi, Naiyan Wang, et al. Plasma expansions with a time-dependent electron temperature Physics Letters A, 2010, 74: 1253.

[24] Yongsheng Huang, Naiyan Wang, Yijin Shi, et al. Energetic laser-ion acceleration by strong charge-separation field. Plasma Science and TechnoloB, 2010, 12（3）: 268.

[25] Yongsheng, H. et al. Energetic Laser-Ion Acceleration by Strong Charge-Separation Field. PLASMA Sci. Technol. 12, 268–276（2010）.

[26] Hua-Lin, X. et al. Study of absorption and re-emission processes in a ternary liquid scintillation system. CHINESE Phys. C 34, 1724–1728（2010）.

[27] Xiao-Jiao, D. et al. Calibration of solid state nuclear track detector CR-39 with monoenergetic protons. ACTA Phys. Sin. 59, 3147–3153（2010）.

[28] Zhi-Xin, T. et al. Generation of fast protons in moderate-intensity laser-plasma interaction from rear sheath. CHINESE Phys. B 19,（2010）.

[29] Hua-Lin, X. , Jing-Shan, D. & Nai-Yan, W. Oxygen quenching in a LAB based liquid scintillator and the nitrogen bubbling model. CHINESE Phys. C 34, 571–575（2010）.

[30] Huang, Y. , Bi, Y. , Wang, N. & Tang, X. Plasma expansions with a time-dependent electron temperature. Phys. Lett. A 374,

1253–1260 (2010) .

[31] An, F. P. et al. A side-by-side comparison of Daya Bay antineutrino detectors. Nucl. INSTRUMENTS METHODS Phys. Res. Sect. A-ACCELERATORS SPECTROMETERS Detect. Assoc. Equip. 685, 78–97 (2012) .

[32] An, F. P. et al. Observation of Electron-Antineutrino Disappearance at Daya Bay. Phys. Rev. Lett. 108, (2012) .

[33] Huang, Y. , Wang, N. , Tang, X. , Shi, Y. & Xueqing, Y. Ultra-relativistic ion acceleration in the laser-plasma interactions. Phys. Plasmas 19, (2012) .

[34] Jianhua, Z. , Naiyan, W. & Fengshou, Z. Analysis of Accumulating Ability of Heavy Metals in Lotus (Nelumbo nucifera) Improved by Ion Implantation. PLASMA Sci. Technol. 14, 424–426 (2012) .

[35] Yong-Sheng, H. , Nai-Yan, W. , Xiu-Zhang, T. , Yi-Jin, S. & Shan, Z. Double-Relativistic-Electron-Layer Proton Acceleration with High-Contrast Circular-Polarization Laser Pulses. CHINESE Phys. Lett. 30, (2013) .

[36] An, F. P. et al. Improved measurement of electron antineutrino disappearance at Daya Bay. CHINESE Phys. C 37, (2013) .

[37] Jianxin, L. et al. Proton Acceleration Driven by High-Intensity Ultraviolet Laser Interaction with a Gold Foil. PLASMA Sci. Technol. 15, (2013) .

[38] Huang, Y. , Wang, N. , Tang, X. & Shi, Y. Relativistic plasma expansion with Maxwell-Juttner distribution. Phys. Plasmas 20, (2013) .

[39] Wang, W. P. et al. Effects of nanosecond-scale prepulse on generation of high-energy protons in target normal sheath acceleration. Appl. Phys. Lett. 102, (2013).

[40] Jiang, Y. et al. Biodegradability enhancement of papermaking wastewater by electron beam irradiation. in RESEARCH ON MECHANICAL ENGINEERING, CIVIL ENGINEERING AND MATERIAL ENGINEERING (ed. Xu, B and Li, HY) 454, 246–249 (2014).

[41] Zhang, M. , Huang, J. & Wang, N. Modification of pine-wood/formaldehyde-urea resin composites using electron-beam radiation. in RESEARCH ON MECHANICAL ENGINEERING, CIVIL ENGINEERING AND MATERIAL ENGINEERING (ed. Xu, B and Li, HY) 454, 187–189 (2014).

[42] Jian-Wei, H. & Nai-Yan, W. Efficiency calibration for a NaI scintillation detector based on Monte-Carlo process and preliminary measurements of bremsstrahlung. ACTA Phys. Sin. 63, (2014).

[43] Jiang, Y. et al. Electron Beam Irradiation Degradation and Biological treatment of 4-Chlorophenol in Aqueous Solution. in ADVANCED RESEARCH ON ENERGY, CHEMISTRY AND MATERIALS APPLICATION (ed. Zhang, H and Jin, D and Zhao, XJ) 848, 191–194 (2014).

[44] An, F. P. et al. Spectral Measurement of Electron Antineutrino Oscillation Amplitude and Frequency at Daya Bay. Phys. Rev. Lett. 112, (2014).

[45] Tao, H. & Nai-Yan, W. Measurment of the energy spectrum of an electron beam extracted from an accelerator. CHINESE Phys. B

23，（2014）.

[46] Jian-Wei, H. & Nai-Yan, W. Reconstruction of a 6-MeV bremsstrahlung spectrum by multi-layer absorption based on LiF: Mg, Cu, P. CHINESE Phys. B 23，（2014）.

[47] An, F. P. et al. Search for a Light Sterile Neutrino at Daya Bay. Phys. Rev. Lett. 113，（2014）.

[48] Heng-Yi, S. , Yong-Sheng, H. , Nai-Yan, W. , Xiu-Zhang, T. & Wei, L. Quasi-Monoenergetic Electron Beam Generation from Nanothickness Solid Foils Irradiated by Circular-Polarization Laser Pulses. CHINESE Phys. Lett. 31，（2014）.

[49] Tsang, K. V et al. Results from the Daya Bay Reactor Neutrino Experiment. Nucl. Phys. B-PROCEEDINGS Suppl. 246, 18–22（2014）.

[50] An, F. P. et al. Independent measurement of the neutrino mixing angle theta（13）via neutron capture on hydrogen at Daya Bay. Phys. Rev. D 90，（2014）.

[51] An, F. P. et al. New Measurement of Antineutrino Oscillation with the Full Detector Configuration at Daya Bay. Phys. Rev. Lett. 115，（2015）.

[52] Yong-Sheng, H. , Nai-Yan, W. & Xiu-Zhang, T. Drift effect on vacuum birefringence in a strong electric and magnetic field. CHINESE Phys. B 24，（2015）.

[53] An, F. P. et al. The muon system of the Daya Bay Reactor antineutrino experiment. Nucl. INSTRUMENTS METHODS Phys. Res. Sect. A-ACCELERATORS SPECTROMETERS Detect. Assoc. Equip. 773, 8–20（2015）.

[54] Jianxin, L. et al. Effect of Foil Target Thickness in Proton Acceleration Driven by an Ultra-Short Laser. PLASMA Sci. Technol. 17, 458–460 (2015).

[55] Yong-Sheng, H. , Nai-Yan, W. & Xiu-Zhang, T. Phase and direction dependence of photorefraction in a low-frequency strong circular-polarized plane wave. CHINESE Phys. B 24, (2015).

[56] Adamson, P. et al. Limits on Active to Sterile Neutrino Oscillations from Disappearance Searches in the MINOS, Daya Bay, and Bugey-3 Experiments. Phys. Rev. Lett. 117, (2016).

[57] An, F. P. et al. Measurement of the Reactor Antineutrino Flux and Spectrum at Daya Bay. Phys. Rev. Lett. 116, (2016).

[58] An, F. P. et al. Improved Search for a Light Sterile Neutrino with the Full Configuration of the Daya Bay Experiment. Phys. Rev. Lett. 117, (2016).

[59] An, F. P. et al. The detector system of the Daya Bay reactor neutrino experiment. Nucl. INSTRUMENTS METHODS Phys. Res. Sect. A-ACCELERATORS SPECTROMETERS Detect. Assoc. Equip. 811, 133–161 (2016).

[60] An, F. P. et al. New measurement of theta (13) via neutron capture on hydrogen at Daya Bay. Phys. Rev. D 93, (2016).

[61] An, F. P. et al. Evolution of the Reactor Antineutrino Flux and Spectrum at Daya Bay. Phys. Rev. Lett. 118, (2017).

[62] An, F. P. et al. Measurement of electron antineutrino oscillation based on 1230 days of operation of the Daya Bay experiment. Phys. Rev. D 95, (2017).

[63] Guo, B. & Wang, N. A new trend in nuclear physics development.

Sci. CHINA-PHYSICS Mech. Astron. 60，（2017）.
[64] An, F. P. et al. Improved measurement of the reactor antineutrino flux and spectrum at Daya Bay. CHINESE Phys. C 41，（2017）.
[65] An, F. P. et al. Study of the wave packet treatment of neutrino oscillation at Daya Bay. Eur. Phys. J. C 77，（2017）.
[66] 核物理与等离子体物理发展战略研究编写组. 中国学科发展战略 核物理与等离子体物理：学科前沿及发展战略. 北京：科学出版社, 2017. 国家科学思想库.
[67] Adey, D. et al. Measurement of the Electron Antineutrino Oscillation with 1958 Days of Operation at Daya Bay. Phys. Rev. Lett. 121，（2018）.
[68] Adey, D. et al. Search for a time-varying electron antineutrino signal at Daya Bay. Phys. Rev. D 98，（2018）.
[69] An, F. P. et al. Seasonal variation of the underground cosmic muon flux observed at Daya Bay. J. Cosmol. Astropart. Phys. （2018）. doi: 10. 1088/1475-7516/2018/01/001.
[70] An, F. P. et al. Cosmogenic neutron production at Daya Bay. Phys. Rev. D 97，（2018）.
[71] Dang, Y. -L. et al. New measurement of thick target yield for narrow resonance at E-x=9. 17 MeV in the C-13（p, gamma）N-14 reaction. CHINESE Phys. B 28，（2019）.
[72] Adey, D. et al. Extraction of the U-235 and Pu-239 Antineutrino Spectra at Daya Bay. Phys. Rev. Lett. 123，（2019）.
[73] Adey, D. et al. A high precision calibration of the nonlinear energy response at Daya Bay. Nucl. INSTRUMENTS METHODS Phys. Res. Sect. A-ACCELERATORS SPECTROMETERS Detect.

Assoc. Equip. 940, 230–242 （2019）.

［74］Adey, D. et al. Improved measurement of the reactor antineutrino flux at Daya Bay. Phys. Rev. D 100, （2019）.

［75］Fu, G. -Y. et al. Photo-transmutation based on resonance gamma-ray source. CHINESE Phys. B 28, （2019）.

［76］Dang, Y. -L. , Liu, F. -L. , Fu, G. -Y. , Wu, D. & Wang, N. -Y. Photoactivation experiment of Au-197（gamma, n） performed with 9. 17-MeV gamma-ray from C-13（p, gamma）N-14. CHINESE Phys. B 28, （2019）.

［77］施沃雷尔, 海因里希, 约瑟夫·马吉尔, 布加德·贝勒著, 王乃彦译. 激光与核 超高强度激光在核科学中的应用 Applications of Ultrahigh Intensity Lasers in Nuclear Science. 哈尔滨: 哈尔滨工程大学出版社, 2019. 国防特色院士文库.

［78］Liu, F. -L. et al. Study on gamma-ray source from the resonant reaction F-19（p, alpha gamma）O-16 at E-p=340 keV. CHINESE Phys. B 29, （2020）.

［79］Wu, D. et al. New measurement of the 74 Ge（p, γ）75 As reaction cross sections in the p-process nucleosynthesis. Phys. Lett. B 805, （2020）.

［80］Adamson, P. et al. Improved Constraints on Sterile Neutrino Mixing from Disappearance Searches in the MINOS, MINOS+, Daya Bay, and Bugey-3 Experiments. Phys. Rev. Lett. 125, （2020）.

后　记

翻开浩瀚的史卷我们会发现：江河后浪推前浪，一代代人前赴后继推动了历史的进程，自古以来就有默默钻研、埋头苦干的人，有走在时代前列践行实践者，有承上启下、传承历史弘扬民族精神者，正是这样一个庞大的优秀群体构成了一个民族的脊梁。正是民族的脊梁强大了自己的祖国，完成了历史的传递。

“现在想来，成长的路上，我确实有些幸运。总是充满许多机遇，也就面临着很多选择。我不敢说搞科研这条路就肯定是正确的选择，我也不觉得选择了其他的道路就未必不精彩。只是，我从未后悔过我的选择，也坚定并坚持走了下来。这一路上，有坚持、有遗憾、有愧疚……我偶尔也会想，如果当年父亲没有拿出我们六口之家的家底送我去上学，如果 1950 年我参军了，如果我没有当选院士……我的人生又将会是怎样的呢？”

当今世界上，能叩开氢弹“神秘之门”的国家屈指可数。在 20 世纪 60 年代，中国的物质技术基础条件还很差，解悟氢弹之谜谈何容易！在这一伟大历史事件中，许多功成名就、才华横溢的科学家，放弃了原先优厚的生活和工作条件，义无反顾地奔赴茫茫无际的戈壁荒原、深山峡谷，带领数万名科技工作者和核基地建设者，风餐露宿、不辞辛劳，克服了各种难以想象的艰难险阻，经受住了生命极限的考验，为中华民族几千年的文明创造史书谱写了光彩夺目的新篇章。

王乃彦院士曾参与过我国第一颗氢弹的研制，时至今日，一谈起那段激情燃烧的岁月，这位年过八旬、精神矍铄的老人依旧神采飞扬。遥远的金银滩、神秘的马兰基地、苍凉的罗布泊，如同泛黄的画卷，在老人抑扬顿挫的话语中，一幕幕展开……

王乃彦院士也曾徜徉原子世界，探索核聚变的奥秘。他有过在学界的辉煌，有过对学子的谆谆教诲，有过对社会、对国家的责任担当，也有过对核能开发利用的开拓和推动，他不知停歇、没有闲暇，在科研一线奔忙着、操劳着……

王乃彦院士的记忆力非常好，说话的逻辑性很强，虽然谈的是60多年来的经历，但回忆起来仍然那么清晰、流畅，中间偶有几次停顿，但似乎只是为了更准确地回想，更深情地怀念，整个人生的轨迹已然深深地铭刻在王老的心间。

科学家对于时代和历史进程的意义，在其道德品质方面，也许比单纯的才智成就方面还要大，而且这种品德基础的浑厚远远超出常人的思维范畴。聆听大师，从王乃彦等老一辈科学家身上，我们不难发现他们所彰显的中国智慧、中国力量、中国梦想、中国精神，由此我感慨，邦之彦兮——共和国的脊梁。

时光可以带走青春，带走一代人的故事，却带不走永恒的精神。这份感动在后代人的心中将会留下美好的种子，随着时间的浇灌，它会抽枝发芽，终将长成报国立业的参天大树。一个人，一生只有一个信念，并且为此奋斗终身，即便没有看到他想要的结果，也是伟大的，因为难的不是结果，而是一生为之奋斗，永不放弃。

一个伴随着新中国成立而成长起来的“中国式”科学家，以及他身处其中的群体，清晰地呈现在我眼前，他们汇聚在信仰的旗帜下，穷其一生，默默无闻，致力科学。这一刻，时间像一张被擀得薄薄的薄饼，无数细节链接起王乃彦院士 60 余年求学与科研之路，铺满了他为国担当的人生。从王乃彦院士的办公室出来，走在“梧桐更兼细雨”的回程路上，忽然有一种时空交错的感觉。

搁笔案头，掩卷沉思，心中仍不免忐忑，对先生生平的记载、形象的塑造、精神的挖掘、人格的把握，概括到位了吗？记述准确吗？我深知，由于资料掌握的局限，错漏之处在所难免。文章优劣，还是留待读者去评价吧。

在这里，要特别感谢中国原子能科学研究院核物理所提供的采访便利，感谢中航出版传媒有限责任公司及王琳女士、杨蜜女士、关傲佰先生的鼎力协助，感谢《军工文化》杂志同仁们的支持帮助。

作者

2020 年 12 月